De 13 schatten

www.boekerij.nl

Michelle Harrison

De 13 schatten

ISBN 978-90-225-5623-8
NUR 280

Oorspronkelijke titel: *The 13 Treasures*
Oorspronkelijke uitgever: Simon and Schuster
Vertaling: Marce Noordenbos
Omslagontwerp: Nick Stearn en DPS design & prepress services, Amsterdam
Omslagillustratie: Chris Gibbs
Zetwerk: Mat-Zet bv, Soest

Voor mam,
en voor mijn nichtje Tanya

Proloog

Als klein meisje had Tanya al geweten dat er vele geheimen scholen in het huis van haar grootmoeder. Net als iedereen had ze de geruchten gehoord over de in onbruik geraakte vluchtgangen die onder het huis door liepen. En net als de meeste kinderen had ze vele regenachtige middagen doorgebracht met het tevergeefs zoeken naar hun verborgen ingangen. Tegen de tijd dat Tanya dertien was geworden had ze de hoop om er toevallig een te vinden allang opgegeven en was ze zelfs aan het bestaan ervan gaan twijfelen.

Dus toen de boekenkast in de muur voor haar was weggedraaid en er een smalle trap was verschenen die de muffe duisternis in leidde, was dat geen volslagen verrassing geweest. Het had echter ook niet de aangename opwinding veroorzaakt waar ze zich zo lang op had verheugd, aangezien de omstandigheden die tot de ontdekking hadden geleid heel anders waren dan ze zich had voorgesteld.

Als de bewoners beter hadden opgelet zouden ze hebben gemerkt dat de gangen – al geruime tijd – werden gebruikt om het huis binnen te komen door iemand die er niets had te zoeken. Maar alle aanwijzingen waren genegeerd: van het nieuwsbericht op de radio na de ontvoering tot en met het vreemde geschuifel in het holst

7

van de nacht in de oude dienstbodegangen. Want elk afzonderlijk hadden ze weinig te betekenen gehad.

Maar nu Tanya in de smerige grot diep onder het huis oog in oog stond met de verwilderd kijkende indringer stonden de voorvallen haar weer helder voor de geest en viel alles op zijn plek als een sleutel in het slot.

Het meisje was niet veel ouder dan zijzelf: hooguit vijftien. Haar groene ogen vormden een schril contrast met het harde en veel te volwassen gezicht. Het mes op haar dij deed mogelijkheden vermoeden waar Tanya liever niet bij stilstond en dus dwong ze zichzelf naar de baby te kijken die in de armen van het meisje lag.

Het kind keek haar met starre blik aan. Wat er toen gebeurde deed Tanya's maag krimpen van angst. Terwijl de baby haar aankeek werden zijn contouren wazig en veranderde hij van vorm. Zijn oren werden lang en puntig, en zijn huid kreeg een groenige glans. Zijn ogen werden zwart, alsof er inkt in opwelde, en glinsterden angstaanjagend. Het gebeurde in een fractie van een seconde; daarna was het monsterlijke visioen weer verdwenen, maar Tanya wist wat ze had gezien.

Hetzelfde gold voor de roodharige indringer.

'Je zag het.' Haar stem was een schor gefluister.

Tanya staarde naar het ding in de armen van het meisje en onderdrukte een kreet.

'Niet te geloven,' mompelde het meisje. 'Je zag het. Jij kunt ze ook zien.'

In een moment van helderheid drong het tot hen door. 'Je bent helderziend,' fluisterde het meisje zacht.

Tanya deinsde achteruit. 'Wat doe jij met die baby?'

'Goeie vraag,' antwoordde het meisje. 'Ga zitten. Dan vertel ik je mijn verhaal. Ik weet zeker dat het je zal interesseren.'

DEEL EEN

1

Nog voordat ze goed en wel wakker was voelde ze hun aanwezigheid in de kamer.

Tanya's oogleden waren onheilspellend gaan trillen; het onmiskenbare voorteken van narigheid. Het was het aanhoudende trillen dat haar had gewekt. Slaperig opende ze haar ogen. Net als toen ze klein was had ze met haar hoofd onder het beddengoed geslapen. Het lag niet lekker, maar ze wilde niet gaan verliggen. Dan zou ze verraden dat ze wakker was.

Tanya verlangde ernaar het verstikkende dekbed van zich af te schoppen en de zachte zomerbries die door het raam naar binnen dreef op haar lichaam te voelen. Ze probeerde zichzelf wijs te maken dat ze het had gedroomd; misschien waren ze er niet echt. Toch bleef ze roerloos liggen, want diep vanbinnen wist ze zeker dat ze er waren. Net zo zeker als ze wist dat zij de enige was die ze kon zien.

Haar oogleden begonnen weer te trillen. Zelfs onder het dekbed voelde ze hun aanwezigheid, voelde ze dat de kamer gevuld was met een vreemde energie. Ze rook de humusachtige vochtigheid van bladeren, schimmels en rijpe bessen. Hún lucht.

Er klonk een zachte stem in de duisternis.

'Ze slaapt. Moet ik haar wakker maken?'

Tanya verstijfde in haar schuilplaats. Ze had nog blauwe plekken van de vorige keer. Ze hadden haar bont en blauw geknepen. Een venijnige por tussen haar ribben deed haar naar adem happen.

'Ze slaapt niet.' De tweede stem klonk kil, beheerst. 'Ze doet alsof. Maakt niet uit. Ik geniet altijd erg van dit soort... spelletjes.'

Het laatste beetje slaperigheid verdween. De dreiging in die woorden had haar onmogelijk kunnen ontgaan. Tanya maakte aanstalten om het dekbed van zich af te gooien, maar plotseling was het vreemd zwaar geworden en drukte het haar lichaam tegen de matras... en werd het steeds zwaarder.

'Wat gebeurt er... wat doen jullie?'

Ze rukte aan het dekbed en probeerde het uit alle macht van zich af te duwen. Het leek zich als een cocon om haar heen te wikkelen. Eén afschuwelijk moment lang vocht ze om adem. Toen slaagde ze erin haar hoofd te bevrijden en ze zoog haar longen vol met de koele nachtlucht. Door de opluchting duurde het even voordat ze doorhad dat de glazen stervormige lamp die aan het plafond hing zich pal voor haar gezicht bevond.

Plotseling drong het tot Tanya door waarom haar beddengoed zo zwaar was. Ze zweefde in de lucht, anderhalve meter boven haar bed, zodat het dekbed met zijn volle gewicht aan haar hing.

'Laat me zakken!'

Langzaam, zonder er zelf iets aan te kunnen doen, begon ze om haar as te draaien. Het dekbed gleed onmiddellijk van haar af en viel op het vloerkleed, zodat Tanya in haar pyjama met haar gezicht omlaag boven haar bed zweefde. Zonder de bescherming van haar beddengoed voelde ze zich vreselijk kwetsbaar. Ze streek het haar achter haar oren en keek de kamer rond. Het enige levende wezen dat ze in het donker zag was de kat: een belachelijk pluizige pers die opgerold op de vensterbank lag. Hij stond op, schonk haar een hooghartige blik en keerde haar de rug toe om zich opnieuw te installeren.

'Waar zijn jullie?' vroeg ze met trillende stem. 'Kom tevoorschijn!'

Er klonk een onaangenaam lachje bij het bed. Tanya voelde dat ze naar voren schoot en voordat ze wist wat er gebeurde had ze een salto in de lucht beschreven, en nog een... en nog een.

'Hou op!'

Ze hoorde de wanhoop in haar stem en ze haatte het.

De salto's stopten, eindelijk, en ze kwam op haar voeten neer – ondersteboven op het plafond. De gordijnen bolden raar op in de bries. Ze wendde haar ogen af om haar evenwicht te bewaren. Het was alsof alleen bij haar de zwaartekracht was omgekeerd. Het bloed stroomde niet naar haar hoofd, haar pyjama schoof niet omhoog en haar haar hing gewoon op haar rug.

Verslagen ging ze op het plafond zitten. Dit was de reden waarom ze midden in de nacht kwamen. Dat had ze zich lang geleden al gerealiseerd. 's Nachts was ze volledig aan hen overgeleverd, terwijl ze overdag als ze in een vreemde situatie terechtkwam veel makkelijker kon doen alsof het een spel was of een of andere truc. Een van de vele 'spelletjes' en 'trucs' van de afgelopen jaren.

Ze kon zich niet meer precies herinneren wanneer ze ze voor het eerst had gezien. Ze waren er altijd geweest. Van jongs af aan had ze in zichzelf zitten babbelen, terwijl haar ouders in eerste instantie geamuseerd maar later bezorgd hadden toegekeken.

In de loop der jaren had ze geleerd overtuigend te liegen. Na een bepaalde leeftijd kon je bij volwassenen niet meer aankomen met elfjes en kabouters. Dan waren er geen betekenisvolle blikken en vertederde glimlachjes meer zoals vroeger. Tanya trok het zich niet te veel aan. Mensen geloofden nu eenmaal niet in wat ze niet konden zien.

De laatste tijd waren de voorvallen wraakzuchtiger geworden. Een paar klitten uit je haar moeten knippen na een confrontatie met een betoverde haarborstel of tot de ontdekking komen dat er 's nachts stiekem met je huiswerk was geknoeid ging nog wel. Maar dit was een heel ander verhaal. Sinds een aantal maanden had Tanya het verontrustende gevoel dat er iets ergs ging gebeuren, iets wat ze niet meer met een leugen zou kunnen afdoen. Haar grootste angst was dat ze door haar steeds vreemdere gedrag op de sofa van een psychiater zou belanden.

Ze bevond zich in een hachelijke situatie. Als haar moeder wakker werd en ontdekte dat ze aan het plafond hing zou ze geen dokter bellen; ze zou de dominee erbij halen.

Tanya zat diep in de nesten.

Ze voelde koele lucht langs haar wang strijken en toen de aanraking van een gevederde vleugel. Een grote zwarte vogel streek neer op haar schouder. Zijn glinsterende ogen knipperden een keer, waarna de vogel zo snel van gedaante veranderde als een schaduw die oplost in de zon. Terwijl de wrede, gekromde snavel plaatsmaakte voor zijdezacht zwart haar en twee puntige roze oren, verscheen er een vrouw die niet veel groter was dan de vogel. Ze droeg een gewaad van zwarte veren, dat scherp afstak tegen haar ivoorkleurige huid.

'Raaf,' fluisterde Tanya. Ze volgde met haar ogen de veer die van de elfenjurk was losgekomen en langzaam omlaag dwarrelde. 'Wat doe jij hier?'

Raaf antwoordde niet. Ze streek neer op het voeteneind van het bed, naast twee kleine figuurtjes: de een mollig en met een rode neus, de ander mager, schichtig en met een donkere huid. Ze keken haar doordringend aan. De kleinste van de twee nam als eerste het woord.

'Je hebt weer over ons geschreven.'

Tanya voelde dat ze rood werd. 'Niet waar, Gredin... dat heb ik niet gedaan.'

Gredins gele ogen laaiden fel op in zijn notenbruine gezicht. 'Dat zei je de vorige keer ook – én de keer daarvoor.'

Buiten dreef een donker, rechthoekig voorwerp op het open raam af alsof het op de wind werd meegevoerd. Het zweefde bevallig tussen de gordijnen door de kamer in en bleef voor Tanya's ontstelde gezicht hangen. Het was een dagboek, vrij nieuw, en het verkeerde in goede staat – maar het zat wel onder de aarde. Ze had het die middag onder de appelboom in de tuin begraven. Wat was ze dom geweest.

'Van jou, geloof ik?' vroeg Gredin.

'Ik zie het voor het eerst.'

Het mollige schepsel naast Gredin snoof. 'Kom op nou,' zei hij. 'Je wilt toch niet de hele nacht daarboven blijven?' Hij bracht een hand naar de pauwenveer op zijn hoed, streek erlangs en wond vervolgens zijn morsige snor om zijn wijsvinger. Bij zijn aanraking begon de veer te flakkeren en de toverkracht straalde ervan af. Het dikke mannetje haalde hem uit zijn hoed en gaf er behendig een tikje mee.

Het dagboek sprong open, waardoor er een kluit aarde omlaag viel, die op een van Tanya's sloffen uiteenspatte. Er klonk een gedempte nies uit de slof, waarna de vierde en laatste elf tevoorschijn kwam: een lelijk ratachtig schepsel. Hij sloeg zijn rafelige vleugels uit en landde in een onhandig hoopje op het bed. Toen hij zijn evenwicht had hersteld begon hij zichzelf verwoed te krabben, zodat het bed werd bedolven onder de haren en de vlooien. Vervolgens gaapte hij wagenwijd, terwijl hij met zijn kleine bruine pootjes over zijn snuit wreef.

Vroeger, toen ze kleiner was en voordat haar ouders waren gescheiden, had Tanya een keer met een lelijk gezicht zitten mokken nadat ze een standje had gekregen. Na een paar minuten had haar moeder gezegd: 'Je lijkt wel een kleine miezemuis.'

Tanya's nieuwsgierigheid had het gewonnen. 'Wat is een miezemuis?'

'Dat is een heel lelijk ratachtig schepsel dat altijd zit te kniezen,' had haar moeder geantwoord. 'En als jij zo'n gezicht trekt lijk je er precies op.'

Telkens wanneer ze de door vlooien geplaagde bruine elf zag herinnerde Tanya het zich. Zijn mismoedige blik paste zo goed bij de beschrijving van het schepsel dat haar moeder had bedacht, dat Tanya bij hem altijd aan de miezemuis had moeten denken. En aangezien hij, in tegenstelling tot de andere elfen, nooit zelf met een naam was gekomen, was de naam die Tanya had gekozen blijven hangen. Op zijn vlooien en de stank, die haar aan een natte hond deed denken na, was de miezemuis vrij onopvallend. Hij zei nooit iets – tenminste, niet in een taal die Tanya verstond – hij had altijd honger en hij krabde graag aan zijn buik. En hij leek er genoegen in te scheppen zijn omgeving met zijn gevoelige, bruine ogen te observeren; het enige aan hem dat je mooi zou kunnen noemen. Op dit moment staarde hij haar met grote ogen aan, terwijl hij vreemde snuffende keelgeluidjes maakte.

Het dagboek danste voor Tanya's gezicht op en neer. Haastig richtte ze haar aandacht er weer op.

'Lees voor,' zei Gredin.

'Dat gaat niet,' zei Tanya. 'Het is te donker.'

Gredins ogen werden hard als staal. De pagina's van het dagboek begonnen wild om te slaan, eerst de ene kant uit en toen de andere, alsof ze een bepaalde passage zochten. Uiteindelijk kwamen ze tot rust bij een bladzijde waarop de woorden zichtbaar met grote haast waren neergepend. Tanya herkende de datum onmiddellijk: nog geen twee weken geleden. Het was nauwelijks leesbaar; haar ogen hadden zo vol tranen gestaan dat ze haar eigen hand bijna niet had kunnen zien. Toen kwamen de haren in haar nek rechtovereind. Vanaf de bladzijde klonk haar eigen stem zacht op, zacht genoeg om niemand te wekken, maar wel zo luid dat zij het kon horen. Hij klonk van ver, alsof de reis door de tijd hem had verzwakt.

'Vannacht waren ze er weer. Waarom ik? Ik haat ze. Háát ze...'

De ondraaglijke passage ging maar door en Tanya kon niet anders dan vol afschuw luisteren naar haar stem die uit het dagboek opsteeg en de ene na de andere bladzijde voorlas, kwaad, gefrustreerd en machteloos.

De elfen bleven haar de hele tijd aankijken: Raaf gelaten, Vederkap en Gredin met een uitgestreken gezicht, en de miezemuis ongeïnteresseerd zijn met vlooien bezaaide buik krabbend.

'Genoeg,' zei Gredin na wat wel een eeuwigheid leek.

Tanya's stem stopte onmiddellijk. Het enige geluid dat nog klonk was het geritsel van de omslaande bladzijden, alsof er een onzichtbare hand door het dagboek bladerde. Voor haar ogen loste elk woord dat ze had geschreven langzaam op en verdween alsof de inkt door vloeipapier werd opgezogen.

Het dagboek plofte op het bed neer en viel uiteen.

'Je schiet er niets mee op,' zei Raaf, terwijl ze naar de resten gebaarde. 'Je bezorgt jezelf er alleen maar ellende mee.'

'Niet als iemand het ooit had gelezen,' zei Tanya verbitterd. 'En me had geloofd.'

'De regels zijn eenvoudig,' zei Vederkap. 'Je hebt het met niemand over ons. Als je het blijft proberen zullen wij je blijven straffen.'

Op het bed kwamen de overblijfselen van het dagboek in beweging: ze verhieven zich als fijn zand in de lucht en vlogen door het raam de nacht in.

'Weg. Alsof het nooit heeft bestaan,' zei Gredin. 'Naar een plek waar rozemarijn groeit naast een rivier die de heuvel op stroomt. Het domein van de aardmannetjes.'

'Ik geloof niet in rivieren die omhoogstromen,' zei Tanya, nog steeds gekwetst omdat haar diepste roerselen voor iedereen te horen waren geweest.

'Heidense schepsels, aardmannetjes,' vervolgde Gredin. 'Onvoorspelbaar. Gevaarlijk, volgens sommigen. Alles wat ze aanraken wordt vervormd en verwrongen. En de rozemarijn – gewoonlijk bekend om zijn heilzame effect op het geheugen – raakt er besmet. Hij krijgt een tegengestelde werking.'

Hij liet een berekende stilte vallen. Tanya had het door en hield wijselijk haar mond.

'Er zijn echter mensen, bij de elfen bekend als "de vroede lieden", die vertrouwd zijn met de eigenschappen van kruiden en planten als rozemarijn. Want zelfs door aardmannetjes besmette rozemarijn kent zijn toepassingen. In de juiste hoeveelheid kan het een herinnering van een sterveling voorgoed wegnemen, zoals de herinnering aan een oude liefde. Heel handig onder bepaalde omstandigheden. Ook de elfen maken op hun manier gebruik van dit magische kruid – ondanks de pijn die het hun doet om ook maar iets met die smerige kleine aardmannetjes van doen te hebben. Het is vooral nuttig wanneer een mens onverwacht op de elfenwereld stuit en dingen ziet die hem niet aangaan. Meestal is een kleine dosis afdoend en merkt die persoon er niets van; het is alsof hij uit een aangename droom ontwaakt, zij het dat hij zich niets van de droom herinnert. Het komt echter voor dat de verkeerde dosering wordt gebruikt en een heel geheugen wordt gewist. Zomaar.' Gredin knipte met zijn vingers en Tanya kromp ineen.

'Dat gebeurt natuurlijk per ongeluk en komt zelden voor, maar soms… heel soms wordt het gebruikt om iemand die weigert te zwijgen toch het zwijgen op te leggen. Een uitermate onplezierig lot, daar zijn de meesten het over eens. De arme ziel herinnert zich naderhand zelfs zijn eigen naam niet meer. Betreurenswaardig, maar noodzakelijk. Immers… wat je je niet herinnert kun je ook niet doorvertellen.'

Tanya's mond werd droog van angst.

'Ik zal niet meer over jullie schrijven.'

'Goed zo,' zei Vederkap. 'Het zou dwaas zijn om het nog eens te proberen.'

'Maar één ding wil ik nog weten,' zei Tanya zo brutaal als ze durfde. 'Ik kan niet de enige zijn. Ik wéét dat ik niet de enige ben…'

Gredins blik snoerde haar de mond.

Haar afdaling was even plotseling als onverwacht. Toen ze voelde dat ze ging vallen greep Tanya in een reflex het enige beet wat zich in haar nabijheid bevond: de glazen stervormige lamp. Er klonk een enorm gekraak toen ze met haar volle gewicht aan het snoer kwam te hangen en het pleisterwerk met hele plakken tegelijk losliet, waarna het met nog meer geweld op de vloer in stukken brak. Even later kwam de lamp los. Ze smakte op de grond, waarbij het peertje te pletter sloeg en de lamp uit haar handen vloog en tegen de kleerkast aan diggelen ging.

Terwijl Tanya op adem lag te komen hoorde ze op de overloop het gekraak van verontruste voetstappen. Ze hoefde niet op te kijken om te weten dat de elfen zoals altijd verdwenen zouden zijn, als bladeren die door de wind uiteen werden geblazen. Toen stond haar moeder in de kamer. Ze trok Tanya zo hard bij haar schouder omhoog dat ze het uitschreeuwde. Tanya hoorde haar moeder een kreet van afschuw slaken toen ze de ravage zag.

'Mam…' bracht ze met schorre stem uit. 'H-het was een nachtmerrie… het spijt me.'

Zelfs in het maanlicht was de wanhoop op haar moeders gezicht te zien. Ze haalde haar hand van Tanya's schouder en liet zich langzaam met haar samengebalde handen tegen haar ogen gedrukt op het bed neerzakken.

'Mam?' fluisterde Tanya. Ze stak een hand uit en raakte haar moeders arm aan.

'Ik ben moe,' zei haar moeder zacht. 'Ik ben op. Ik weet niet meer wat ik moet doen. Ik kan het niet meer aan, dat… dat aandacht trekken van jou. Ik kan jóú niet meer aan.'

'Dat moet je niet zeggen. Ik zal mijn leven beteren, echt.'

Haar moeder schonk haar een wrang glimlachje. 'Dat zeg je elke keer. En ik zou je graag geloven… je helpen, maar ik kan het niet. Niet als je niet met me wilt praten – of met een dokter…'

'Ik heb geen dokter nodig. En jij zou het niet begrijpen!'

'Nee, je hebt gelijk, lieverd, ik begrijp er niets van. Het enige wat ik begrijp is dat ik aan het eind van mijn Latijn ben.' Ze zweeg en liet haar blik over de puinhoop dwalen. 'Goed, morgenochtend zorg je dat het hier opgeruimd is. Tot in de puntjes. En de schade betaal je van je zakgeld, hoe lang je er ook over doet. Het is nu mooi geweest. Ik wil dit niet meer hebben.'

Tanya staarde naar de vloer. Er stak een glassplinter uit haar moeders blote voet. Ze knielde neer, trok hem er voorzichtig uit en keek naar de donkere druppel bloed die ervoor in de plaats kwam. Zwijgend stond haar moeder op en sjokte met afhangende schouders naar de deur, zonder zich te bekommeren om het glas dat onder haar voeten knerpte.

'Mam?'

De slaapkamerdeur ging dicht en Tanya bleef alleen achter in de duisternis. Ze ging op haar bed liggen, te geschokt om te huilen. De uitdrukking op het gezicht van haar moeder had boekdelen gesproken. Hoe vaak was ze niet gewaarschuwd, hoe vaak had ze niet te horen gekregen over de spreekwoordelijke laatste druppel? Terwijl ze naar het gedempte gesnik in de kamer aan de andere kant van de overloop lag te luisteren wist ze dat het vannacht voor haar moeder echt de laatste druppel was geweest.

2

raag reed de auto over de bochtige weg. Zover het oog reikte lagen er aan weerszijden slechts gouden velden met groene bomen, waarvan het bladerdak zo dicht was dat de julizon er nauwelijks in doordrong. Af en toe verscheen er in de verte een boerderij of een weiland met dieren, maar verder was er weinig te zien, want dit was het hart van het landelijke Essex. Het volgebouwde landschap van Londen lag ver achter hen.

Op de achterbank zat Tanya met een ijzige blik naar het achterhoofd van haar moeder te staren. 'Ik snap nog steeds niet waarom ik naar háár moet. Ik kan toch wel ergens anders naartoe?'

'Nee, dat kun je niet,' antwoordde haar moeder. Haar gezicht was bleek door het slaapgebrek en het ontbreken van haar gebruikelijke make-up. 'We hebben het hier al honderd keer over gehad.'

'Waarom kan ik niet naar mijn vader?' vroeg Tanya.

'Dat wéét je. Hij heeft ons weken geleden al verteld dat hij de komende maanden vaak weg moet voor zijn werk. Je kunt niet in een leeg huis gaan wonen.'

'Het is niet te geloven. De zomervakantie is nog maar net begonnen of ik moet al naar háár en ik moet er ook nog eens onwijs lang blijven,' zei Tanya. 'Ik had het niet erg gevonden om naar oma Ivy te gaan.'

'Zoals je weet is oma Ivy er niet meer. Ze is drie jaar geleden gestorven en het zou geen kwaad kunnen als je iets meer moeite deed om te kunnen opschieten met de grootmoeder die je nog wel hebt.'

'Ja, zeker omdat zij zo veel moeite voor mij doet? Ik vind het al erg om af en toe een paar dágen in dat afschuwelijke spinnenwebbenhuis opgesloten te zitten. Ze doet het trouwens alleen maar omdat jij het zo graag wil!'

'Dat is niet waar.'

'Wel! Zij wil me net zomin daar hebben als dat ik ernaartoe wil, en we weten het allebei! Noem dan eens een keer, één keer maar, dat ze me uit zichzelf heeft uitgenodigd,' zei Tanya uitdagend.

Haar moeder zweeg.

Tanya perste haar lippen op elkaar. 'Dat bedoel ik.'

'En nu is het genoeg! Je hebt dit aan jezelf te danken met je gedrag van gisteravond – om nog maar te zwijgen van de afgelopen maanden.' De stem van haar moeder werd milder. 'Ik moet even rust hebben. Wij alle twee, denk ik. Een paar weekjes maar, meer niet. Ik probeer het zo eerlijk mogelijk te doen. Je mag zelfs Oberon meenemen. En als je terugkomt moeten we eens ernstig met elkaar praten.'

Tanya zei niets; ze probeerde de afschuwelijke brok in haar keel weg te slikken. Na een korte stilte zette haar moeder een cd op, waarmee ze duidelijk maakte dat het gesprek was beëindigd.

Er rees een diep gehuil op uit de keel van de iets te dikke, bruine dobermann, die met zijn achterwerk tussen Tanya en een grote tas met haar spullen in zat geperst. Ze legde een hand op zijn kop en krabde hem achter zijn zijdezachte oren om hem te kalmeren, terwijl ze mistroostig uit het raam staarde. Haar protesten hadden niets uitgehaald. Het resultaat bleef hetzelfde. Ze zou tot nader order bij haar grootmoeder logeren.

Ze reden nog steeds tussen de velden door. Voor in de auto tuurde haar moeder strak naar de weg. Achterin keek Tanya nog steeds zo kwaad mogelijk naar haar moeders achterhoofd.

'We zijn er.'

Tanya keek in de richting waarin haar moeder had gewezen, maar ze zag niets dan dichte rijen bomen en struiken.

'Het is iets meer overwoekerd dan anders.'

'Het is altijd overwoekerd,' zei Tanya bits. 'Nog iets meer en we waren er straal voorbijgereden.'

Er stonden zo veel bomen langs de oprijlaan dat je niet kon zien waar hij eindigde. Takken en twijgen krasten langs de auto en ontelbare elfen vlogen ontstemd door de verstoring uit de bomen op. Een van hen nam op het raam naast Tanya plaats en keek haar nieuwsgierig aan. Hij bleef ongeveer een minuut zitten, terwijl hij onafgebroken met een groezelige vinger in zijn neus peuterde. Tot Tanya's opluchting verloor hij toen zijn interesse en vloog hij weer terug de bomen in. Ze zuchtte, want ze wist dat ze meer van hetzelfde kon verwachten. Op de een of andere manier wisten de elfen altijd dat ze hen kon zien en het leek hen als een magneet aan te trekken, zelfs als ze haar uiterste best deed om te doen alsof ze zich niet bewust was van hun bestaan.

De oprijlaan slingerde en kronkelde voort, alsof hij deel uitmaakte van een labyrint waar ze nooit meer uit zouden komen. Uiteindelijk werd de bomenrij dunner en de weg lichter, en na een laatste bocht naar links stopten ze voor een enorme poort met een hangslot. In het smeedijzeren frame waren twee woorden aangebracht: HUIZE ELVENHORST. Op de stenen pilaren aan weerszijden van de poort ontblootten twee waterspuwers hun tanden. Haar moeder toeterde een paar keer, terwijl ze boos naar het klokje op het dashboard keek.

'Waarom hebben ze de poort nog niet geopend? We hebben gezegd dat we rond tienen zouden komen.' Geërgerd toeterde ze nog een keer.

Er gingen minuten voorbij zonder enig teken dat er iemand aan kwam. Tanya wendde haar ogen af van de niet erg verwelkomende uitdrukking van de waterspuwers. Achter de hoge muur kon ze nog net een stukje van het dak zien.

'We kunnen net zo goed uitstappen om onze benen te strekken,' zei haar moeder, terwijl ze het portier opende en de auto uit klom. Blij dat ze uit de warme, volgestouwde auto kon ontsnappen volgde Tanya haar voorbeeld. Oberon rende op de bomen af, snuffelde eraan en markeerde toen zijn territorium.

'De gezonde buitenlucht zal je goed doen.'

Tanya keek haar moeder vernietigend aan en liet haar blik toen over het landschap voor de poort dwalen. In de verte hoorde ze klokgelui en ze herinnerde zich het kleine kerkje vlakbij. Afgezien daarvan stond er in de verre omtrek geen enkel gebouw en hoewel de reis maar een paar uur had geduurd, was het alsof ze zich aan het eind van de wereld bevonden, volledig afgesneden van alles en iedereen. Tanya hield haar hand boven haar ogen en tuurde in de verte. Een donkere gestalte kwam kordaat op hen aflopen.

'Daar komt Warwick,' zei haar moeder opgelucht.

Tanya keek omlaag en schopte tegen een steentje. Ze was niet bijzonder gesteld op de tuinman. Jaren geleden, toen haar moeder hier was opgegroeid, was Amos, Warwicks vader, tuinman geweest. Amos was met pensioen gegaan en de baan was overgegaan op zijn zoon. Het tweetal woonde in het huis, samen met Tanya's grootmoeder, Florence, en Warwicks zoon, Fabian, die volgens haar moeder een 'stierlijk vervelend ventje' was. Hoewel er een kern van waarheid in zat, voelde Tanya toch sympathie voor Fabian, wiens moeder was overleden toen hij vijf jaar was. Gezien de weinige steun die hij van zijn vader had gehad, was het niet verrassend dat hij zo'n lastpost was geworden.

Warwick kwam dichterbij. Hij droeg een lange jas, die er veel te warm uitzag voor de tijd van het jaar, en een vuile werkmansbroek, die in minstens zo vuile laarzen was gepropt. Zijn ongekamde, met grijs doorschoten donkere haar was losjes bijeengebonden en zijn leerachtige huid was gebruind, een teken dat hij zijn tijd grotendeels buiten doorbracht. Hij begroette hen met een kort knikje.

Hij beende langs hen heen, maakte het hangslot open en gebaarde dat ze weer moesten instappen. Met afschuw zag Tanya dat hij een geweer op zijn rug droeg. De poort zwaaide krakend open en Warwick stapte opzij om hen door te laten.

Zoals altijd werden Tanya's ogen groot toen het huis in zicht kwam. Het moest indertijd, aan het eind van de achttiende eeuw toen het gebouwd was, een indrukwekkend landhuis zijn geweest. Het had bijna twintig slaapkamers – de oude dienstvertrekken niet meegerekend – en ongeveer evenveel salons en zitkamers, die ooit weelderig waren ingericht. Als het huis goed was onderhouden, zou het nog steeds prachtig zijn geweest.

Nu waren de gebarsten muren bedekt met klimop, die elk jaar verder woekerde en zelfs als bebladerde kabels over de ramen kroop. De meeste kamers waren afgesloten of bevonden zich in diverse stadia van verval, en het uitgestrekte, ooit zo prachtige landgoed lag er verwilderd en verwaarloosd bij. Het voorplein was veranderd in een golvende zee van onkruid en het enige waar de tuin nog door werd opgeluisterd waren de paar bomen en de in onbruik geraakte fontein. Tanya kon zich niet herinneren dat er ooit water uit was gekomen.

Nadat ze de auto hadden geparkeerd bleven ze bij de voordeur op Warwick wachten, die moeizaam over het grind kwam aanlopen. Hij ging de trap op naar de grote voordeur en liet hen binnen. Oberon bleef buiten en ging hijgend in de schaduw liggen.

In het voorportaal rook het nog hetzelfde als altijd: muf en klam, met een zweem van Florence' parfum. Aan weerszijden van de schemerige gang bevonden zich deuren waarvan Tanya uit ervaring wist dat ze op slot zaten. Tegenwoordig waren er maar een paar kamers in gebruik. Aan het eind van de gang was een hal met nog meer deuren en de centrale trap, die naar een kleine overloop leidde en vervolgens in twee verschillende richtingen naar de eerste verdieping ging. De tweede verdieping, waar vroeger de dienstvertrekken waren geweest, was voor iedereen behalve Amos min of meer verboden terrein. Slechts één keer had Tanya het gewaagd om naar boven te gaan en ze was gillend weer naar beneden gerend toen Fabian had gedaan alsof hij een spook had gezien.

'Deze kant uit,' zei Warwick, die eindelijk op zijn gebruikelijke bruuske manier zijn mond opendeed.

Tanya wierp een afkeurende blik op het verkleurde, afbladderende behang en vroeg zich voor de honderdste keer af waarom haar grootmoeder in zo'n immens huis bleef wonen, dat duidelijk veel te groot was om te onderhouden.

Op de overloop stond een oude staande klok die nooit gelijkliep, ondanks het feit dat hij herhaaldelijk was gerepareerd. Tanya wist precies hoe het kwam: hij zat al jaren vol met elfen. Ook dat was een reden waarom ze de pest had aan deze plek: het wemelde er van de elfen. Ze volgde Warwick de trap op, terwijl haar moeder beneden bleef staan. Zodra ze zich had omgedraaid klonk er een hatelijke stem uit de ingewanden van de klok.

'Oppassen voor die kleine. Ze zit vol streken.'

Tanya negeerde het en liep door. Boven aan de trap bleef ze als verstijfd staan. Een spoor van felgekleurde veertjes leidde naar een gammel dressoir met erbovenop een dikke oranje kat met één oog en een bek vol veren.

'Hij is opgezet,' zei Warwick op verveelde toon.

Tanya zag op de grond een opgezette fazant liggen waarvan de kop en de helft van de veren ontbraken en ze voelde een mengeling van opluchting en walging.

'Spitfire! Schiet op, weg jij!' beval Warwick.

Spitfire staarde hem onverstoorbaar aan en kauwde schaamteloos door. Warwick liep hem geërgerd voorbij en bleef bij de eerste deur aan de linkerkant staan.

'Je kamer.'

Tanya knikte zwijgend. Het was dezelfde kamer als altijd, dus het leek nogal zinloos dat ze erheen was gebracht. Ze kon maar twee redenen bedenken waarom Warwick dat had gedaan: of hij wilde zichzelf hoffelijk voordoen, of hij was bang dat ze in de andere kamers ging rondsnuffelen. Afgaand op zijn gebruikelijke manier van doen moest het haast wel het laatste zijn.

Net als de meeste kamers van het huis was die van Tanya ruim, maar schaars gemeubileerd. Het vloerkleed was versleten en het lavendelkleurige behang op de muren had hier en daar losgelaten. In de hoek stond een tafeltje met een stoel en in het midden een pas opgemaakt bed; de vouwen zaten nog in de gesteven kussenslopen. Aan het voeteneind lag een dunne rode deken. Tegenover het bed bevond zich een gietijzeren haard met ernaast een deur naar een kleine badkamer voor haar alleen. Jammer genoeg huisde er toevallig ook een slijmerige, kikkerachtige elf met een voorliefde voor glinsterende voorwerpen. Tanya was al heel wat horloges en sieraden kwijtgeraakt aan het diefachtige schepsel en ze had meer dan eens een verbijsterde Warwick allerlei blinkends uit de afvoer in de badkamer zien opvissen.

Boven de haard hing een schilderij van Echo en Narcissus: de knappe jongeling staarde naar zijn spiegelbeeld in de vijver, terwijl het meisje hem onopgemerkt gadesloeg. Tanya was er nog steeds niet uit of ze het mooi vond.

Ze zette haar tas op het bed en pakte hem uit. Het verraste haar niet dat de kamer er nog net zo leeg uitzag toen ze haar spullen op hun plek had gelegd. Haar sloffen zette ze op het voeteneind neer; ze herinnerde zich vaag dat Spitfire er een keer een rattenstaart in had gedeponeerd. De kans op herhaling zou nu klein zijn. Met zijn zestien jaar was Spitfire bijna een museumstuk. Afgezien van de opgezette dieren in de gang was het enige wat hij tegenwoordig nog wist te vangen een verdwaalde spin, en als het meezat een bromvlieg.

Ze liep naar het raam en ging met haar vinger over de vensterbank, waardoor er een dun spoor achterbleef in de eeuwige laag vuil. Het raam keek uit op de tuin aan de zijkant van het huis, waar een paar wilde rozenstruiken en enkele bomen stonden. Achter de muur lag het kerkje met zijn kleine begraafplaats en in de verte het uitgestrekte bos dat bekendstond als het Beulswoud. Ze zag haar moeder in de auto stappen, klaar om te vertrekken, en ze was blij dat ze had besloten het afscheid uit de weg te gaan. Het zou alleen maar pijnlijk zijn geweest en mogelijk zelfs tot ruzie hebben geleid.

Tanya liep terug naar het bed en liet zich er langzaam op neerzakken. Een barst in de spiegel van de kaptafel deelde haar spiegelbeeld

in tweeën: twee identieke gezichten met donker haar en een olijf-
kleurige huid staarden haar met bruine ogen aan. Tanya wendde
haar ogen af. Ze had zich nog nooit zo alleen gevoeld.

3

Diep in het Beulswoud stond een oude woonwagen, half verscholen onder het dichte gebladerte in de koele schaduw van de torenhoge bomen. Ondanks de felle, narcisgele kleur trok de woonwagen weinig aandacht, aangezien er in dit deel van het bos zelden iemand kwam. De meeste mensen zouden zich hier niet op hun gemak hebben gevoeld, maar de oude zigeunervrouw die in de woonwagen woonde vond in het woud de eenzaamheid waar ze naar smachtte. Hier leidde ze een eenvoudig leven, bevrijd van de starende blikken van de stedelingen: soms nieuwsgierig, soms vijandig of bang.

Sinds mensenheugenis werd er beweerd dat de zigeunervrouw over toverkracht beschikte. Haar uitgebreide kennis van de wilde planten die in het bos groeiden betekende dat ze menige aandoening kon genezen. Ze hield die kennis grotendeels voor zichzelf en genas slechts als het haar werd verzocht – alleen dan, en tegen betaling. De oude zigeunervrouw had echter nog iets anders wat de interesse wekte van bepaalde mensen, en dat was niet iets wat kon worden toegeschreven aan haar kennis van planten, kruiden of wat dan ook. Het was haar vermogen om in het verleden en de toekomst te kijken. Degenen die niet bang genoeg waren om weg te blijven kwamen haar vragen om die dingen te vertellen, wat ze deed: haar moeite in ruil voor hun geld. Er waren echter momenten – tegenwoordig steeds vaker – waarop het vermogen haar ontglipte en ze hun niets kon vertellen. Op andere momenten zag ze dingen die ze niet zouden willen weten, zodat ze zweeg. Ze had geen andere naam voor dit vermogen dan dat ze helderziend was, net als haar moeder en daarvoor haar grootmoeder. In haar jonge jaren was het als vanzelf tot haar gekomen, vaak in dromen. Later had het zich aan de randen van haar bewustzijn verscholen en had ze het moeten oproepen.

Wat ze niet graag deed, tenzij het niet anders kon.

Op dat moment luisterde de oude vrouw bij het open raam naar het lied van een vogel in het bos. Het dikke grijze haar dat haar verweerde, rimpelige gezicht omlijstte hing in een eenvoudige vlecht op haar rug. Ondanks haar leeftijd straalden haar levendige korenblauwe ogen scherpzinnigheid uit, naast een zekere zachtheid.

De vrouw bracht een knokige hand naar haar slaap. Ze voelde een bekende pijn, die langzaam aanzwol. Ze stond op en schuifelde naar de keukenhoek, waar ze haar blik even liet rusten op het water dat zich door een lekkende kraan in de gootsteen had verzameld. Onheilspellende, misvormde schaduwen kwamen in het water tot leven. Ze deed het raam dicht en sloot de gordijnen, zodat de woonwagen in het halfduister werd gehuld. Uit een kastje dat vol stond met potten en flessen haalde ze een houten schaal en een paar kaarsen tevoorschijn. Na de schaal met water te hebben gevuld zette ze hem op tafel en stak met trillende hand de kaarsen aan.

De oude vrouw ging aan tafel zitten en leunde naar voren. Het dansende schijnsel van de kaarsen accentueerde de lijnen in haar gezicht. Het kloppen bij haar slaap werd sterker en er gingen pijnscheuten door haar schedel. Haastig mompelde ze een bezwering en de pijn ebde weg, waarna ze zwijgend en bewegingloos in haar stoel bleef zitten.

De temperatuur in de woonwagen daalde en de vlammen van de kaarsen lichtten blauw op. Huiverend trok de oude vrouw haar sjaal dichter om haar smalle schouders en staarde in de houten schaal. Het water werd troebel en toen weer helder. Er tekenden zich dreigende schaduwen in af. Donkere kleuren vermengden zich en weken weer uiteen. Haar vingers bewogen onwillekeurig door de elektrische schokjes die in haar huid prikten. Toen trok er een reeks nevelige beelden voorbij, als een geluidloze film.

Een klok sloeg middernacht. Door het venster van een kinderkamer verlichtte de maan een slapend kind in een wieg, alvorens achter een wolk te verdwijnen. Toen de maan weer verscheen was het enige wat er nog in de wieg lag een kleine teddybeer waarvan de vulling uit de scheur bij zijn middel naar buiten stak. Over de smetteloos witte lakens liep een spoor van kleine, modderige voetafdrukken. De oude vrouw fronste haar wenkbrauwen en probeerde wijs te worden uit wat ze zag. Maar het water werd alweer helder. Even dacht ze dat het visioen voorbij was, maar toen verscheen er een nieuw beeld.

Het water toonde een meisje van een jaar of twaalf met kastanjebruin haar en donkere, expressieve ogen. Het meisje in het water keek verdrietig. Verdrietig omdat niemand haar begreep en niemand naar haar luisterde. Maar het water vertelde dat ze niet alleen was. Het water liet zien wat er zich om haar heen bevond. Want het meisje kon dingen zien die anderen niet zagen. Het meisje was helderziend, daar bestond geen twijfel over – maar niet op dezelfde manier als de oude vrouw.

Nog lang nadat de warmte in de woonwagen was teruggekeerd was de oude vrouw de kou uit haar handen aan het wrijven. Die trok tegenwoordig veel te makkelijk in haar botten. Terwijl de middagzon de woonwagen in een geruststellend licht hulde zat ze bewegingloos in haar stoel en staarde nog steeds in de schaal voor zich op tafel, waar de waterige beelden allang waren verdwenen. Het enige wat haar restte waren vragen.

Uiteindelijk stond de vrouw op van tafel en begon afwezig de schaal en de kaarsen op te ruimen. Haar oude handen trilden. Ze wist genoeg om te beseffen dat het lot ervoor zou zorgen dat het pad van het meisje het hare zou kruisen – en het zou niet lang meer duren ook.

4

Met tegenzin kloste Tanya die middag naar beneden voor de lunch. Haar moeder was twee uur geleden vertrokken en de gedachte dat ze de komende weken opgesloten zou zitten in het huis met al zijn spinnenwebben en afgesloten deuren was te vreselijk voor woorden.

Haar grootmoeder kwam zojuist in haar oude Volvo-stationcar terug van het boodschappen doen. Na een kort, ijzig welkom hielp Tanya haar met uitladen. Vrijwel onmiddellijk zag ze de dode elf op de voorruit. Eerst dacht ze dat het een uit de kluiten gewassen vlieg of kever was, maar bij nadere inspectie bleek het inderdaad een elf te zijn, die nogal verschilde van de elfen die ze kende. Hij was klein, kleiner dan ze ooit had gezien, zelfs nog kleiner dan haar pink. Zijn petieterige handjes lagen plat tegen het glas en slechts één van zijn vleugels was nog intact. De andere was over de voorruit uitgesmeerd.

Kokhalzend draaide Tanya zich om. Ze had nog nooit iets doods gezien, behalve een kat die ook door een auto was gegrepen en het kleine spul dat Spitfire had gedood. Op de een of andere manier was een elf anders.

De elf had Tanya's eetlust bedorven. Onpasselijk roerde ze in haar soep, terwijl ze voortdurend moest denken aan het gebroken, levenloze lichaampje op de auto. Hoezeer ze ook de pest had aan elfen, ze kon het niet over haar hart verkrijgen om hem zomaar als een geplet insect te laten zitten. Ze besloot hem zodra ze de kans kreeg een fatsoenlijke begrafenis te geven.

Ze lunchten aan de eikenhouten tafel in de keuken, die in tegenstelling tot de meeste andere vertrekken niet was verwaarloosd. De bedrijvigheid en de warmte hadden een chagrijnige oude nachtelf aangetrokken, die meestal in het theeblik lag te slapen, en een verlegen kleine huiself, die druk in de weer was met het warm houden van de borden en zorgen dat de pannen niet overkookten. Tanya had haar nooit goed kunnen bekijken, want ze verplaatste zich bliksemsnel en schoot van de ene donkere hoek de andere in. Ze had alleen een glimp kunnen opvangen van de lange spichtige vingers, een jurk van theedoeken en een gordijn van roodbruin haar waarachter ze zich verschool. In de herfst en de winter wanneer het haardvuur brandde was ze zich vrijwel altijd achter de kolenkit aan het opwarmen. In de warmere maanden, wanneer er geen vuur was, zocht de huiself een andere warmtebron in de keuken op, maar nooit de magnetron. Die leek haar angst aan te jagen.

Het leukste plekje van de keuken vond Tanya de wenteltrap in de alkoof naast de haard, die omhoogkronkelde naar de eerste en de tweede verdieping. Omdat hij al tijden niet meer werd gebruikt was de doorgang vlak na de eerste bocht dichtgemaakt. Jaren geleden was de trap door de bedienden gebruikt om de met eten gevulde dienbladen en andere spullen snel in en uit de keuken te krijgen. Tanya vond het zonde dat hij dicht zat, want ze had hem altijd al willen verkennen. Er zat een klein raampje in het metselwerk van de alkoof en de treden van de trap deden nu dienst als planken om de keukenspullen op te slaan. Op winterse avonden wanneer de kool-tjes lagen te gloeien in de haard werd de alkoof gehuld in een bijna spookachtig licht. Maar vandaag kon zelfs de geheimzinnige trap haar niet opbeuren.

'Geen trek?'

Tanya keek op en zag dat haar grootmoeder haar aandachtig op-nam. Het witte haar dat in een strenge knot in haar nek lag maakte haar gezicht nog smaller.

'Ik ben een beetje moe,' loog Tanya, terwijl ze naar de spichtige vingers gluurde die zich warmden aan de nog hete waterkoker. 'Waar is Fabian?'

'Hij moet hier ergens zijn. Zijn schoolvakantie is vorige week be-gonnen, dus jullie kunnen in ieder geval elkaar gezelschap houden.'

Tanya werd nog moedelozer. Fabian als gezelschap was een af-schuwelijke gedachte; als zij op bezoek was, was hij niet meer bij haar weg te slaan en liep hij haar voortdurend achterna. Hij leek nogal een eenling te zijn en nam nooit vrienden mee naar huis, en hij had weinig respect voor andermans privacy. Meestal hield ze het wel een paar uur met hem uit, maar een paar wéken was een heel ander verhaal. Ze zakte onderuit in haar stoel en duwde de kom van zich af. Het werd allemaal steeds erger.

Na de lunch hielp Tanya met opruimen, waarbij ze van de gele-genheid gebruikmaakte om wat dingen achterover te drukken om de elf mee te begraven. Toen haar grootmoeder zich omdraaide scheurde ze een stuk karton van de cornflakesdoos af en stak het in haar zak, vervolgens leegde ze een lucifersdoosje in de afvalbak en stak het ook bij zich.

Haar grootmoeders auto stond naast het huis geparkeerd. Een aantal vensters keek erop uit, maar de meeste waren van lege ka-mers, dus er was weinig kans dat ze werd betrapt. De enige die een gevaar vormde was Warwick. Hij had een kleine werkplaats aan de zijkant van het huis waar hij voortdurend in en uit liep om materiaal en tuingereedschap te pakken. Op dit moment was hij nergens te bekennen, dus besloot Tanya het erop te wagen.

Met het stuk karton schraapte ze de elf van de ruit en legde hem voorzichtig in het lucifersdoosje. Ze deed haar best, zonder veel succes, om niet naar de bloedkorsten onder zijn neus te kijken, of de misselijkmakende knik in zijn nek. Ze probeerde de afgerukte vleugel erbij te leggen, maar het was veel lastiger dan ze had gedacht en dus staakte ze haar poging. Hij zou met één vleugel begraven moeten worden.

De achtertuin was een wildernis van onkruid en bramenstruiken waar al heel lang niets aan was gedaan. Nadat ze zich er een weg door had gebaand en een paar flinke schrammen in haar armen had opgelopen, bleef ze aan de voet van een paardenkastanje staan bij een plant met kleine gele bloempjes en begon te graven. Oberon, die haar was gevolgd, keek eerst verrukt toe en deed toen uitgelaten mee. Nadat hij in een mum van tijd een heel aantal gaten had gegraven, en Tanya bijna onder de kluiten had bedolven, ging hij geduldig met zijn natte neus onder de donkerbruine aarde naast haar zitten wachten. Toen haar eigen gat diep genoeg was plukte ze een bloempje van de plant en vlijde het naast de elf in het lucifersdoosje, waarna ze het doosje op de bodem neerlegde en het gat weer dichtgooide. Haar nagels waren zwart van de aarde, maar ze voelde zich iets beter. Ze liep terug naar de zijkant van het huis en in de schaduw van de grote eik waste ze haar handen bij het buitenkraantje. Toen ze zich omdraaide om weer naar binnen te gaan, sprong er iemand uit de boom en kwam vlak voor haar neus neer.

'Hallo,' zei Fabian. 'Wat doe je?'

'Ik?' zei Tanya verontwaardigd, terwijl haar hart langzaam tot bedaren kwam. 'Wat doe jij, behalve je in bomen verstoppen en mensen bespringen? Ik ben me dood geschrokken!'

'Sorry,' zei Fabian met een grijns die Tanya's woede deed oplaaien.

Ze keek hem kwaad aan, terwijl ze haar handen aan haar spijkerbroek droogde. Fabian was een paar maanden jonger dan zij, maar in het jaar dat ze elkaar niet hadden gezien was hij een heel stuk gegroeid en nu torende hij boven haar uit. Maar verder was hij niets veranderd: een spichtige jongen met een in verhouding tot de rest van zijn lichaam te groot hoofd met dik, golvend rossig haar, dat alle kanten uit piekte en nodig geknipt moest worden. In tegenstelling tot zijn vader had Fabian een bleke, fletse huid, doordat hij altijd binnen zat met zijn neus in een of ander wetenschappelijk boek. Hij droeg een dikke bril, waarachter zijn intelligente blauwe ogen anderhalf keer zo groot leken.

Tanya's moeder had het niet erg op Fabian. Ze vond hem een weetal en het stoorde haar dat hij volwassenen bij hun voornaam noemde, ook zijn vader en Amos. Tanya moest toegeven dat zij het ook raar vond.

De laatste keer dat ze Fabian de vorige zomer had gezien was hij insecten aan het roosteren onder een vergrootglas en noteerde hij de tijd die het kostte om ze te verbranden in een bruin, in leer gebonden boek dat hij overal mee naartoe nam. Toen ze ernaar vroeg antwoordde hij verstrooid: 'Onderzoek.'

Te oordelen naar zijn vreemde outfit was hij ook wat dat betreft weinig veranderd. Hij was helemaal in het groen gekleed, op een paar bruine laarzen en een hoed na. In een poging zichzelf te camoufleren had hij takken en bladeren in zijn hoed gestoken en aan zijn bril had hij een zelfgemaakte constructie bevestigd van twee vergrootglazen die met draad en tape aan elkaar waren gezet.

'Vertel, wat ben jij aan het doen?' vroeg Tanya, die nieuwsgierig was geworden. 'Nog meer hulpeloze schepsels aan het martelen en doden?'

Fabian haalde zijn schouders op. 'Eerlijk gezegd is het meer een soort... observatieproject.'

'Wat observeer je dan?'

Hij grinnikte treiterig. 'Wat was jij aan het begraven in de tuin?'

'Een dode muis,' antwoordde ze, half in de verwachting dat hij zou willen dat ze hem opgroef zodat hij ermee kon experimenteren.

Hij staarde haar een paar seconden aan.

'Zonde,' zei hij uiteindelijk. 'Je had hem aan Spitfire kunnen geven om op te knagen.'

Ze keken elkaar dreigend aan totdat hun ogen begonnen te tranen, want geen van beiden wilde als eerste knipperen of zijn blik afwenden. Gelukkig was Tanya hier goed in; op school had ze voldoende ervaring opgedaan. Fabian keek als eerste weg. Zelfvoldaan vanwege de kleine overwinning liep ze naar het huis, terwijl Fabian met een kwaad gezicht de boom weer in klom.

Eenmaal binnen ging Tanya direct naar haar kamer. Ze was bijna halverwege de eerste trap toen ze zag dat de deur van een kamer aan de rechterkant die altijd op slot was nu op een kier stond en er een lichtstraal de schemerige gang in viel. Ze draaide zich om en sloop ernaartoe. Er klonk geen geluid uit de kamer. Behoedzaam duwde ze de deur open, stapte de kamer in en bleef verwonderd staan.

De muren waren vanaf de vloer tot aan het plafond bedekt met honderden boeken, over vrijwel elk denkbaar onderwerp. In de hoek bij het raam stond een groot bureau dat onder een dikke laag stof zat. Op het bureau lagen nog meer boeken.

Ze haalde er een aantal van de planken. Toen ze erdoorheen bladerde vlogen er wolken stof op; het was duidelijk dat ze jaren niet waren ingekeken. Ze ging met haar vinger langs de ruggen en zag dat sommige boeken heel erg oud waren, nog uit de achttiende eeuw. Een ervan, met de intrigerende titel *Mythe en magie door de eeuwen heen*, sloeg ze open en ze bladerde door het register totdat ze had gevonden wat ze zocht.

'*Elfen*,' fluisterde ze. '*De elf is een mythisch wezen uit de Germaanse folklore, ook bekend als elve, alf, fee, natuurgeest of het kleine volkje. Het woord "elf" komt van het Oudgermaanse "ælf" en is verwant aan het Oudnoorse "álfr". Het kan worden herleid tot het Oergermaanse "alboz" of "albiz", van onbekende oorsprong; mogelijk het proto-Indo-Europese "albho", dat "wit" betekent.*

Het was een wijdverbreid geloof dat als er een lelijk, ziek of misvormd elfenkind werd geboren de elfen een gezond sterfelijk kind stalen en het elfenkind ervoor in de plek legden. Deze gestolen kinderen werden "wisselkinderen" genoemd.

Vroeger was het zeer gebruikelijk om geschenken achter te laten voor de elfen. De mensen geloofden dat door eten achter te laten voor het kleine volkje hun goedheid werd beloond met geluk.

Als bescherming tegen hinderlijke elfen bestaan er verscheidene eenvoudige methoden en middelen, zoals zout, het dragen van de kleur rood of het binnenstebuiten keren van de kleding, het meedragen van een ijzeren nagel of de nabijheid van stromend water.'

Tanya zweeg even. 'Elfen,' herhaalde ze toen fluisterend, terwijl ze haar vinger voorzichtig over de ouderwetse tekens op de bladzijde liet glijden. Het woord leek op de een of andere manier te passen bij de vreemde wezens die haar voortdurend lastigvielen.

Ze rommelde in de bovenste la van het bureau, maar vond slechts oude kranten en een paar opgedroogde insecten. Ze schoof hem met een klap dicht. De tweede la was op slot of zat klem, maar in de derde la vond ze een stuk papier, een pen en een ouderwetse zilveren bedelarmband. Nieuwsgierig haalde ze het vreemde sieraad uit de la. Het was zwaar en voelde koud aan, en hoewel het zilver was uitgeslagen getuigde het van vakmanschap. De bedeltjes waren stuk voor stuk kunstig en met grote toewijding gemaakt. Ze legde hem op het bureau neer en vroeg zich af hoe lang hij al in de la had gelegen, en wie hem het laatst zou hebben gedragen.

Ze richtte haar aandacht op het stuk papier en begon te schrijven, maar aarzelde toen. Stel dat de elfen het vonden, dan wist ze niet wat ze deze keer zouden doen. Ze twijfelde er geen seconde aan dat Gredin haar in een brabbelend geheugenloos wrak kon veranderen.

Maar ik heb het niet zelf geschreven, zei ze tegen zichzelf. *Ik schrijf het alleen maar over. Daar heeft hij niets over gezegd.*

Woord voor woord nam ze de tekst uit het boek over, vouwde toen het papier zorgvuldig op en stopte het in haar zak. Daarna liet ze haar ogen gretig over de rest van de bladzijde gaan. '*Zie ook Glamor, De Dertien Schatten, Elfenhoven: Het Zalige en Het Onzalige Hof.*'

'Oké… laten we eens kijken,' mompelde ze, terwijl ze de bladzijden omsloeg.

'*Glamor: een magische illusie die zo machtig is dat ze de toeschouwer kan doen geloven dat wat hij ziet werkelijk is; een misleidende sluier die iets afzichtelijks in iets van grote schoonheid kan veranderen. Glamor biedt de mogelijkheid om te veranderen van gedaante, omvang of vorm, en zich te vermommen als dier – vaak een vogel of luchtwezen – of zelfs als mens.*

Wil een elf een sterfelijke gedaante aannemen, dan vereist dat een aanzienlijke hoeveelheid toverkracht. Slechts machtige elfen kunnen zich met succes voordoen als een sterveling, maar een oplettend mens zal door hun gedrag op het gevaar van misleiding worden gewezen. De ma-

nier van spreken kan gekunsteld zijn, ouderwets of op rijm gesteld. Ook de kleding kan ouderwets zijn of uit de toon vallen. Natuurlijke voorwerpen – zoals eikels of kiezels die met glamor zijn betoverd en er als muntstukken uitzien – kunnen worden gebruikt om goederen te betalen, maar nemen enkele uren later weer hun oorspronkelijke vorm aan.'

Ademloos door haar ontdekking sloeg Tanya het boek dicht. Opgewonden nam ze de andere boeken die ze had uitgekozen in haar armen en maakte aanstalten om de kamer uit te gaan, toen een klein boekje op het bureau haar aandacht trok. Het was een rijk geïllustreerd exemplaar van Shakespeares *A Midsummer Night's Dream*. Nieuwsgierig legde ze haar boeken weer neer en pakte het op. Terwijl ze erdoorheen bladerde viel er een papier op de grond. Ze knielde en zag dat het een knipsel was uit een lokale krant van 22 juni iets meer dan vijftig jaar geleden. Het was vergeeld van ouderdom. Boven het artikel stond in vette letters: MEISJE VERMIST.

Gister is een zoektocht begonnen naar de dochter van een plaatselijke predikant die afgelopen nacht niet is thuisgekomen. De politie is verbijsterd door de verdwijning van de veertienjarige Morwenna Bloem, die ogenschijnlijk spoorloos is verdwenen na haar avondwandeling in het Beulswoud. Een woordvoerder van de politie verklaarde dat men ernstig vreest voor de veiligheid van het meisje, dat het laatst gezien is door een zestienjarige jongen bij de beruchte Beulscatacomben, die in de loop der jaren meerdere levens hebben geëist en een bekende zelfmoordlocatie zijn. De politie heeft de jongen ondervraagd en hem zonder aanklacht weer vrijgelaten. De plaatselijke bewoners hebben nogmaals een verzoek ingediend om met het oog op de veiligheid de gaten te omheinen.

Tanya stopte het knipsel weer tussen de bladzijden.

De Beulscatacomben lagen midden in het bos achter het huis: verraderlijke gaten die diep onder de grond uitkwamen op kilometerslange tunnels. De gaten zouden natuurlijke grotten zijn, maar er werd ook wel beweerd dat het oude kalkmijnen waren. Pas de afgelopen jaren waren er hekken rond de ingangen aangebracht om te zorgen dat er niemand in kon vallen, maar desondanks had Warwick Fabian en Tanya telkens weer verboden om de beek die langs de bosrand liep over te steken. Tanya voelde er hoe dan ook weinig voor om door het bos te dwalen. De elfenpopulatie die er ongetwijfeld huisde wekte voldoende afschrik.

Achter haar schraapte iemand zijn keel.

Tanya draaide zich geschrokken om. In de deuropening stond haar grootmoeder.

'Wat doe jij hier?'

Tanya slikte hoorbaar. Ze was ervan overtuigd dat het schuldgevoel op haar gezicht te lezen stond.

'Ik eh… de deur stond open en ik wilde gewoon even naar de boeken kijken.'

Florence kwam de kamer in en nam een boek van een plank.

'Sommige zijn heel oud,' zei ze, terwijl ze een streep trok in het stof op de kaft. 'Sommige staan hier al sinds de bouw van het huis, iets meer dan tweehonderd jaar geleden.'

Tanya stond ongemakkelijk naast haar grootmoeder. Ze had verwacht dat ze op haar kop zou krijgen.

'Ik vond dit,' zei ze, terwijl ze het krantenknipsel tevoorschijn haalde. 'Het gaat over een meisje dat vijftig jaar geleden vermist werd.'

Er gleed een vreemde blik over het gezicht van haar grootmoeder, het leek wel angst. Toen kreeg het zijn gewone ondoorgrondelijke uitdrukking weer terug.

'Ze was van mijn leeftijd… we zaten op dezelfde school. Haar vader was de predikant van het kerkje hier vlakbij.'

'Waren jullie vriendinnen?'

'Ja,' antwoordde Florence. 'Een tijdje, toen we jong waren.' Ze keek bezorgd en zweeg abrupt. 'We… we groeiden uit elkaar.'

'Is ze ooit gevonden?' vroeg Tanya.

'Nee,' zei Florence. 'Niemand heeft haar ooit nog gezien.' Ze legde het knipsel op het bureau en blies naar een spinnenweb. 'Deze kamer mag wel eens schoongemaakt worden. Warwick heeft het me al weken geleden beloofd, maar hij is er nog steeds niet aan toegekomen.'

'Misschien kan ik helpen,' opperde Tanya, terwijl ze dacht aan de mogelijkheid die het haar zou bieden om nog meer te weten te komen.

Florence keek haar uitdrukkingsloos aan.

'Dank je. Dat stelt Warwick vast op prijs.'

Haar grijze ogen dwaalden naar de bedelarmband.

'Ik vroeg me al af waar die was gebleven,' zei ze, terwijl ze de armband in het licht hield. De aangeslagen bedeltjes glansden dof in het zonlicht.

'Is hij van jou?' vroeg Tanya.

'Ja,' zei Florence. 'Het is een oud erfstuk. Hij is al heel lang in het bezit van de familie.'

Tanya keek nog eens goed naar de armband en telde de zilveren bedeltjes. Er hingen dertien intrigerende kleine voorwerpen aan, allemaal even verfijnd en mooi. De opvallendste waren een sleutel, een met juwelen bezette beker en een kleine kandelaar.

'Hij is prachtig,' zei ze.

'Het is een zwaar, onhandig ding,' zei haar grootmoeder. 'Ik heb hem in geen tijden meer gedragen.' Er verscheen een afwezige blik in haar ogen. 'Vroeger koesterden de mensen dit soort bedeltjes. Ze droegen ze om het kwaad af te weren – als een talisman voor geluk en bescherming.' Abrupt overhandigde ze de armband aan Tanya. 'Wil jij hem niet hebben? Onder de gootsteen staat zilverpoets. Daarmee krijg je hem weer zo goed als nieuw.'

'O,' zei Tanya, overrompeld door de ongebruikelijke generositeit van haar grootmoeder. 'Dank je wel.' Ze deed de armband om haar smalle pols.

Met een kort knikje ging Florence de kamer uit en liet de deur openstaan. Tanya volgde haar met tegenzin. Haar grootmoeder was nergens meer te bekennen. Ze aarzelde en liep toen snel de kamer weer in om *Mythe en magie door de eeuwen heen* te pakken en trok toen de deur van de bibliotheek zachtjes achter zich dicht. Op de overloop hoorde ze een vaag gescharrel in de staande klok en toen ze dichterbij kwam meende ze de bewoners te horen kibbelen. Ze bleef staan om te luisteren, maar de stemmen zwegen onmiddellijk en dus liep ze door, de trap af en de keuken in.

Omdat ze zo weinig had gegeten bij de lunch was Tanya uitgehongerd. Ze smeerde een boterham, schonk een groot glas sinaasappelsap in en begon in stilte te eten, totdat een vreemd geluid haar aandacht trok. Uit de richting van het theeblik klonk een gedempt gesnurk. Plotseling herinnerde ze zich dat de nachtelf daar woonde. Het was een sikkeneurig schepsel, dat het servies brak en de melk zuur maakte als hij uit zijn humeur was – en dat gebeurde vaak.

Toen ze haar boterham ophad en de restjes vruchtvlees van haar sap uit het glas had gelepeld, waste ze haar bord geruisloos af om de nachtelf niet te wekken en liep op haar tenen de keuken uit. De gang was leeg, maar te oordelen naar de takjes en de bladeren op de vloer was Fabian binnen geweest. Ze liep de trap op naar de eerste verdieping, ging haar kamer in en controleerde of de gang leeg was voordat ze de deur achter zich op slot deed. Meestal deed ze dat niet, maar nu was het noodzakelijk, omdat ze iets ging doen waarvan ze niet wilde dat iemand het zag.

Ze knielde voor de haard neer en rolde het vloerkleed op, zodat het ruwe, kale hout zichtbaar werd. Met haar nagels lichtte ze de losse plank op waarvan zij als enige het bestaan kende. Er kwam een ruimte tevoorschijn die groot genoeg was om er een schoenendoos te verstoppen – een ruimte die ze had ontdekt toen ze zeven was. Sindsdien was het haar geheime bergplaats geweest. Ze keek of er geen spinnen zaten, tilde toen de doos uit het gat en haalde het deksel eraf. In de doos zaten een paar verhalen die ze had geschreven, wat familiefoto's en een uitpuilend oud dagboek. Ze klemde haar kaken op elkaar. Blijkbaar hadden de elfen dit dagboek nog niet ontdekt.

Ze haalde de aantekeningen uit haar zak, las ze nog een keer door en deed ze toen onder in de doos. Nadat ze de plank had teruggelegd en het vloerkleed weer had uitgerold verstopte ze het boek onder de deken aan het voeteneind. In gedachten verheugde ze zich op de rijkdom aan informatie die beneden in de bibliotheek op haar wachtte.

Pas later, toen ze opstond en naar de kaptafel liep, zag ze de zwarte veer op de vloer liggen, een veer die van een kraaiachtige zou kunnen zijn. Een raaf misschien.

5

ikkerseind was een kleine marktplaats en het soort stadje waar mensen met hun hond naar de hondensalon gingen, elke zondagochtend plichtsgetrouw hun auto wasten en met hun buren wedijverden wie de grootste verzameling tuinkabouters had. Het was ook het soort stadje waar iedereen iedereen kende en de gordijnen bewogen als je er als vreemdeling doorheen liep.

Het had echter een geweldige hoofdstraat met zo veel interessante en bijzondere winkels dat je er een hele dag zoet mee kon zijn. Op dinsdag, woensdag en zaterdag was er markt op het plein, waar handelaren luidkeels hun waar aanprezen en klanten met afdingen een goede slag probeerden te slaan. Het was altijd een kleurrijk gebeuren: van de glinsterende zilveren schubben van de vers gevangen vis tot de diepe tinten van rijp fruit, en als je 's ochtends op het juiste tijdstip kwam geurde het hele stadje verrukkelijk naar versgebakken vleespasteien en appeltaart.

In de achterafstraatjes, ver van alle drukte van de hoofdstraat, bevonden zich talloze winkeltjes met antiek en curiosa. In dit soort winkeltjes kon Tanya uren doorbrengen.

Die dinsdag stond ze vroeg op en liep de kilometer naar de bushalte. Ze was blij dat ze aan het sombere huis kon ontsnappen, ook al was het maar voor een paar uur. Jammer genoeg was er één maar: haar grootmoeder had haar alleen laten gaan op voorwaarde dat Fabian met haar meeging.

Het was ongeveer een kwartier met de bus naar Tikkerseind en het was een mooie, prettige route, ook al rook het er altijd naar de mest die op de akkers lag. Nadat ze waren uitgestapt liepen ze naar de markt, waar het al krioelde van de mensen.

Al snel ontdekte Tanya een kraam waar ze stoffen, sjaals en linten in alle kleuren van de regenboog verkochten. Ze bleef staan bij een bak met zijden sjaals, het soort dat alle meisjes deze zomer in hun haar droegen; het was een ware rage. Het knappe Aziatische meisje achter de kraam droeg er zelf een in het turquoise. Tanya deed nooit mee met modetrends en ze wilde net weer doorlopen, toen ze een rode sjaal zag liggen en ze moest denken aan de passage in het boek. Ze overhandigde de sjaal aan het meisje en haalde haar geld tevoorschijn.

'En ik maar denken dat je stoer was,' grinnikte Fabian.

Tanya negeerde hem. Toen het meisje haar het bruine zakje en het wisselgeld had gegeven deed ze de sjaal onmiddellijk om. Ze wilde zo snel mogelijk weten of het klopte wat er in het oude boek stond. Ze liepen verder over de markt. Fabian bleef staan bij een kraam met sciencefictionstrips en Tanya besteedde haar laatste geld aan een groot bot voor Oberon. Het bonkte onder het lopen ongemakkelijk tegen haar been.

Het werd een bloedhete dag. Nadat ze twee uur door Tikkerseind hadden gelopen zaten Tanya's voeten onder de blaren van de nieuwe zomersandalen die haar moeder voor haar had gekocht.

'Hoe laat is het?' vroeg ze aan Fabian, nadat ze voor de zoveelste keer automatisch op haar pols had gekeken en zich herinnerde dat ze haar horloge kwijt was. Zoals verwacht had de afvoerbewoner het die ochtend van de wastafel gepikt.

'Kwart voor twaalf,' antwoordde Fabian. 'We hebben nog een half uur voordat de bus gaat.'

Tanya knikte en bewoog haar pijnlijke voeten. Ze had geen zin om nog lang rond te lopen. Ze had echter nóg een reden om snel terug te willen: ze had afgesproken om Warwick die middag te helpen met het opruimen van de bibliotheek.

Ze liepen het Wichelaarslaantje in, Tanya's favoriete straat in Tikkerseind. De oude panden stonden schots en scheef en het wemelde er van de rare winkeltjes waar ze zo graag kwam. Er waren ook talloze kroegjes en taveernes, waar later op de dag bulderend gelach zou weerklinken.

Fabian wiste zich het zweet van het voorhoofd, terwijl hij een deuntje neuriede dat hij af en toe onderbrak om een laatste nieuwtje uit te wisselen. Tanya zou het nooit hardop toegeven, maar ze vond het leuk om naar hem te luisteren. Fabian was een onuitputtelijke bron van informatie en een begenadigd verhalenverteller; dat had Tanya lang geleden al gemerkt. Als Fabian iets vertelde wat hij interessant vond, leefde hij helemaal op en begonnen zijn ogen te glinsteren. Hij deed Tanya dan denken aan een overenthousiaste leraar of een acteur op het toneel. Plotseling wees hij naar een kroeg die De Wenteltrap heette.

'De tuin van die kroeg is afgelopen winter ingestort. Door de hevige regenval was de grond waarschijnlijk verzwakt... de catacomben lopen er namelijk onderdoor. Gelukkig is het niet in de zomer gebeurd en zaten er geen mensen op het terras. Een heleboel bewoners hebben nu een speciale verzekering moeten afsluiten voor het geval het hun overkomt. En deze kleine taveerne is echt heel oud – heb ik je ooit verteld over de geheime gang die hiervandaan helemaal naar ons huis loopt?'

'Maar een paar miljoen keer,' antwoordde Tanya kreunend. 'Ongelooflijk dat jij nog steeds in die geheime gangen gelooft. Wat een onzin.'

'Het is geen onzin!' protesteerde Fabian. 'Het is waar… er was een tunnel naar ons huis, het staat in de geschiedenisboeken van deze streek. Maar hij is dichtgemaakt, of ingestort. Daar zijn de boeken het niet over eens. Het was heel gebruikelijk bij grote, oude gebouwen. Die hadden een geheime gang om te kunnen ontsnappen als de vijand binnenviel. Er moet er nog een zijn geweest, naar de kerk.'

'Al die keren dat ik mee moest op die stompzinnige zoektochten van je,' snoof Tanya. 'We hebben nooit iets gevonden. Waarschijnlijk heeft iemand die geheime gangen gewoon verzonnen om Tikkerseind interessant te maken.'

'Ik vond die zoektochten altijd heel leuk,' zei Fabian, 'ook al vonden we niks.'

'Leuk voor een regenachtige middag,' zei Tanya lomp. 'Trouwens, mijn grootmoeder en jouw vader hebben altijd al gezegd dat er geen gangen zijn – dat het alleen maar geruchten waren.'

'Natuurlijk zeggen ze dat,' zei Fabian geheimzinnig. 'Ze willen niet dat we rondsnuffelen. En als er íémand is die de geheimen van het huis kent dan is het Warwick wel.'

'Waarom noem je hem en Amos bij hun voornaam?' vroeg Tanya. 'Waarom noem je Warwick niet gewoon "mijn vader"?'

Fabian haalde zijn schouders op. 'Dat heb ik vroeger wel gedaan, toen ik klein was.'

'Waarom nu niet meer?'

'Ik weet niet… gewoon.'

'Maar het is raar,' hield Tanya aan. 'En je weet dat hij het vervelend vindt.'

De glimlach die even rond Fabians lippen speelde vertelde Tanya dat dat precies de bedoeling was. Fabian veranderde soepel van onderwerp en de glimlach was weer verdwenen.

'Dát is nou een plek waarvan ik het op mijn zenuwen krijg,' vervolgde hij, terwijl ze verder liepen. 'Het oude kindertehuis.'

Tanya volgde zijn blik naar een bouwvallig pand dat een stukje van de straat af lag. Het stond duidelijk leeg: de ramen waren stuk of dichtgetimmerd en het metselwerk brokkelde af. Het hek van prikkeldraad dat eromheen stond gaf het een kille en desolate aanblik. Ze verbaasde zich erover dat het haar nooit eerder was opgevallen.

'Ik vind het er alleen maar triest uitzien,' zei ze. 'Maar dat zijn dat soort gebouwen meestal ook. Kindertehuizen zijn niet echt de gelukkigste plekken.'

Fabian schudde zijn hoofd. 'Het gaat er niet om dat het een kindertehuis is. Het gaat om wat er gebeurd is… de verdwijningen.'

'De verdwijningen?'

'Ongeveer een jaar geleden zijn er daar kinderen verdwenen, vooral baby's en peuters. Nooit ouder dan een jaar of twee, drie. Er werd een uitgebreid onderzoek ingesteld en het tehuis ging dicht.'

Tanya herinnerde zich het krantenknipsel over het vermiste meisje dat ze in de bibliotheek had gevonden en haar hart kromp ineen. Het leek alsof Tikkerseind een geschiedenis had van kinderen die in het niets verdwenen.

Zwijgend liepen ze door. Tanya tuurde hier en daar een etalage in om haar gedachten af te leiden van het kindertehuis. Aan het eind van de straat lag iets achteraf een klein winkelpand. Tanya herkende het: vorig jaar had het vervallen, naamloze pand met de geblindeerde ramen en de afbladderende verf leeggestaan. Nu was er blijkbaar een nieuwe eigenaar, want het had niet alleen een verse lik verf gekregen, maar ook een naam: De doos van Pandora. Tanya, die meteen nieuwsgierig was, riep Fabian, die op gehurkt op één knie iets in zijn boek aan het schrijven was.

'Ik ga hier naar binnen.'

Fabian keek op van zijn boek. 'We hebben eigenlijk geen tijd meer, we moeten naar de bushalte.'

'Ga jij maar alvast,' zei Tanya. 'Ik zie je daar wel. Als ik verdwaal stuur ik wel een sms'je.' Ze haalde haar mobieltje uit haar zak, zette het aan en wachtte totdat het scherm oplichtte. 'Eindelijk… verbinding! In het huis is nooit bereik. Wat is jouw nummer?'

Fabian sloeg zijn ogen ten hemel. 'Ik heb geen mobiele telefoon. Ik mag er geen van Warwick. Hij vindt me te jong. En Florence wil geen internet. Alsof je met dinosaurussen woont.' Hij ging verder met zijn aantekeningen.

Er klingelde een bel boven Tanya's hoofd toen ze de deur openduwde. Binnen rook het naar wierook. Achter de toonbank zat een mollige vrouw met roze wangen en een vriendelijk gezicht in een tijdschrift te bladeren. Voorzichtig liep Tanya tussen de planken door die waren volgestouwd met curieuze voorwerpen. Er stonden potten en flessen met gedroogde kruiden, planten en poeders. Tanya bleef even staan bij een fles met het etiket *drakenbloed* en vervolgde toen haar weg langs beeldjes van heksen, tovenaars en kabouters, kristallen bollen en laden vol halfedelstenen. Toen zag ze achterin een boekenkast en liep ernaartoe. Ze liet haar ogen over de ruggen dwalen, in de hoop meer informatie over elfen te vinden. Er waren een heleboel boeken over tarot, astrologie en dergelijke, maar tot haar grote teleurstelling stond er niets bij waar zij veel aan had.

Op dat moment klingelde de bel weer en kwam er nog iemand binnen. Tanya strekte haar nek om te zien wie het was. Geërgerd dacht ze dat Fabian haar misschien kwam halen, maar het was hem niet. Tanya zag een oude vrouw met twee zware boodschappentassen met schuifelende pas de winkel in komen. Vanuit haar ooghoek zag ze dat Fabian, die klaar was met zijn aantekeningen, ongeduldig was geworden en aanstalten maakte om te vertrekken. Maar toen ze om een hoge stapel dozen heen wilde lopen botste ze tegen de oude vrouw op, die van de andere kant kwam. De boodschappentassen vielen op de grond en de perziken en de appels rolden alle kanten uit.

'Het spijt me,' mompelde Tanya beschaamd. Ze bukte zich om de vrouw te helpen. 'Hebt u zich pijn gedaan?'

De oude vrouw keek haar aan, maar zei niets. Tanya zag dat haar handen licht trilden. Haar gegroefde huid was zo dun als papier en haar lange haar hing in een vlecht op haar rug. De kleren die ze droeg waren ouderwets en op verschillende plekken meerdere malen gestopt. Er gleed een vreemde uitdrukking over het gezicht van de oude vrouw. Tanya's mond was plotseling droog geworden en ze slikte zenuwachtig. Er was iets spookachtigs aan het gezicht en het beviel Tanya niet hoe de vrouw haar aanstaarde.

'Het spijt me heel erg,' zei ze nogmaals, terwijl ze de vrouw met afgewende ogen een zak met gebutst fruit aanreikte.

De vrouw richtte zich langzaam op en stak een gesloten hand uit naar Tanya.

'Ik geloof dat dit voor jou is.'

Tanya wilde niet onbeleefd zijn en hield haar hand op. Ze voelde een scherpe tinteling toen de knokige vingers langs de hare streken, als een lichte elektrische schok. De vrouw legde iets kouds, glads en zwaars in haar hand. Tanya keek omlaag.

Het was een verweerd bronzen kompas, rond en met een lange halsketting. De meeste letters ontbraken; waarschijnlijk waren ze in de loop der jaren weggesleten. Verward keek Tanya ernaar. Dacht de oude vrouw soms dat zij het bij hun botsing had laten vallen?

'Dit is niet van mij.'

De oude vrouw antwoordde niet, maar strekte een hand uit naar Tanya's nieuwe sjaal en liet de rode zijde soepel door haar vingers glijden.

'Een mooie kleur voor een mooi meisje. Een wijze keus ook.'

Er liep een rilling over Tanya's rug.

'Hoe bedoelt u?' Haar stem klonk schril van angst. 'Wie bent u?'

De vrouw negeerde haar vragen en knikte naar het kompas.

'Pas er goed op… en gebruik het wijs.' Toen draaide ze zich om en schuifelde de winkel uit, een verbijsterde Tanya achterlatend.

Zichtbaar geschokt stommelde Tanya even later naar buiten, het zonlicht in. Fabian liep loom op haar af. 'Je weet toch wel dat we een uur moeten wachten als we deze bus missen?' Hij wierp een blik op het kompas in haar hand en was duidelijk niet onder de indruk.

'Je hebt toch niet die ouwe troep gekocht?'

'Die oude vrouw,' zei Tanya met bevende stem. 'Die in de winkel. Ik heb het van haar gekregen.'

'Welke oude vrouw?' vroeg Fabian, terwijl hij de straat afspeurde. De vrouw was nergens te bekennen.

'Ze kwam vlak voor mij de winkel uit,' zei Tanya, terwijl ze het kompas nog steeds verdwaasd vasthield.

Fabians mond viel open. 'Je bedoelt toch niet Malle Morag?'

'*Malle Morag?* Ken jij haar?'

'Iedereen kent haar,' zei Fabian. Hij ging er op een drafje vandoor en Tanya moest haar best doen om hem bij te houden. Oberons bot stuiterde tegen haar knieën.

'Hoe ken jij haar?' hijgde ze, terwijl ze het plein over renden en de markt achter zich lieten.

'Ik ken haar niet echt. Ik weet wie ze is. Ik heb dingen over haar gehoord.'

'Wat voor dingen?'

'Dat ze in een woonwagen in het bos woont en zelden het bos uit komt. En dat ze bijna nooit met iemand praat, behalve als ze de toekomst voorspelt. En dat ze een heks is.'

In de verte zagen ze de bus, die werd opgehouden doordat er een hele rij mensen stond te wachten.

'Ik zou maar geen aandacht aan haar besteden,' voegde Fabian eraan toe. 'Het ouwe mens is kierewiet.'

Maar zelfs toen ze waren ingestapt moest Tanya voortdurend aan de oude vrouw denken. Ze keek naar het kompas in haar hand en zag nu pas dat de naald doelloos ronddraaide.

'Het is nog stuk ook,' zei Fabian. 'Gooi toch weg. Je weet niet wie het allemaal in hun handen hebben gehad.'

'Kijk eens aan,' klonk plotseling een stem vanaf de bank achter hen. 'Zou ik daar eens een blik op mogen werpen?'

Toen Tanya zich omdraaide zag ze een sjofele man van middelbare leeftijd die zich met een ernstig gezicht naar haar toe had gebogen. Hij was vreemd gekleed in een dunne, haveloze regenjas die bij dit weer misplaatst was en een breedgerande hoed die zijn gezicht grotendeels in een diepe schaduw hulde.

'Ik verzamel namelijk antiek,' vervolgde de man. Hij haalde een vergrootglas tevoorschijn en stak zijn hand uit. Met tegenzin overhandigde Tanya hem het kompas. Plotseling werd ze overvallen door het onverklaarbare gevoel dat ze de man kende. Had ze hem misschien ooit op televisie gezien, in zo'n programma over kunst? Ze probeerde zijn gezicht beter te zien te krijgen, maar de vreemdeling zat over het kompas heen gebogen en het enige wat ze zag was de bovenkant van zijn hoed. Even later keek hij op en Tanya sloeg snel haar ogen neer om te verhullen dat ze hem had zitten aanstaren.

'Hoeveel heb je ervoor betaald?'

Tanya keek hem uitdrukkingsloos aan.

'Vijf pond,' loog ze.

'Als het werkte zou het wel vijftig pond waard zijn,' zei de vreemdeling. 'Het feit dat het niet werkt drukt de prijs natuurlijk.' Terwijl hij het kompas in zijn ene hand hield, stak hij zijn andere hand in zijn zak en haalde er een rol knisperende bankbiljetten uit. 'Ik geef je er twintig voor.'

Tanya was zo verrast dat ze geen woord kon uitbrengen. Gelukkig schoot Fabian haar te hulp.

'Waarom?' vroeg hij met onverholen wantrouwen.

De man bleef hen glimlachend aankijken. 'Dat zei ik, ik ben een antiekhandelaar.'

'Nee, u zei dat u een antiekverzámelaar was,' kaatste Fabian bliksemsnel terug.

Alle warmte verdween uit de glimlach van de man. Het was duidelijk dat hij Fabian hinderlijk vond. 'Ik geef je dertig pond,' zei hij tegen Tanya. 'Geloof me, dat is een goede deal.'

'Ik geloof u niet,' zei Fabian onmiddellijk. 'Hoe kunnen wij nou weten hoeveel het kompas waard is als we alleen uw woord hebben? Misschien bent u wel een oplichter.'

Ondertussen had het gesprek de nieuwsgierige blikken getrokken van de andere passagiers, die gedempt met elkaar begonnen te fluisteren. Tanya had nauwelijks haar mond opengedaan, maar hoe meer de vreemdeling aandrong, hoe vastbslotener ze raakte om het kompas te houden.

'Dertig pond is mijn laatste bod,' zei de man kil. Alle schijn van vriendelijkheid was verdwenen. Fabians laatste opmerking had hem blijkbaar flink nijdig gemaakt.

'Hé!' riep de buschauffeur. 'Als je die kinderen nu niet met rust laat zet ik je d'r bij de volgende halte uit!'

De antiekhandelaar stond met een rood hoofd op. 'Ik ga er hier wel uit.'

Tanya stak haar hand uit naar het kompas en was geschokt toen de man het in haar handpalm smeet. Terwijl er een grommend geluid uit zijn keel oprees beende hij naar de voorkant van de bus. De chauffeur remde abrupt, ook al was er nergens een halte te bekennen, en de man stapte uit.

'Opgeruimd staat netjes,' mompelde de chauffeur toen hij weer optrok en de antiekhandelaar aan de kant van de weg achterliet.

Fabian schudde zijn hoofd. 'Volgens mij heb ik te veel zon gehad,' zei hij. 'Ik had durven zweren... laat maar hangen ook.'

'Nee, wat?' vroeg Tanya.

'Toen hij opstond leek het wel alsof zijn horloge achteruitliep,' antwoordde Fabian met een lachje. 'Stom, ik weet het. Hoe dan ook, hij was veel te opdringerig. Het kompas is blijkbaar toch iets waard – en waarschijnlijk heel wat meer dan hij ervoor bood.' Hij zweeg even en raapte toen met een verrukte kreet iets op. 'Kijk eens wat die ouwe gek heeft laten vallen toen hij met zijn geld wapperde!' Hij overhandigde Tanya een gloednieuw biljet van twintig pond. 'Het moet uit zijn geldbundel zijn gegleden toen hij die uit zijn zak haalde. Hier, voor jou. Koop er maar een nieuw horloge voor.'

'Dat kan ik niet aannemen,' zei Tanya. 'Dat is stelen... min of meer.'

Fabian zuchtte wrevelig. 'Nou en. Je ziet die man nooit meer, dus je kunt het ook niet teruggeven. Schenk het dan aan een goed doel als je er een slecht geweten van krijgt. Of geef het aan mij. Dan koop ik er wel iets voor. Ik vind het zijn verdiende loon. Hij mist het trouwens toch niet.'

Tanya, die niets beters wist te verzinnen, stopte het biljet in haar zak.

Tegen de tijd dat ze hun halte hadden bereikt was de kleur op Tanya's wangen teruggekeerd. Terwijl ze over de oprijlaan naar het huis liepen realiseerde ze zich dat ze er voor het eerst naar uitkeek om naar haar grootmoeders huis te gaan. Maar toen ze er tien minuten later aankwamen, wachtte haar een grote schok.

Warwicks Land Rover stond voor het huis geparkeerd en in de aanhanger lagen hoge stapels boeken. Tanya snapte meteen dat hij zonder haar de bibliotheek was gaan uitruimen en zo te zien was het meeste werk al gedaan. Ze liet Fabian staan en stormde naar binnen. De deur van de bibliotheek stond open en ze zag Warwick met zijn rug naar de deur bij het bureau staan.

'Waarom hebt u niet op me gewacht? Ik zei toch dat ik zou helpen?'

Warwick keek achterom en haalde zijn schouders op. 'Ik dacht ik maak alvast een beginnetje.' Hij draaide zich weer om en ging verder met het inpakken van een grote doos. Tanya keek om zich heen. Van de enorme hoeveelheid boeken die de vorige dag op de planken had gestaan was nog minder dan de helft over. Ze begreep dat Warwicks 'beginnetje' betekende dat hij zodra zij het huis had verlaten aan de slag was gegaan. Ze deed een stap opzij toen hij met een doos vol boeken langs haar naar de aanhanger liep.

'Wat gaat er trouwens met de boeken gebeuren?' vroeg ze met een stem waar de woede ongewild in doorklonk.

Zonder de moeite te nemen om te blijven staan gromde Warwick over zijn schouder: 'Goed doel.'

Tanya liet haar blik over de resterende boeken glijden. Tussen de titels bespeurde ze niets wat nog interessant kon zijn voor haar.

'Wat gebeurt hier?'

Ze draaide zich om en zag Fabian achter zich staan.

'Je vader heeft besloten alle boeken in het huis weg te doen, dát gebeurt er!' antwoordde ze kwaad.

Fabian knipperde met zijn ogen. 'Waarom?'

Tanya antwoordde niet. Ze liep de bibliotheek uit en holde de trap op. Het had nu toch geen zin meer om te helpen. Op weg naar boven hoorde ze de bewoners van de staande klok onderdrukt giechelen en ze moest zich inhouden om de klok geen trap te geven.

In haar kamer liet ze zich op bed neervallen – en hapte naar adem toen er iets hards in haar dijbeen priemde. Toen herinnerde ze zich het kompas. Ze haalde het uit haar zak en keek er met een bedenkelijk gezicht naar. Niet alleen werkte het kompas niet goed, maar nu zag Tanya ook een H staan in plaats van de N voor Noord. Ze fronste haar voorhoofd en vroeg zich af waar de H voor stond. En terwijl ze het kompas langzaam uit het zicht onder haar kussen duwde vroeg ze zich ook af waarom die vreemde oude vrouw het haar had gegeven.

6

p woensdagochtend werd Tanya uit een diepe slaap gewekt doordat er iemand aan het schreeuwen was. Ze gluurde van onder de dekens naar het raam, waar een paar lichtstrepen tussen de slordig opgehangen gordijnen door de kamer in vielen. Op de klok op het nachtkastje was het zes uur.

Het geschreeuw hield aan. Het was Amos, Warwicks vader, die in zijn kamer op de tweede verdieping luidkeels om zijn zoon riep.

'Warwick? Waar ben je? Ik wil mijn ontbijt! Het is al laat! Je bent altijd te laat, knul!'

Luid stommelend ging Warwick de trap op om voor de oude man te zorgen. De afgelopen paar jaar waren hij en Tanya's grootmoeder de enigen met wie Amos nog contact had. De oude man was een kluizenaar geworden; zelfs Fabian mocht niet bij hem in de buurt komen. Warwick verzorgde hem in zijn eentje dag en nacht en als hij toevallig weg was als zijn vader hem riep, bleef Amos schreeuwen totdat hij erbij neerviel.

Boven haar sloeg een deur dicht en het schreeuwen hield op. Tanya lag naar het vlekkerige, gebarsten plafond te staren. Ze wist dat het zinloos was om te proberen verder te slapen, dus stond ze na een tijdje op, waste zich en koos met zorg haar kleren uit: een spijkerbroek, sandalen en een knalrood t-shirt.

Het ontbijt was een somber gebeuren met weinig woorden. Tanya roerde dromerig in haar koffie, terwijl Fabian met slaapogen en niet genegen om met wie dan ook een gesprek aan te knopen een afgehapt stuk geroosterd brood over zijn bord heen en weer schoof.

'Warwick vertelde me dat je gisteren nogal van slag was, Tanya,' zei haar grootmoeder, waarna ze een slokje thee nam. Ze at 's ochtends nooit, maar ze stond er wel op dat iedereen aan het ontbijt verscheen, wat Tanya vreselijk irriteerde.

'Ik was niet van slag,' wierp Tanya tegen. 'Ik wilde gewoon… helpen… of zo.'

'Ik snap het,' zei Florence, die zich niet om de tuin liet leiden.

'Ik dacht dat Warwick de bibliotheek alleen maar ging opruimen,' zei Tanya. 'Ik wist niet dat hij die boeken ook ging weggooien.' Ze wierp Warwick een beschuldigende blik toe, maar hij at onverstoorbaar door.

'Om eerlijk te zijn was het mijn idee om de boeken weg te geven,' zei haar grootmoeder. 'Er heeft in geen jaren iemand naar omgekeken.'

'Ik zou ze hebben gelezen!' zei Tanya.

'Het spijt me,' zei Florence, maar ze klonk niet in het minst berouwvol. 'Als ik dat had geweten zou ik ze hebben bewaard.' Ze pauzeerde en dronk haar kopje leeg. 'Maar ik kan moeilijk tegen de winkel zeggen dat ik ze terug wil hebben. Dat zou niet erg genereus zijn.'

Tanya zweeg wijselijk. Haar grootmoeders hooghartige manier van doen begon nu echt op haar zenuwen te werken. Ze was dolblij toen het ontbijt voorbij was en ze rende naar haar kamer. Toen ze haar bed opmaakte gleed het kompas dat de zigeunervrouw haar had gegeven onder het kussen vandaan en het viel kletterend op de grond. Tanya verhuisde het naar de geheime bergplaats onder de vloer en ging vervolgens tussen de plooien van de rode deken aan het voeteneind op zoek naar het boek uit de bibliotheek. Dankbaar dat ze het uit Warwicks handen had weten te redden drukte ze het tegen haar borst. Het enige wat ze nu wilde was zo snel mogelijk weg zien te komen van het huis en iedereen die er woonde.

Ze floot naar Oberon, die geduldig onder aan de trap stond te wachten. Samen verlieten ze het huis door de achterdeur en zetten koers naar de overwoekerde tuin. Helemaal achterin, aan één kant van de poort, bevond zich een verwaarloosde rotstuin waarvan de stenen schuilgingen onder het onkruid en de verwilderde struiken. De tuin zag er nog verwaarloosder uit dan anders. Toen viel Tanya's oog op iets vreemds. In de rotstuin stonden drie tuinkabouters, lelijker en echter dan Tanya ooit had gezien. Ze fronste haar wenkbrauwen. Het was niets voor haar grootmoeder om geld uit te geven aan zoiets buitensporigs als tuinornamenten. Een van de kabouters deed een stap in haar richting en geschrokken sprong Tanya achteruit.

Ze wáren echt.

Oberon jankte en dook weg achter haar benen. Vreemd genoeg leek het schepsel niet naar haar te kijken; het wierp Oberon zo'n hongerige blik toe dat Tanya er zenuwachtig van werd.

'Zijn jullie... zijn jullie kobolden?' vroeg ze behoedzaam.

De kobold – of wat het ook was – schudde zijn lichaam en keek haar aan alsof hij haar nu pas zag, maar antwoordde niet. Tanya realiseerde zich dat hij haar daadwerkelijk niet had gezien; haar rode T-shirt had als camouflage gediend en ze was hem pas opgevallen toen ze iets zei. Ze had zich wel voor haar hoofd kunnen slaan vanwege haar stommiteit.

Het schepsel bleef haar aanstaren met starre ogen in een padach-tig gezicht. Hij was iets meer dan kniehoog en te oordelen naar zijn grote tanden kon hij gemeen bijten. Tanya wierp een blik op de andere twee. De een had een enorme bochel en moest zijn nek in een bocht wringen om haar te kunnen zien. De ander hield zich wat afzijdig. Hij was de kleinste van het stel en hij had waarschijnlijk een prettig gezicht gehad als het niet van onder tot boven onder de kneuzingen had gezeten. Sommige waren al geel en groen, maar er zaten ook recente blauwe en paarse bij. Het blauwe oog was duide-lijk een van de meest recente. Hij was de eerste die iets zei.

'Zie ik het goed of heb ik het mis? Een sterfelijk kind dat niet bang voor ons is?' Zijn stem was vreemd diep en hij sprak op zan-gerige toon.

'Ze is helderziend, van het begin af aan, dag en nacht kan zij ons zien staan,' zei de gebochelde.

Tanya deed een stap achteruit. De vreemde kereltjes begonnen haar angst aan te jagen. Ze waren raar gekleed, in een bonte mengel-moes van jasjes en broeken die waren gemaakt van menselijke af-dankertjes: gordijnen, dekens en oude theedoeken. Op sommige plekken leken de gaten met bladeren te zijn gestopt. Tanya kon met haar scherpe ogen de keurige, glinsterende steken zien, die erg aan spinrag deden denken. Hun blote voeten waren smerig en ge-schramd.

'Zijn jullie kobolden?' vroeg ze nogmaals, maar ze deden weer alsof ze niets had gezegd. Tanya dacht snel na. 'Als ik mijn vragen op rijm stel, antwoorden jullie dan wel?'

Even leek het alsof het geen effect had, maar toen antwoordde het padachtige wezen.

'Een sterveling die ons ondervraagt is niet wijs, onze geheimen geven we immers niet prijs.'

Tanya pijnigde haar hersenen om een volgende vraag te formuleren. Over het algemeen kon ze heel goed dichten, maar om stante pede in een gesprek rijmwoorden te moeten bedenken was een heel stuk lastiger.

'Ik vraag het nog eens en speel het spel mee, zijn jullie kobolden, ja of nee?' vroeg ze nadat er een paar minuten waren verstreken. Ze kon niks anders bedenken, zeker niet iets wat op 'kobold' rijmde.

'Je doet je best maar, vraag maar raak, wat jij wil weten is onze zaak!' zei Paddenkop, terwijl de andere twee schepsels schaterend op het ritme van zijn woorden begonnen te dansen.

Tanya liet zich niet uit het veld slaan en dacht een moment na.

'Ik heb geen zin in dit stomme spel. Ik zal nooit meer iets vragen, vaarwel.'

Ze maakte aanstalten om hun voorbij te lopen, maar de bochel versperde haar de weg.

'Je zult nog wel merken: dit is geen spel. Maar een sterveling vertrouwen, dat doen wij niet snel.'

Tanya haalde een blocnote uit haar zak en krabbelde een paar woorden neer in een poging de zinnen te laten rijmen.

'Elfen stelen en zitten vol streken, terwijl mensen hun hoofd en hun hart laten spreken,' begon ze, waarna ze weer op haar blocnote keek. 'Ik ben het niet eens met die woorden van jou: het zijn juist de elfen die ik niet vertrouw.'

De schepsels staarden haar aan, ogenschijnlijk verbijsterd omdat ze tegen hen op kon. Degene met de blauwe plekken deed een stap naar voren.

'We zeggen toch niks, hoe goed je het ook doet. Wij kobolden bewaren onze geheimen goed.'

'Ah,' zei Tanya. 'Dus jullie zijn kobolden!'

Zodra de kobold zijn fout inzag keek hij haar beduusd aan. Met een woeste blik in hun ogen kwamen zijn makkers om hem heen staan.

'Stomme idioot, wat doe je nou?' zei Paddenkop. 'Zelfs een simpele regel is te moeilijk voor jou!'

'Vergeef me, heb meelij, ik deed het niet expres, de woorden ontsnapten als een geest uit de fles!' zei de boosdoener. Hij probeerde weg te komen, maar kon nergens heen – hij stond met zijn rug tegen de tuinmuur.

'Bespaar me je gejammer, mislukt exemplaar. Ik geef je een pak rammel, je maakt het ernaar!' De bochel greep de armen van de beurse kobold beet en duwde ze tegen zijn rug. 'Hou op met dat kronkelen, kom hier en blijf staan! Ik zal die loslippigheid eens uit je slaan!'

De kobold jammerde toen Paddenkop een vuist in zijn maag ramde.

Tanya kromp ineen. 'Hou op!'

Maar Paddenkop hield niet op – en Tanya wist niet hoe ze hem moest laten ophouden. Machteloos keek ze toe hoe hij zijn arme kameraad de ene na de andere slag toebracht. De bochel hield hem vast en krijste opgewonden bij elke jammerkreet van de kobold. Paddenkop hijgde en zweette van inspanning en toen hij klaar was liet hij de toegetakelde kobold kermend in een hoopje op de grond achter. Hij had verschillende wonden op zijn gezicht en bloedde hevig, en zijn onderlip was gescheurd en dik. De tranen rolden over zijn wangen en vermengden zich met het bloed dat in klonters in zijn baard hing.

'Bruten!' zei Tanya toen het gekerm van de bloedende kobold langzaam was overgegaan in een zacht gejammer. Ze legde haar blocnote op de rotsen, haalde een verfrommelde zakdoek tevoorschijn en knielde voor de kobold neer. Angstig deinsde hij achteruit.

'Je hoeft niet bang voor me te zijn. Rustig maar, ik doe je geen pijn,' zei ze, terwijl ze haar hand naar zijn bebloede gezicht bracht. Hij liet haar zijn wonden deppen, maar bleef zacht jammeren.

Tanya gaf de met rode vlekken besmeurde zakdoek aan de kobold. Ze begreep nu hoe hij aan zijn andere verwondingen was gekomen. Ze stond op en draaide zich om naar de twee andere kobolden.

'Ik laat mijn hond op je los als je het nog één keer probeert. Wedden dat je het vechten dan opeens bent verleerd?'

Oberon liet een goed getimed gegrom horen, maar kwam niet achter haar benen vandaan.

'Brunswick is het verdedigen niet waard, hij is zo dom als de kont van een paard,' zei de bochel.

Paddenkop keek hem vuil aan. Tanya wachtte totdat hij de bochel ervanlangs zou geven omdat hij de naam van de kobold had prijsgegeven, maar dat deed hij niet. Ze realiseerde zich dat hij wel de leider was, maar ook een lafaard die een makkelijk doelwit koos. Hij zag haar afkeurende blik en grinnikte.

'Lach jij maar, vol spot en hoon, maar ooit krijg jij je verdiende loon,' zei Tanya. De woorden rolden zonder erbij na te denken uit haar mond.

Paddenkops grijns verdween en er klonk een afschuwelijk rochelend geluid in zijn keel. Hij spuugde in Tanya's richting en de geelgroene fluim miste haar op een haar na.

'Je hebt voor vandaag genoeg gepraat. Het is maar beter dat je gaat.'

Tanya keek hem in zijn haatdragende ogen en besloot weg te gaan. Ze raapte haar blocnote op, liep om de kobolden heen, duwde de houten poortdeur open en zette koers naar het bos. Ze had nog maar een paar passen gezet toen een aarzelend stemmetje haar achternariep: 'Hier vind je bescherming in de kleur rood, maar het gevaar in het bos is tien keer zo groot.'

Tanya draaide zich met een ruk om. Op de drempel van de poort stond Brunswick, nog steeds met de bebloede zakdoek tegen zijn gezicht.

'Wil je vertellen wat je bedoelt? Heb je iets gezien of alleen maar gevoeld?' riep ze, maar de bochel trok Brunswick de tuin in en gooide de deur achter hen dicht. Een moment lang bleef ze bewegingloos staan, maar ze wist dat het geen zin had om terug te gaan en hen te ondervragen. De waarschuwing had Brunswick waarschijnlijk al een nieuwe afranseling opgeleverd.

De ochtenddauw glinsterde op het gras en Tanya's voeten werden nat van het vocht dat door haar sandalen heen sijpelde. Ze ging naast een hazelaar zitten en luisterde naar het gemurmel van de beek vlakbij. Oberon plofte hijgend naast haar neer en ze krabde hem liefdevol achter zijn oor.

Diep in het bos klonk een geweerschot. Tanya keek op; ze wist dat het Warwick was die aan het jagen was. Er volgden meer schoten, steeds verder weg. Achter haar ritselde een dier in de heg. Oberon spitste zijn oren. Hij drentelde naar de kleine beek en lebberde van het kristalheldere water. Tanya strekte zich gapend uit en sloeg toen het boek open. Met in gedachten wat ze de vorige keer had gelezen ging ze meteen naar het register – en fronste haar wenkbrauwen. Wat een ordelijke lijst van onderwerpen met het bijbehorende paginanummer had moeten zijn was nu één brij van woorden en cijfers waar ze geen wijs meer uit kon worden. Met groeiende angst liet ze de bladzijden door haar vingers gaan. Elke bladzijde was hetzelfde: de woorden stonden kriskras door elkaar. De volledige inhoud van het lijvige boek – met zijn schat aan informatie over elfen – was door elkaar gehutseld. Met een wanhopige kreun herinnerde Tanya zich dat ze het boek even op de grond had gelegd om Brunswick te verzorgen. De bochel moest ermee geknoeid hebben toen ze twee tellen niet had opgelet.

Het boek was onleesbaar geworden.

Ze schrok toen er in de struiken een twijg knapte.

'Hallo?' riep ze.

Stilte.

Tanya schudde de angst van zich af. Het moest een dier zijn geweest, een hert misschien. Er klonk weer gekraak, deze keer dichterbij, gevolgd door geruis van bladeren. Oberons oren stonden rechtovereind en hij snoof de lucht op.

Er schoot een konijn de struiken uit, pal onder zijn snuffelende neus door. Het holde door het ondiepe deel van de beek het bos in. Oberon blafte verheugd – en ging er spetterend door de beek achteraan.

Tanya, die het boek nog steeds ontdaan in haar handen hield, sprong overeind.

'Oberon! Kom hier!'

Maar Oberon was niet van plan terug te komen, in ieder geval niet voordat hij het konijn te pakken had. Toen kwam er iemand uit de struiken strompelen en voor de tweede keer schrok Tanya zich dood.

'Jij!'

Een schaapachtig kijkende Fabian veegde het gras en de bladeren uit zijn haar en van zijn kleren. Zijn anders zo bleke gezicht zag roze.

'Waarom bespioneer jij mij?' schreeuwde Tanya.

'Ik was je niet aan het bespioneren. Ik was op zoek naar eh… vlinders en zo.'

69

'Noem je dát observeren? Je was míj in de gaten aan het houden!'
Met een boze kreet gooide Tanya het waardeloos geworden boek op
de grond. Fabian keek haar met een opgetrokken wenkbrauw aan.

In de verte klonk opnieuw een geweerschot. Ze keek gealarmeerd
naar het bos, wierp een laatste kwaaie blik op Fabian en liep met
grote passen op de bosrand af.

'Je gaat het bos toch niet in?' vroeg hij.

'Dankzij jou heb ik geen andere keus,' antwoordde Tanya, die
nog kwader werd. 'Mijn hond zit in het bos, en Warwick ook – met
een geweer!' Ze versnelde haar pas en liet de verbijsterde Fabian
achter.

'Dankzij mij? Wat heb ik gedaan dan?'

Tanya draaide zich om. 'Ik zal je vertellen wat je hebt gedaan,'
ging ze tegen hem tekeer. 'Jij had het zo druk met spioneren dat je
een konijn in de struiken hebt opgeschrikt en nu zit Oberon het
achterna in het bos!'

'Hij hoefde er toch niet achteraan,' zei Fabian. Hij zweeg aarzelend, en het was alsof hij een beslissing probeerde te nemen. Toen
holde hij haar achterna.

'Ik ga met je mee. Maar als Warwick erachter komt dat we het bos
in zijn gegaan…'

'Als mijn hond iets overkomt dan heb je een groter probleem dan
Warwick. Ik zal… ik zal…'

Ze zweeg toen de tranen achter haar ogen prikten.

'We vinden hem wel,' zei Fabian. 'Ik denk trouwens niet dat Warwick op hem zal schieten…'

'Hoe weet jij dat nou? Misschien ziet hij hem aan voor een hert!'

'Die hond lijkt meer op een ezel dan een hert,' mompelde Fabian.

Tanya zou hem een klap hebben gegeven als niet op dat moment een salvo schoten had geklonken. Ze zette het op een hollen, dwars door de beek, zonder zich te bekommeren om haar kletsnatte schoenen. Fabian volgde haar voorzichtig over de stapstenen. Ze renden het bos door, met Fabian uiteindelijk voorop. Naarmate ze vorderden werden de bomen dikker en hoger, en stonden ze dichter op elkaar. Het was er koel en donker, en terwijl ze zich een weg baanden door het kreupelhout ritselden er overal beestjes die waren opgeschrikt.

'Oberon!' riep Tanya. Boven hun hoofd steeg een zwerm vogels op, kwetterend vanwege de plotselinge herrie.

'Moet je echt zo hard schreeuwen?' vroeg Fabian. 'Zo meteen hoort Warwick ons nog.'

Tanya keek hem misprijzend aan. 'Hoe dacht je anders mijn hond te vinden?'

Steeds dieper drongen ze in het stille bos door. Ze riepen Oberons naam en zochten een weg tussen de dicht opeen staande bomen, terwijl de dode takken onder hun voeten kraakten. Om hen heen klonk gefluister en Tanya wist dat het niet alleen de bomen waren. Bij elke stap voelde ze de onzichtbare ogen. Ze keek omhoog en zag een beweging. Op een van de lagere takken zat een vogelachtige elf op de rand van zijn nest. Zijn glanzende zwarte ogen waren strak op Fabian gericht. Vanuit het nest klonk het gepiep van zijn jongen die gevoed wilden worden. Tanya begreep dat, net als bij de kobolden, haar rode t-shirt haar aan zijn zicht onttrok. Het schepsel zag alleen Fabian en toen die – zich van geen kwaad bewust – te dicht in de buurt kwam, begon het waarschuwend tegen hem te kwetteren.

'We zitten in de buurt van een of ander nest,' fluisterde Fabian, terwijl hij onderzoekend om zich heen keek. 'Ik zie alleen nergens een vogel.'

Toen hij nog dichter bij het nest kwam, veranderde het gekwetter van de elf in een aanhoudend dreigend gekrijs. Tanya keek machteloos toe, want als ze iets zei om hem te waarschuwen zou ze zichzelf verraden en de bescherming van haar rode T-shirt kwijt zijn. Wat er volgde liet haar echter geen keus. Het schepsel verliet zijn nest en verdween in een gat in de stam, om een paar seconden later tevoorschijn te komen met een berg ammunitie, die het met grote kracht naar Fabians hoofd begon te slingeren.

'Kijk uit!' schreeuwde Tanya. Ze dook naar voren om Fabian met een duw in veiligheid te brengen.

Een regen aan voorwerpen vloog rakelings langs hen heen. De grond raakte bezaaid met kiezelstenen, eikels, dennenappels, klonters afval, glasscherven, kroonkurken en een zware zilveren broche.

'Wat was dat?' vroeg Fabian naar adem happend, terwijl Tanya hem buiten het bereik van het schepsel trok.

'Een ekster,' antwoordde ze. 'We kwamen te dichtbij. Die spullen zijn vast uit zijn nest gevallen toen hij wegvloog.' Terwijl ze zich haastig uit de voeten maakten keek ze achterom naar het nest. De elf wierp haar een kille blik toe. Hij had zijn dreigende gekwetter gestaakt, maar hij riep nog steeds dingen. Tanya hoefde het niet te verstaan om te weten dat hij de elfen in de buurt waarschuwde voor haar aanwezigheid. Ze was nu weerloos.

'Kom mee,' mompelde ze. 'Doorlopen.'

Boven hun hoofd hoorde Tanya het driftige gefluister en geroep van de elfen die de rest van het bos op de hoogte brachten van haar aanwezigheid. Ze dwong zichzelf kalm te blijven, maar de paniek zwol aan.

'Luister,' zei Fabian, die plotseling bleef staan. 'Hoor je dat?'

'Stemmen?' fluisterde Tanya.

Fabian fronste zijn wenkbrauwen en schudde zijn hoofd. 'Een hond.' In de verte klonk vaag geblaf. 'Deze kant op!'

Tanya kon hem met moeite bijhouden: haar sandalen waren volkomen ongeschikt om mee door het bos te rennen. Haar voeten zaten al onder de schrammen. De takken haakten aan haar kleren en trokken aan haar haar. In de bomen staken de elfen de draak met haar.

'Hij is die kant uit gegaan!'

'Nee, díé kant!'

'Ik zag hem daarvandaan komen!'

Tanya keek niet achterom. Ze wist dat ze allemaal logen. Ze durfde haar blik niet van Fabian af te wenden.

'Ik zie iets, recht voor ons uit,' riep hij.

Tanya zag dat hij stilhield en ze versnelde haar pas totdat ze naast hem stond. Tussen de bomen door zagen ze de contouren van een lelijk metalen hek. Toen ze er zwijgend naartoe liepen kwamen ze op een kleine open plek. Het hek was rond en had een diameter van ongeveer vier meter. In het midden ervan bevond zich een groot gat van een meter of drie breed. Ernaast groeide een kleine boom, die over het gat heen helde. De helft van zijn wortels lag bloot en hij zag er instabiel uit, alsof hij bij de eerste de beste windvlaag in de diepte zou verdwijnen. Aan het hek was een verweerd houten bord bevestigd met de tekst: GEVAAR! NIET BETREDEN!

Ze hadden een van de catacomben gevonden.

Fabian liep rond het hekwerk, terwijl hij met zijn wetenschappelijke geest onmiddellijk de diepte van het gat probeerde te schatten. Toen hij een volledige cirkel had beschreven raapte hij een steentje op en gooide het over de reling. Ze spitsten hun oren terwijl het geluidloos omlaag viel. Geen van beiden hoorden ze het neerkomen. Fabian floot zacht en er gleed een vreemde uitdrukking over zijn gezicht.

'Wat?' zei Tanya. Haar hart sloeg over toen ze zijn blik volgde. Ze was op slag haar angst voor de elfen vergeten.

Een van de metalen poten van het hek was verdwenen, zodat er een opening was ontstaan waar een klein iemand doorheen zou kunnen kruipen. Of een hond.

'Nee!' riep Tanya verstikt uit. Plotseling begaven haar benen het en wanhopig zonk ze op de grond neer. Fabian stond als aan de grond genageld naar het gat in het hek te staren.

'Hij… hij zal toch niet daardoorheen… toch?'

'Ik weet het niet. Als hij het konijn achternazat…'

'Oberon!' schreeuwde Fabian.

Het bos bleef stil.

'Laten we verder zoeken.'

Tanya schudde haar hoofd. De tranen biggelden over haar wangen. Het kon haar zelfs niet schelen wat Fabian dacht.

'Stel dat hij daar beneden is, gewond? Ik kan hem niet achterlaten.'

Diep vanbinnen wist ze dat als Oberon in het gat was gevallen hij het nooit zou hebben overleefd, maar ze kon het niet over haar hart verkrijgen om weg te gaan.

Kauwend op zijn lip bestudeerde Fabian het gat in het hek. 'Hij ligt daar niet.'

Tanya keek hem door haar tranen heen aan en haalde luidruchtig haar neus op. 'Dat zeg je maar.'

'Nee.' Hij knielde naast haar neer. 'Ga zelf maar na. Het is een grote hond. Het gat is groot genoeg, maar ook maar net. Als hij hierheen was gerend had hij vaart moeten minderen om zich erdoorheen te wringen en dan zou hij het gat op tijd hebben gezien. Honden zijn intelligente dieren, dobermanns zeker. En er liggen gewoon nog bladeren en takken rond het gat. Als hij erin was gevallen zou je sporen moeten zien.'

Hij schonk haar een bemoedigend glimlachje.

Tanya voelde een sprankje hoop en waterig beantwoordde ze zijn glimlach. Ze krabbelde overeind en droogde haar tranen, waarbij er een veeg aarde op haar wangen achterbleef.

'Vooruit dan,' zei ze.

Na twintig minuten lopen bleef Tanya staan.

'Luister.'

Fabian kwam naast haar staan en hield zijn hoofd scheef. 'Ik hoor niets.'

'Precies. Er wordt niet meer geschoten. Warwick is waarschijnlijk terug naar huis.'

'Mooi,' zei Fabian opgelucht. 'Dat betekent dat we zo hard kunnen roepen als we maar willen. Oberon!'

Ze riepen totdat ze helemaal schor waren, maar nog steeds was er geen teken van de weggelopen hond. De hoop die Tanya eerder had gevoeld verdween gestaag. Ze had verwacht dat ze hem onderhand zouden hebben gevonden en dan was ze zo snel mogelijk het bos uit gegaan – hoe langer ze er bleven, hoe groter de kans dat ze opnieuw door elfen zouden worden aangevallen. Plotseling kwam er een alarmerende gedachte bij haar op.

'Fabian? Weet jij de weg terug?'

'Ik hoopte dat jij die nog zou weten.'

Ze staarden elkaar verstomd aan.

'Natuurlijk weet ik de weg niet,' zei ze ten slotte. 'Ik ben hier nog nooit geweest.'

'Ik ook niet,' zei Fabian.

'Dus zijn we verdwaald,' zei Tanya met knikkende knieën, toen de ernst van de situatie tot haar doordrong. Ze zag al voor zich hoe ze de hele dag door het bos zouden dwalen en ook wanneer de nacht viel nog zouden vastzitten. Plotseling was ze blij dat ze niet alleen was.

'Laten we de beek volgen,' opperde Fabian. 'Vroeg of laat moet die ons bij de bosrand brengen.'

'Vroeg of laat? Weet je wel hoe groot dit bos is? Ik kan me niet eens meer herinneren wanneer ik de beek voor het laatst heb gezien; dat was een eeuwigheid geleden!'

'Heb jij een beter idee?' vroeg Fabian gepikeerd.

Met een kwaad gezicht schudde Tanya haar hoofd.

Ze gingen op zoek naar de beek. Ze doken onder de lage takken door en luisterden of ze ergens water hoorden stromen. Naarmate de tijd verstreek begon zelfs Fabian bezorgd te kijken toen de waarheid eindelijk tot hem doordrong. Ze waren verdwaald, hopeloos verdwaald.

'Dit heeft geen zin,' zei Tanya en ze ging op een boomstronk zitten om een opzwellende blaar op haar voet te inspecteren. 'We komen dit bos nooit meer uit.' Terwijl ze sprak zag ze tot haar afschuw een graspol die zich haastig naar een omgevallen boom bewoog en zich daar installeerde. Even later rende een kluit onkruid en wilde bloemen naar de andere kant van hun pad. Ze onderdrukte een snik. De elfen zetten hen doelbewust op een dwaalspoor en stuurden hen steeds dieper het bos in. Waarschijnlijk deden ze dat al vanaf het moment dat zij en Fabian het bos hadden betreden.

'We zijn verdwaald,' zei ze met een klein stemmetje. 'We komen het bos niet meer uit!'

'Jawel,' zei Fabian. 'Het duurt alleen misschien iets langer dan we hadden gedacht.'

'Je begrijpt het niet,' zei Tanya. Ze probeerde uit alle macht haar stem in bedwang te houden, maar tevergeefs. 'Voordat je het weet gaan ze naar ons op zoek en dan zitten we nog dieper in de problemen!'

Fabian zuchtte en keek op zijn horloge. 'We hebben nog tijd genoeg voordat het donker wordt. Laten we doorlopen.'

Tanya hees zichzelf overeind en ging hem hinkend achterna. Toen ving ze een zilverachtige glinstering op. 'Wacht.'

Licht geïrriteerd bleef Fabian staan.

Ze wees. 'Ik geloof dat daar nog een catacombe is.'

Weldra kwam het metalen hekwerk in zicht. Het gat was een stuk kleiner en zag er lang niet zo dreigend uit. Opgelucht zag Tanya dat dit hek intact was. Er zaten geen gaten in, al dan niet groot genoeg voor een hond.

'Hoeveel zijn het er eigenlijk?' vroeg Tanya zich hardop af.

'Zeven.' Fabian strekte zijn nek om in de diepte te kunnen kijken. 'Ik zou dolgraag willen weten hoe diep dat ding is.'

Tanya trok een gezicht. 'Ik niet. Ik moet er niet aan denken, aan alle…'

'Stil.' Fabian hield een vinger tegen zijn lippen. 'Daar is iemand. Kijk – op die open plek!'

Een meisje in een groene jurk met lang, zwart haar liep langzaam op hen af. Nu en dan bukte ze zich om een bloem te plukken voor de bos die ze in haar armen had. Even dacht Tanya dat het meisje niet doorhad dat ze niet meer alleen was, maar toen keek ze Tanya recht aan en kwam glimlachend naderbij. Tanya's eerste opluchting omdat ze een mens waren tegengekomen maakte al snel plaats voor wantrouwen toen ze zich de tekst in het boek van haar grootmoeder over glamor herinnerde. Ze nam het meisje zorgvuldig op en zocht naar aanwijzingen die erop duidden dat het een vermomde elf was – maar ze kon niets vreemds ontdekken.

'Waarom denk je dat ze helemaal alleen is?' fluisterde Tanya, terwijl ze probeerde haar lippen niet te bewegen om het meisje niet te laten merken dat ze over haar praatten.

Fabian antwoordde niet meteen. 'Ik weet het niet. Ze ziet eruit alsof ze een zigeuner zou kunnen zijn. Misschien is ze familie van de oude zigeunervrouw. Die woont in dit bos.'

'Malle Morag?'

'Precies. Degene die jou dat kompas heeft gegeven. Dat ik trouwens heb opgezocht in een boek van Warwick over antiek. Het is niets waard.'

Tanya keek naar het meisje. 'Zullen we haar vragen of ze Oberon heeft gezien?'

Fabian knikte. 'En anders kan ze ons misschien vertellen hoe we het bos uit komen. Ik heb de indruk dat ze hier aardig de weg weet.' Hij liep van het hek naar het meisje, met Tanya op zijn hielen.

Het meisje zag hem aan komen lopen en glimlachte weer. Ze leek een jaar of twaalf. Ze had een roomkleurige huid en donkere ogen met zwarte wimpers. 'Zijn jullie verdwaald?' vroeg ze zacht.

'We zoeken onze hond,' zei Fabian. Zijn stem trilde en hij klonk vreemd verlegen. 'Hij is weggelopen en we kunnen hem nergens vinden. En… nu zijn we verdwaald, ja,' bekende hij uiteindelijk.

Het meisje knikte. 'Ik heb een hond langs zien komen.' Haar stem klonk kalm en beschaafd – op de een of andere manier ouder dan hoe ze eruitzag.

'Wanneer?' vroeg Tanya gretig.

'Niet zo lang geleden,' antwoordde het meisje. 'Een paar minuten.'

'Was alles goed met hem? Was hij niet gewond?'

Het meisje liet haar donkere ogen op Tanya rusten. 'Nee, hij zag er goed uit. Kom maar, dan help ik jullie zoeken. Ik ken het bos hier goed. Als we de hond eenmaal hebben kan ik jullie wijzen hoe je het bos uit komt.'

Tanya wierp Fabian een opgeluchte blik toe. Ze volgden het

meisje, dat snel voor hen uit liep en tussen de bomen door zigzagde. Eén of twee keer dacht Tanya dat ze een gezicht zag in de bast van een boom of een tak die zich bewoog als een ledemaat, maar ze kon niet meer zeggen wat echte elfen waren en wat haar eigen paranoia was. Het viel haar op dat dit deel van het bos stiller was. De bomen leken er groter en ouder, de kleuren voller en de geuren intenser. Ze kwamen bij een reusachtige boom met een gat in zijn stam dat zo groot was dat ze er met gemak doorheen konden lopen.

'Ik vraag me af of dit de boom is,' merkte Fabian op. 'Hij is er groot genoeg voor.'

'Welke boom?'

'Je weet wel, dé boom!' Hij trok een griezelig gezicht. 'Waar ze mensen aan ophingen. Die moet hier ergens zijn. Hoe is dit bos anders aan zijn naam gekomen? Toe maar, jij eerst.'

'Ik wil niet,' protesteerde Tanya, maar Fabian had zijn hand tussen haar schouderbladen gelegd en hij gaf haar een duw. In het gat was het donker en het rook er naar schimmel en vocht. Ze hoorde het gescharrel van dieren die er hun nest hadden. In haar haast om er weg te komen bleef ze met een voet achter een wortel haken en kwam struikelend weer in het licht.

Een ruwe hand pakte haar bij haar schouder beet.

Tanya slaakte een gil en gaf een zo hard mogelijke trap. Met een doffe dreun trof haar voet doel en haar belager kreunde luid. Fabian stommelde het gat uit. Verblind door het zonlicht probeerde hij haar vast te pakken, en bleef toen als aan de grond genageld staan.

'Warwick,' bracht hij met moeite uit.

Tanya keek omhoog, recht in Warwicks gezicht. Met zijn vrije hand wreef hij over zijn scheenbeen. Achter hem zat een gedweeë Oberon, met aan zijn halsband een stuk touw als geïmproviseerde riem.

'Dat deed pijn,' zei Warwick met opeengeklemde kaken. 'Laat dat voortaan.' Met een blik vol woede wendde hij zich tot Fabian. 'En noem me niet zo.'

Tanya wrong zich los uit zijn greep en stortte zich op Oberon. De hond likte haar uitbundig. Hij had geen idee waarom hij al die aandacht kreeg, maar hij genoot er hoe dan ook van. Fabian klopte hem opgelucht op zijn flanken.

'Hoe hebt u hem gevonden?' vroeg Tanya.

'Jullie zitten tot je nek in de problemen,' gromde Warwick, die haar vraag negeerde. Het leed geen twijfel dat hij ziedend was.

Tanya werd plotseling bang. Ze had de man nog nooit zo kwaad gezien.

'Hoe vaak heb ik het niet gezegd? Dit bos is gevaarlijk, jongeman!'

'Het is mijn schuld,' zei Tanya voordat Fabian de kans kreeg om zijn mond open te doen. 'Oberon liep weg en ik raakte in paniek. Ik... ik heb Fabian gevraagd of hij met me mee wilde gaan.'

Warwick keek haar kil aan. 'Jullie hadden op mij moeten wachten. Je moet je niet in dit bos wagen als je er de weg niet kent.'

'Het spijt me,' zei ze met gebogen hoofd, wat hem enigszins leek te vermurwen.

'Je boft dat je dat aanhad,' zei hij met een hoofdknik naar haar rode t-shirt. Hij wierp een vernietigende blik op Fabian. 'Als je groene kleren had gedragen zoals die idioot daar had ik jullie niet zo makkelijk ontdekt – ook al maakten jullie een hels kabaal.'

'O,' mompelde Tanya. Even had ze gedacht dat Warwick de ware reden kende waarom ze rood droeg. Niet dat het veel had uitgemaakt. Fabian keek ongemakkelijk naar zijn bruin-met-groene kleren.

'We moeten terug,' zei Warwick al iets minder kwaad. Hij draaide zich om en liep met grote passen weg.

Tanya wisselde achter Warwicks rug een blik met Fabian. Hij zag er terneergeslagen uit en hoewel ze blij was dat hij met haar was meegegaan speet het haar dat hij in de problemen was gekomen.

'Wacht eens even,' zei Fabian plotseling. Hij draaide zich om en keek in de richting waar ze vandaan kwamen. 'Waar is dat meisje gebleven?'

Warwick bleef abrupt staan. 'Welk meisje?'

'Er was een meisje,' zei Tanya. 'Ze had Oberon een paar minuten eerder gezien – ze bood aan om ons te helpen met zoeken.'

'Ze kan hem niet hebben gezien,' zei Warwick. 'Hij is al bijna een uur bij mij.' Hij tuurde naar de bomen. 'Waar is ze?'

'Ik weet het niet,' antwoordde Tanya. 'Ze had waarschijnlijk niet in de gaten dat we zijn gestopt en is doorgelopen.'

'Hoe zag ze eruit?'

'Knap,' zei Fabian met een dromerige blik in zijn ogen. 'Heel knap.'

Warwick zweeg. Hij draaide zich weer om en beende verder het bos door. Tanya en Fabian ploeterden zwijgend achter hem aan. Tanya zag een kleine elf, die haar erg deed denken aan de elf die ze had begraven, zacht op Warwicks rug landen om een donzig veertje uit zijn haar te plukken. De elf vloog met het veertje de bomen in om er zijn nest te maken. Tanya bleef dicht in de buurt van Warwick; ze voelde zich daar veiliger. Maar door haar afkeer van hem maakte het haar ook verward, en wrokkig.

De terugtocht naar Huize Elvenhorst was lang en vermoeiend, maar gelukkig lieten de elfen hen met rust. Voor de tweede keer in evenzoveel dagen was Tanya blij om haar grootmoeders huis te zien.

7

l snel nadat Warwick de poort achter hen had geslo-
ten maakte Tanya het touw los van Oberons hals-
band en met z'n vieren baanden ze zich een weg
door het woekerende onkruid naar het huis.

'Ik neem aan dat u het tegen mijn grootmoeder gaat vertellen,'
mompelde Tanya toen ze de keuken in liepen. De bekende geuren
waren opvallend geruststellend.

Warwick keek haar grimmig aan. 'Onder normale omstandigheden zou ik dat doen, ja. Maar ik begrijp dat jullie alleen het bos in
zijn gegaan om je hond te zoeken en niet uit ongehoorzaamheid.
Het kan dus onder ons blijven.'

Tanya staarde hem verbaasd aan. Fabian leek net zo verbijsterd.

'Op één voorwaarde.' Warwicks ogen boorden zich in de hunne.
'Jullie beloven, alle twee, dat jullie nooit meer een voet zullen zetten
in het bos.'

Zonder een moment te aarzelen beloofden ze het. Ze voelden
geen van beiden de behoefte om hun avontuur nog eens over te
doen. Blijkbaar tevredengesteld zette Warwick het radiootje op de
vensterbank aan.

'*En dan nu ander nieuws. Er zijn berichten dat er op de kraamafdeling van een ziekenhuis in Essex een ontvoering heeft plaatsgevonden. Beelden van de bewakingscamera's hebben tot dusver niets opgeleverd; de camera's blijken voor het incident onklaar te zijn gemaakt. Men heeft bevestigd dat het kind in kwestie – een jongetje van waarschijnlijk iets meer dan een week oud – vlak na de geboorte bij het ziekenhuis was achtergelaten en door het personeel werd verzorgd. De politie doet een beroep op de moeder om zich bekend te maken. Er is ook een persoonsbeschrijving verspreid van een tienermeisje dat zich vlak voor het incident verdacht gedroeg bij de receptie. Een ooggetuige beschreef het meisje als...*'*

Warwick zette de radio uit en wreef met zijn hand over zijn stoppelige kin.

'Ik hou niet van nieuwsuitzendingen,' zei hij zacht, waarna hij zich omdraaide en de keuken uit liep. Tanya en Fabian bleven alleen achter.

'O nee,' zei Fabian geërgerd. Hij strekte zijn nek om naar zijn mouw te kunnen kijken. 'Mijn beste T-shirt. Gescheurd! Kijk dan.' Hij zuchtte en keek haar toen hoopvol aan. 'Kun jij goed naaien?'

'Heel slecht,' antwoordde ze.

'Ik leg het hier straks wel neer,' zei hij bedachtzaam. 'Misschien wil Florence het wel repareren.'

'Bedankt dat je met me bent meegegaan,' zei ze toen het geluid van Warwicks voetstappen was weggestorven.

Fabian haalde zijn schouders op. 'Het was tenslotte deels mijn schuld. Als ik dat konijn niet had laten schrikken was het misschien niet gebeurd.'

'Maar je ging mee. Ook al wist je dat we in de problemen zouden komen als we werden betrapt.' Ze huiverde toen ze terugdacht aan hoe makkelijk ze waren verdwaald en aan de geheimzinnige zwarte gaten in de grond.

'Ik kon je toch niet alleen het bos in laten gaan,' zei Fabian. Er gleed een schaduw over zijn gezicht. 'Er zijn daar mensen verdwenen.'

'Ik weet het. Ik heb erover gelezen, over een meisje met een aparte naam. Iets met bloemen.'

'Morwenna.'

'Dat was het,' zei Tanya. 'Morwenna Bloem. Ik las het in een krantenknipsel dat uit een van de boeken in de bibliotheek was gevallen.'

'Wat stond erin?' vroeg Fabian plotseling geïnteresseerd.

'Alleen maar dat ze in het bos was verdwenen en dat de mensen dachten dat ze in een van de catacomben was gevallen,' zei Tanya. 'Je kent het verhaal toch wel? Je wist ook hoe ze heette.'

'Ik wilde alleen maar zeker weten dat het dezelfde persoon was. Er zijn zo veel mensen verdwenen dat ik ze me niet allemaal herinner.' Fabian zette zijn bril af en begon met zijn vuile T-shirt de glazen te poetsen. 'Ze was de jongste die ooit in het bos is verdwenen. Vanwege haar hebben ze het hek geplaatst.' Hij zette zijn bril weer op. 'Wist je dat ze Florence' hartsvriendin was?'

'Wát?' riep Tanya uit. 'Ik heb haar het knipsel laten zien, maar daar heeft ze niets over gezegd.' Ze herinnerde zich de vreemde blik in haar grootmoeders ogen. Nu snapte ze het. 'Ze zei wel dat ze ooit met elkaar bevriend waren geweest, maar uit elkaar waren gegroeid. Weet je zeker dat ze hartsvriendinnen waren?'

'Heel zeker,' zei Fabian. 'Ik heb haar er meer dan eens met Warwick over horen praten – maar als ik de kamer in kwam zwegen ze. Het riep waarschijnlijk te veel herinneringen op. Misschien heeft het haar getraumatiseerd, vindt ze het te pijnlijk om erover te praten.'

Tanya zweeg schuldbewust. 'Hoeveel mensen zijn er dan in het bos verdwenen?' vroeg ze uiteindelijk toen ze haar morbide nieuws-gierigheid niet meer kon bedwingen.

'Massa's,' antwoordde Fabian. 'Niet zo heel veel meer sinds die hekken er staan, maar toch nog wel een aantal. Voornamelijk stro-pers uit Tikkerseind of wandelaars. En waarschijnlijk een heleboel anderen die nooit als vermist zijn opgegeven: nomaden, zigeuners, dat soort mensen. Ontelbare katten en honden.

En de gaten zijn geen echte catacomben.' Fabian liep naar de gootsteen om zijn handen te wassen. 'Een "catacombe" wordt gede-finieerd als "een eeuwenoude grafkamer". Deze gaten heten eigen-lijk *deneholes*. Er liggen er flink wat van verspreid over het land, met name in het zuiden. In de loop der jaren zijn de mensen ze "cata-comben" gaan noemen omdat er zo veel mensen in verdwenen.'

'Wat afschuwelijk,' zei ze. Toen ze naast Fabian bij de gootsteen ging staan zag ze haar spiegelbeeld in de kleine spiegel op de ven-sterbank. Er liepen traansporen over haar vuile gezicht en er zaten klitten in haar haar.

'Luister,' zei Fabian met gedempte stem. 'Ik wil je iets laten zien, maar dan moet je beloven dat je erover zwijgt tegen Florence en Warwick.'

'Waarover?'

'Ik heb iets gevonden op de tweede verdieping. Ik wist eerst niet of ik je kon vertrouwen.'

'Wat heb je gevonden?' vroeg Tanya.

Fabian schudde zijn hoofd. 'Eerst beloven.'

'Ja hoor, beloofd,' zei ze geïrriteerd. 'Ik praat toch zelden met ze.'

Fabian wierp een blik in de gang.

'Laten we naar boven gaan; ik geloof dat Warwick meteen weer is vertrokken.'

'Fabian,' begon Tanya, 'na alles wat we vandaag hebben meegemaakt wil ik eerst graag horen wat het is, zodat ik weet of het de moeite waard is. Ik ben moe, ik ben het allemaal zat, en ik ga niet op de een of andere onbezonnen missie voordat ik heb gedoucht en iets anders heb aangetrokken.'

Fabians blauwe ogen schitterden ondeugend.

'Het is de moeite waard, ik beloof het je.'

'Geef me tien minuten de tijd,' zei ze zuchtend. 'Ik zie je boven.'

De tweede verdieping was nog stoffiger dan de rest van het huis, aangezien Amos en Warwick over het algemeen de enigen waren die er kwamen. Boven aan de trap hing de kop van een enorm hert aan de muur. Het was de tweede keer dat Tanya het zag, maar ook nu voelde ze de tranen opwellen toen ze in de droevige bruine ogen keek. Ze sloeg haar ogen neer en concentreerde haar blik op de versleten trapbekleding totdat ze boven was. Fabian zat op haar te wachten in een kleine, donkere alkoof met een stoel voor een groezelig wandkleed.

'Dit is het.'

Tanya bestudeerde het vieze oude kleed, dat de hele muur bedekte. Afgezien van de afmetingen was het niet bijzonder, en zo verkleurd en stoffig dat ze onmogelijk kon zien wat het voorstelde.

'Wauw,' zei ze sarcastisch.

Fabian trok een gezicht. 'Niet het wandkleed, gek. Wat erachter zit!'

Tanya keek hem aan en schoof toen het kleed opzij. Erachter bevond zich een massieve eikenhouten deur, die iets terugweek in de muur.

'Wanneer heb je die ontdekt?'

'Gister. Ik kan het nog steeds niet geloven dat ik hem niet eerder heb ontdekt.'

'Tja,' zei Tanya, 'hier komt ook niemand. Zelfs toen we op zoek waren naar geheime gangen hebben we nooit de tweede verdieping doorzocht. We durfden hier niet te komen. Wat zit erachter?'

'Dat gaan we nu ontdekken,' zei Fabian.

'Ah, ik snap het. Je was te bang om in je eentje op onderzoek uit te gaan.'

'Nee hoor,' zei Fabian koeltjes. 'De deur zit op slot.'

'En hoe had je gedacht hem open te maken?'

'Hiermee.' Fabian haalde een oud uitziende sleutel tevoorschijn. 'Het is een loper. Hiermee kan ik alle deuren in het huis openmaken.'

'Ik weet heus wel wat een loper is,' zei Tanya vinnig. 'Maar wat doe jíj ermee?'

'Ik heb hem geleend. Van Warwick.'

'Je bedoelt "gestolen". Hij zou hem nooit aan jou uitlenen.'

'Dat doet er niet toe. Laten we hem zo goed mogelijk gebruiken zolang hij hem niet mist.'

Hij stak de sleutel in het slot, dat zacht klikte toen hij de sleutel omdraaide. 'Zie je wel?' fluisterde hij triomfantelijk. 'Zo goed als nieuw. Vooruit.'

Toen Fabian de deur openduwde daalde er een wolk vochtige, schimmelige lucht op hen neer. Hij stapte de donkere deuropening in en wenkte Tanya.

'Wat is het?' vroeg ze, terwijl ze hem volgde. 'Een kamer?'

Fabian hield een vinger tegen zijn lippen en Tanya stapte de dichte duisternis in. Ze bleef ongemakkelijk staan wachten terwijl Fabian het wandkleed zorgvuldig terughing en de deur zacht achter hen sloot.

'Nu zien we niets meer!' siste ze.

'Wacht,' zei Fabian en ze hoorde hem in het donker in zijn zakken rommelen. Er klonk een zacht klikje en toen was er licht. Fabian hield een kleine, maar blijkbaar krachtige zaklamp in zijn hand en keek haar grijnzend aan.

'Ik wist dat-ie een dezer dagen van pas zou komen.'

Toen haar ogen waren gewend zag Tanya dat ze niet in een kamer stonden, maar in een kleine doorgang die zowel naar links als naar rechts leidde. Aan de rechterkant bevond zich een trap.

Fabian liet het licht van de zaklamp over de muren gaan. 'Het is hier vochtig.'

'De lucht is ook bedorven,' zei Tanya met opgetrokken neus. 'Ik vraag me af waar deze doorgang voor werd gebruikt… misschien is het wel een van de geheime gangen.'

'Dan zou hij veel beter verborgen zijn geweest,' zei Fabian smalend. 'Ik denk dat het de oude diensttrap is.'

'Die was toch dichtgemaakt,' zei Tanya.

'Dat is ook zo. Tenminste, de hoofdingang in de keuken. Florence heeft dat jaren geleden laten doen. Er zou dan minder warmte verloren gaan in de winter, zei ze.'

'Maar ik dacht dat de hele trap was dichtgemaakt,' zei Tanya. 'Ik wist niet dat het alleen maar gedeeltelijk was gedaan.'

'Ik ook niet.'

'Welke kant gaan we uit?'

Fabian scheen met de zaklamp op de trap. 'We zitten al op de bovenste verdieping, dus die trap gaat vast naar de zolder. Ik denk dat we deze kant uit moeten.' Hij richtte de lamp op de gang naar links en liet het licht over de muren gaan, waar de vochtige lucht in de loop der jaren enorme schimmelplekken had doen ontstaan. Tanya werd plotseling verblind door een fel schijnsel.

'Wat was dat?'

'Het licht van de zaklantaarn weerspiegelde op een raam,' zei Fabian.

'Een raam?'

'Als je goed kijkt zie je de klimop die ertegenaan groeit. Daarom is er geen licht.'

Hij had gelijk. Toen Tanya naar het met een dikke laag vuil bedekte raam keek zag ze de wilde wirwar van bladeren die aan de buitenkant het glas hadden overwoekerd en het daglicht vrijwel geheel buitensloten.

Fabian deed een stap naar voren. 'Voorzichtig. Deze gang is heel oud. Misschien is hij niet helemaal veilig.'

Behoedzaam schuifelden ze door de duisternis. De oude vloer kreunde onder hun gewicht. Er ritselden dingen in het houtwerk en Tanya vroeg zich onwillekeurig af of het muizen of elfen waren. Ze wist niet wat erger was.

Ze hadden nog maar een klein stukje gelopen toen Fabian bleef staan.

'Links van me is een deur.' Hij rammelde aan de deurknop. 'Hij zit op slot.'

'Probeer de sleutel,' opperde Tanya.

Fabian boog zich en scheen met de kleine zaklamp in het sleutelgat. 'Ik geloof dat de sleutel aan de andere kant in het slot zit.'

'Duw hem er dan met de loper uit.'

'Dat is niet slim,' wierp Fabian tegen, 'want misschien hebben we die sleutel nodig. Niet alle deuren hebben nog hun oorspronkelijke slot.'

'Oké,' zei Tanya, 'laten we kijken of er nog meer deuren zijn.'

'Wacht.' Fabian overhandigde haar de lamp en begon weer in zijn zakken te rommelen.

'Wat doe je?' vroeg Tanya, toen hij een opgevouwen papier en een ijzerdraadje tevoorschijn haalde.

'Klassieke truc,' mompelde Fabian, terwijl hij het papier openvouwde.

Toen Tanya beter keek zag ze dat het papier al ontelbare keren gebruikt moest zijn. Het was slap geworden en bijna doorgesleten op de vouwen.

'Waar is dat voor?' vroeg ze weer, maar Fabian antwoordde niet. Hij had het draadje ontward en boog het nu tot een dunne vork van een centimeter of zes.

'Zo moet het lukken.'

Hij legde het papier aan de onderkant van de deur en schoof het vervolgens door de kier de kamer in, totdat er nog een centimeter zichtbaar was. Hij pakte het ijzerdraadje en stak het heel voorzichtig in het sleutelgat. Nadat hij het een paar seconden heen en weer had bewogen klonk er een zacht plofje, waarna Fabian het papier weer onder de deur vandaan trok. De sleutel lag netjes in het midden van het papier.

'Geniaal!' zei Tanya terwijl ze verbijsterd naar de sleutel keek.

'Niet echt,' zei Fabian met een bescheiden glimlach. 'Ik las het ooit in een oude detective. Het is gewoon een kwestie van gezond verstand.'

Tanya keek naar het versleten papier. 'Zo te zien heb je het vaker gedaan.'

Fabian raapte de sleutel op en stopte het papier zorgvuldig opgevouwen weer in zijn zak. 'Een paar keer. Deze keer hebben we geluk gehad. Als de sleutel verkeerd neerkomt kan hij van het papier af stuiteren.' Hij stak de sleutel in het slot en draaide hem om. De deur ging open en samen stapten ze een kleine, donkere kamer in.

Net als op de geheime trap kwam er geen licht door het raam doordat het aan de buitenkant volledig was bedekt met klimop. Onder het raam stond een gebeeldhouwde houten kist, die in een grijze deken van stof was gehuld. In de hoek bevond zich een levensgrote kleerkast. Een van de deuren stond open, alsof iemand in grote haast de kamer had verlaten en nooit meer was teruggekeerd. Midden in de kamer stond een prachtige wieg, compleet met gehaakte dekentjes die slordig waren weggeslagen. In de wieg lag een eenzame, haveloze beer. Toen Tanya hem voorzichtig oppakte zag ze dat er een scheur in zijn zijkant zat waar een vuil stuk vulling uit stak.

'Dit was een kinderkamer,' zei ze.

Er bewoog iets in de vulling van de beer. Met een verschrikte kreet liet Tanya hem weer in de wieg vallen.

'Wat is er?' vroeg Fabian.

'Volgens mij zit er een muizennest in.'

'Nogal griezelige kamer, als je het mij vraagt,' zei Fabian, terwijl hij het deksel van de kist optilde. Er dwarrelde een stofwolk omhoog, die hem drie keer achter elkaar deed niezen. In de kist lag nog een beer, samen met een paar poppen, een oude bromtol en een duveltje in een doosje, waarvan de gebroken veer vol roest zat.

'Je hebt gelijk,' zei Tanya, die plotseling huiverde. 'Het is hier naargeestig.'

'Ik heb nooit geweten dat deze kamer er was,' zei Fabian, terwijl hij naar de eigenlijke ingang liep. 'Ik vraag me af waar we zitten.'

Hij opende behoedzaam de deur en Tanya hoorde hem een kreet slaken.

'Moet je eens komen kijken.'

Ze liep achter hem aan en keek waar Fabian zijn zaklamp op had gericht.

De deuropening was gebarricadeerd door een zware houten wand.

'Het is de achterkant van het dressoir… iemand heeft het voor de deur geschoven. Iemand die veel moeite heeft gedaan om te voorkomen dat deze kamer werd ontdekt.'

'*Vanwege het kwaad*,' zei plotseling een gedempte, raspende stem.

Tanya bleef verstijfd staan en wachtte op Fabians reactie – die uitbleef: hij had het niet gehoord. Ze draaide zich langzaam om en liep terug naar de wieg. Haar oogleden begonnen te trillen. Ze zag iets bewegen en toen dook er uit de vulling van de beer in de wieg een mager gezicht op. De huid was stoffig en grauw, en Tanya kon met geen mogelijkheid zeggen of het schepsel mannelijk of vrouwelijk was. Haar blik bleef rusten op de uitstekende voortanden, als van een knaagdier.

'Het kwaad,' kraste het, terwijl het haar verwijtend aankeek. 'Het kwaad dat hier is geschied.' Met één wantrouwend oog strak op Tanya gericht diepte het schepsel iets op uit de krochten van zijn nest. 'Lang geleden. Heel lang geleden.'

Tanya kokhalsde toen ze zag dat wat het schepsel had opgedoken een halfverorberde muis was. 'Wat voor kwaad?' fluisterde ze zo zacht dat Fabian het niet zou horen.

'Zeg ik niet,' antwoordde het schepsel pesterig. Tanya hoorde hoe de botjes tussen zijn tanden werden vermalen en deinsde achteruit. De scherpe, metalige geur van bloed walmde haar achterna.

'Laten we weggaan,' zei Tanya, terwijl het monster luid knaagde en smakte. 'Er hangt een nare sfeer in deze kamer.'

Fabian sloot de deur zacht en samen liepen ze terug. Opgelucht stapte Tanya de gang op, maar Fabian bleef staan en liet de straal van de zaklantaarn nog een keer door de kamer gaan.

'Wat is dat?'

'Fabian! Kom mee!' siste Tanya, maar Fabian liep langs de wieg en tuurde naar iets op de muur.

'O,' zei hij teleurgesteld. 'Het is een ouwe borduurlap.'

'Wat staat erop?'

'Ik kan het in dit licht niet goed lezen,' zei Fabian. Hij zette zijn bril af om de glazen te poetsen.

Tanya liep naar hem toe, zonder acht te slaan op het gemompel in de wieg, en tuurde naar het borduurwerk aan de muur. De stof was wit, of was dat in ieder geval ooit geweest, en er waren zachtroze roosjes op geborduurd en de woorden: GEFELICITEERD MET DE GEBOORTE VAN JULLIE DOCHTER. Eronder stond een datum.

'Dat is apart,' zei Fabian toen hij zijn bril weer had opgezet. 'De geboortedatum is 29 februari, wat betekent dat de baby op de extra dag van een schrikkeljaar is geboren.'

Tanya fronste haar wenkbrauwen. 'Mijn moeder is op 29 februari geboren.'

'O,' zei Fabian. 'Dan moet dit je moeders kinderkamer zijn geweest.' Hij grinnikte opeens. 'Betekent dat dat je maar één keer in de vier jaar een verjaardagskaart voor haar hoeft te kopen?'

Tanya schudde haar hoofd. 'Nee,' antwoordde ze. 'We vieren haar verjaardag op 1 maart. Maar ze maakt wel altijd grapjes dat ik ouder ben dan zij.'

Zwijgend liepen ze de donkere gang weer in. De volgende deur die ze probeerden had blijkbaar een nieuwer slot en Fabians techniek werkte niet omdat er aan de andere kant geen sleutel zat. Ze kregen nog een aantal deuren open, maar de meeste kamers waren leeg of bevatten niets interessants.

Toen ze bij Amos' kamer kwamen hoorden ze aan de andere kant de televisie blèren. Ze slopen er voorbij en probeerden het getier en geraas van de oude man te negeren.

Op de eerste verdieping waren er minder kamers waar nog geheimen konden schuilen, aangezien het de verdieping was waar iedereen behalve Amos sliep. De laatste deur bevond zich vlak voor de trap naar de begane grond en was niet op slot. Ze werden verblind door het licht dat door de ramen naar binnen scheen. De klimop was gesnoeid en de kamer was goed onderhouden. De meubels waren afgedekt met stofhoezen, die Fabian er onmiddellijk begon af te trekken. In het midden van de kamer stond een groot hemelbed, omringd door prachtig gebeeldhouwd houten meubilair. Voor de haard lag een dikke vacht en boven de schoorsteenmantel hing een dubbelportret van een streng kijkende man en een jonge vrouw.

Tanya zette grote ogen op. 'Wiens kamer is dit?'

'Dit moet de kamer van de oorspronkelijke bewoners zijn,' merkte Fabian op. 'Ik heb Florence er wel eens over horen praten, maar ik mocht er nooit in. Het was de slaapkamer van Lord en Lady Elvenhorst. Dat is hun portret.'

Tanya bestudeerde het schilderij boven de schoorsteenmantel en hield haar adem in toen ze haar voorouders in de ogen keek. Het was de eerste keer dat ze een afbeelding van hen zag.

EDWARD EN ELIZABETH ELVENHORST stond er op het koperen plaatje op de lijst. De ogen van de norse man leken zich in de hare te boren en de vrouw zag eruit alsof ze zich niet op haar gemak voelde in zijn aanwezigheid. Met een schok zag Tanya een zilveren bedelarmband rond de pols van de vrouw. Het was dezelfde als die nu, twee eeuwen later, rond haar pols zat. Ze keek omlaag naar de armband, die glinsterde in het zonlicht. Ze had hem gepoetst totdat hij glom. Hoe mooi ze hem ook vond, het gaf haar een verontrustend gevoel om de sieraden van een dode voorouder te dragen.

'Waarom is de kamer zo gelaten?' vroeg Tanya. 'Met al het oorspronkelijke meubilair en zo?'

'Ik weet het niet… Ik denk omdat ze de eerste eigenaars van het huis waren. Elvenhorst was een van de rijkste mannen van het land – het huis is zelfs op zijn aanwijzingen gebouwd. Een paar jaar geleden verdiende Florence wat bij door mensen rond te leiden; het staat namelijk op de monumentenlijst. Dit moet een van de belangrijkste kamers zijn geweest.'

Tanya staarde nog steeds naar het schilderij. 'Ik vind het een vreemd stel.'

'Dat was het ook,' beaamde Fabian.

'Ik vraag me af wat voor mensen het waren. Ik vraag me af of ze hier gelukkig waren.'

'Ik betwijfel het.'

Tanya keek hem nieuwsgierig aan. 'Waarom zeg je dat?'

'Ze hebben het je vast wel eens verteld,' zei Fabian. 'Ze waren nog niet zo lang getrouwd toen het gebeurde.'

'Toen wat gebeurde?'

'Ik dacht dat je het wist,' zei Fabian, 'van Lady Elvenhorst.'

'Het enige wat ik weet is dat ze hier ging wonen toen het huis af was en dat zij en haar echtgenoot een zoon kregen,' zei Tanya. 'Hoezo? Wat gebeurde er dan?'

'Ze stierf op drieëntwintigjarige leeftijd in een gekkenhuis in Londen.'

'Wat… waardoor is ze gek geworden?' vroeg Tanya, die haar ogen niet kon losmaken van de zorgelijk kijkende jonge vrouw op het portret.

'Er bestaat nogal wat onenigheid over de vraag of ze wel gek was,' zei Fabian. 'Ze hield dagboeken bij; blijkbaar scheurde ze die in stukken die ze overal in het huis verstopte. En daar was ze heel behendig in ook. Eén ervan had ze in een jurk genaaid. Een ander zat verstopt achter een plint. Maar niet alle delen zijn teruggevonden. Ze zeggen dat haar echtgenoot ze heeft gevonden en vernietigd.'

'Waarom zou hij ze vernietigen?' vroeg Tanya. 'Wat stond er dan in?'

Fabian haalde zijn schouders op. 'Florence wilde aan niemand precies vertellen wat er in de dagboeken stond. Maar dankzij een lek is het in grote lijnen wel duidelijk. De dagboeken waren namelijk de belangrijkste reden waarom ze met de rondleidingen door het huis is gestopt. Weet je nog dat de oude stallen werden afgebroken, een paar jaar geleden? Halverwege de sloop vond een van de werklui een deel van het dagboek, dat ergens in een oude muur zat weggestopt. Hij werd onmiddellijk van het terrein gestuurd met het uitdrukkelijke verbod om door te vertellen wat hij had gelezen. Als je het mij vraagt heeft Florence hem betaald om zijn mond te houden. Maar uiteindelijk kwam het natuurlijk toch aan het licht.'

'Wat stond erin?'

'Laat ik het zo zeggen: het was niet best. Elizabeth had een bezoek gebracht aan de plaatselijke kruidenvrouw, of "vroede vrouwe" zoals zo iemand vroeger werd genoemd, om kennis op te doen over kruiden, geneeswijzen en dergelijke. Blijkbaar had ze een gave in die richting en wilde ze die ontwikkelen. Een aantal stadsmensen stond er afkeurend tegenover; zodra het over de kruidenvrouw ging kwamen de praatjes over toverarij los. Het was een tijd waarin er veel bijgeloof was. Hoewel de ergste heksenjachten al voorbij waren was de wereld nog steeds de bakermat van heksenjagers en vervolgingen. Lord Elvenhorst had het niet ongegronde vermoeden dat het slechts een kwestie van tijd was voordat het noodlot zou toeslaan. Hij verbood Elizabeth elk contact met de kruidenvrouw uit angst dat ze zelf onder verdenking zou komen te staan en als heks zou worden opgehangen. Maar Elizabeth ging gewoon haar gang. Ze had weinig op met regels en ze leek zich niet veel aan te trekken van wat anderen dachten. Ze hadden haar altijd al zonderling gevonden en dat pakte niet in haar voordeel uit.

Op een gegeven moment, precies zoals Lord Elvenhorst had voorspeld, gebeurde er iets waardoor de twee vrouwen onder verdenking kwamen te staan. De kruidenvrouw was ook kraamvrouw. Maar toen stierf een kind dat zij ter wereld had geholpen kort na de geboorte. Het overlijden werd gevolgd door een golf van ziektes. Het was voldoende reden om de tongen los te krijgen. Binnen de kortste keren deden er geruchten de ronde over tovenarij. De kruidenvrouw werd de stad uit gejaagd en moest haar toevlucht zoeken in het bos. Ze werd aan haar lot overgelaten, behalve door een paar stadsmensen die met haar te doen hadden en haar zo vaak mogelijk eten brachten. Als zij haar niet hadden geholpen had ze waarschijnlijk de wijk genomen. Malle Morag schijnt een van haar afstammelingen te zijn.'

'Wat gebeurde er met Elizabeth?'

'Die had minder geluk,' vervolgde Fabian. 'De kinderen jouwden haar op straat uit. De mensen sloegen een kruis als ze haar tegenkwamen. Ze werd zelfs bespuugd. Het leek haar echter niet te deren en ze ging zelfs op eigen houtje door met het bestuderen van geneeswijzen. Haar echtgenoot was niet dom, hij begreep wat er zou gebeuren als ze zich niet normaler ging gedragen, maar Elizabeth weigerde te luisteren. Zijn tegenwerking maakte haar alleen maar standvastiger. En dus zwichtte Lord Elvenhorst uiteindelijk voor de druk die zijn raadsmannen op hem uitoefenden en liet haar opnemen.'

Tanya was verbijsterd. 'Omdat ze kruiden bestudeerde stuurde hij haar naar een inrichting?'

'In die tijd was er niet veel voor nodig,' zei Fabian. 'Vrouwen hadden toen geen rechten. Alles werd door hun vader of hun echtgenoot bepaald. Ze konden zelfs als gek worden bestempeld als ze een buitenechtelijk kind kregen. Een heleboel onschuldige vrouwen die volkomen bij hun verstand waren werden in opdracht van hun echtgenoot in een inrichting gestopt en kwijnden er weg. En als ze nog niet gek waren als ze erin gingen werden ze het meestal na een tijdje wel.'

'Dus... dat was het?' vroeg Tanya. 'Ze werd gek en stierf in de inrichting?'

Fabian keek haar bijna verontschuldigend aan.

'Niet te geloven dat Florence je het nooit heeft verteld.'

Tanya werd bevangen door een gevoel van naderend onheil.

'Wat?'

'Tanya, Elizabeth Elvenhorst is niet zomaar gestorven in de inrichting. Ze heeft zich van het leven beroofd. Ze heeft zichzelf opgehangen.'

8

lizabeth Elvenhorsts zelfmoord bleef de rest van de middag door Tanya's hoofd spoken. Nadat ze de dienstbodegang hadden verlaten zei ze tegen Fabian dat ze zich niet lekker voelde en liep naar beneden. Ze wilde langs de beek gaan wandelen om haar gedachten te ordenen. Er was een brandende nieuwsgierigheid in haar opgelaaid. Ze zou dolgraag Elizabeths dagboeken willen lezen en achter de geheimen komen die haar grootmoeder zo angstvallig voor haar verborgen hield. Zouden ze iets te maken hebben met 'het kwaad' waar de elf in de kinderkamer het over had gehad?

Ze was zo in gedachten verzonken dat ze toen ze langs de bibliotheek liep bijna de gedempte stemmen niet hoorde die aan de andere kant van de deur klonken. Bijna, totdat iemand haar naam noemde.

'... niet mijn keus dat ze hier is, dat weet je,' zei haar grootmoeder.

'Hoe eerder ze vertrekt, hoe beter,' zei een andere stem, onmiskenbaar die van Warwick. 'We kunnen haar hier niet hebben. Onmogelijk.'

Er schraapte iets over de vloer, waarschijnlijk een stoelpoot, waardoor er een paar woorden verloren gingen.

'… vandaag in het bos,' siste Florence.

'We hebben geluk gehad dat ik ze op dat moment vond,' zei Warwick.

Tanya bleef roerloos voor de deur staan.

De stem van haar grootmoeder vervolgde nietsvermoedend: 'Ik had al veel eerder moeten doen wat je zei.'

'Wat?' vroeg Warwick nors.

'Verhuizen. Deze keer doe ik het echt – als zij weg is. Het wordt me te veel. Het vreet aan me. Het was dom om hier te blijven wonen.'

'Wil je dat echt, verhuizen?' vroeg Warwick. 'Dit allemaal achterlaten?'

'Ik denk dat ik wel zal moeten,' antwoordde Florence. Het was alsof er tranen in haar stem doorklonken. 'Ik wil het niet, maar ik zie geen andere mogelijkheid.'

'Maar dit huis is je zo dierbaar. Ik had niet gedacht dat je er ooit afscheid van zou nemen.'

'Het is me ook dierbaar, en het zal me altijd dierbaar blijven. Toen ze werd geboren had ik zulke mooie dromen… dat alles ooit van haar zou worden. Maar nu… nu is dat toch onmogelijk? Ik kan het Tanya toch onmogelijk laten erven?'

'Heb je ooit overwogen haar de waarheid te vertellen?' vroeg Warwick.

'Dat kan ik niet!' Florence' stem klonk nu geagiteerd. 'Ik ben een lafaard. Ik weet het van mezelf. Ik was toen een lafaard en ik ben nog steeds een lafaard…'

Er kwamen voetstappen naar de deur. Onthutst sloop Tanya terug naar de trap. Ze herinnerde zich een uitspraak dat luistervinken zelden iets aangenaams over zichzelf hoorden en nu had ze het bewijs. Ze wenste uit de grond van haar hart dat ze het gesprek niet had gehoord, maar ze wist dat ze het nooit meer zou vergeten.

Ze was niet welkom. Eigenlijk had ze het al geweten, maar om het iemand hardop te horen zeggen was een heel ander verhaal. Er was geen weg terug. De woorden konden niet ongedaan worden gemaakt. Ze was niet gewenst. Ze was een last. Een ongemak. Haar grootmoeder had de pest aan haar. Had zo erg de pest aan haar dat ze liever haar dierbare huis opgaf dan haar enige kleinkind het te laten erven.

Het was stil op de overloop toen ze de trap op ging, zonder nog aan de wandeling te denken. Zelfs de bewoners van de staande klok hielden hun gebruikelijke beledigingen voor zich. Ze hoorde Amos op de tweede verdieping ijsberen, zoals hij vaak op dit uur van de dag deed. Ze sloot zichzelf op in haar kamer en ging op bed liggen. Het duizelde haar toen ze terugdacht aan haar grootmoeders woorden. Ze trok haar knieën tegen haar borst in een poging het misselijke gevoel te verdrijven, maar het hield aan en nestelde zich naast het onheilspellende gevoel dat ze had overgehouden aan de twee kamers die Fabian en zij hadden ontdekt.

Ongelukkig tilde ze haar arm op en bestudeerde de armband. Ze vroeg zich af waarom haar grootmoeder hem aan haar had gegeven als ze haar zo vervelend vond. Ze herinnerde zich dat haar grootmoeder had gezegd dat de mensen vroeger dachten dat dit soort bedeltjes voor bescherming zorgden. Ze bekeek ze om de beurt en stelde zich voor dat ze elk hun eigen verhaal konden vertellen over hun oorspronkelijke eigenaar en een venster waren waardoor zij een blik op het verleden kon werpen. Ze pakte ze een voor een beet. Sommige spraken voor zich: een hartje stond voor liefde en een ring voor het huwelijk. Een sleutel voor een thuis, of misschien voor veiligheid. Een masker voor... de liefde voor het toneel? De meeste waren echter vreemd en sommige zelfs verontrustend, zoals een zwaard en een dolk. En bij een ervan werd Tanya's keel dichtgesnoerd alsof de klimop zich er stiekem omheen had gewikkeld. Het was een klein, gegraveerd keteltje waar ze maar één betekenis voor kon bedenken: tovenarij.

Wat het geheim achter de armband ook was, één ding wist Tanya zeker: Elizabeth Elvenhorst had hij weinig veiligheid of geluk gebracht.

Bij het avondeten had Tanya verrassend veel honger, gezien de gebeurtenissen van die dag. Toen ze klaar waren verhuisde haar grootmoeder de borden naar het aanrecht en zette een enorme schaal aardbeien en een bak slagroom op tafel.

'O,' kreunde Warwick. Hij prikte in zijn buik, maar keek verlangend naar de aardbeien. 'Er kan niets meer bij.'

'Onzin,' zei Florence. Ze zette een kom aardbeien voor hem neer en schepte er een lepel slagroom overheen.

Vanuit haar ooghoek zag Tanya het deksel van het theeblik omhoogkomen, waarna de gerimpelde kleine nachtelf die er woonde over de rand tuurde. Zijn vervormde gezicht deed denken aan een walnoot en ging half verscholen achter een grote bos ruig haar met klitten. Het gekletter van de borden had hem gewekt. Hij schonk Tanya een humeurige blik, leunde voorover om met zijn wandelstok in de suikerpot te roeren en verdween toen weer in het theeblik.

Tot Tanya's ontzetting pakte Florence op dat moment de suikerpot, strooide een lepel suiker over de aardbeien met slagroom en schoof de kom over tafel naar haar toe. Tanya schoof hem onmiddellijk door naar Fabian. Ze dacht er niet aan om suiker te nemen waar de nachtelf aan had gezeten. Gelukkig wist niemand of zij van suiker op haar aardbeien hield.

Warwick was de eerste die een hap nam. De uitdrukking op zijn gezicht veranderde al snel in walging. Hij spuugde in zijn servet.

'Het is zout!' riep hij uit, terwijl hij de waterkan pakte.

'Weet je het zeker?' vroeg Florence.

'Natuurlijk weet ik het zeker!'

Fabians hand bleef halverwege zijn geopende mond hangen. Teleurgesteld keek hij naar de lepel.

'Wie heeft voor het laatst de suikerpot bijgevuld?' vroeg Florence.

'Ik,' bekende Tanya schuldbewust. 'Vanmorgen.'

Florence griste de verpeste toetjes van tafel en leegde de kommen in de vuilnisbak. 'Mijn hemel, let toch eens een beetje beter op!'

Kwaad beet Tanya op haar lip. Het gaf haar voldoening dat Warwick als eerste een hap had genomen. Ze was woedend dat hij haar grootmoeder had verteld wat er in het bos was gebeurd, terwijl hij had beloofd te zwijgen. Ze was woedend op hen beiden vanwege het harteloze gesprek dat ze die middag had opgevangen.

Warwick, wiens humeur was bedorven, stond van tafel op. Niet lang daarna liep ook Florence de keuken uit.

Fabian leunde naar voren en gaf Tanya een por in haar zij.

'Vanochtend was het nog suiker. Ik heb het over mijn cornflakes gestrooid.'

Tanya keek hem aan.

Er verscheen een lome grijns op Fabians gezicht. 'Wanneer heb je het omgewisseld?' vroeg hij.

'Wat?'

'Voor zout. Wanneer heb je het omgewisseld?'

'Wát? Denk jij... denk jij dat ík het heb gedaan?'

'Niet dan?'

'Nee,' antwoordde Tanya ijzig. 'Waarom zou ik?'

Fabian lachte. 'Voor de lol?'

Tanya stond op. Ze had geen trek meer in een toetje.

'Ja hoor, Fabian. Heel lollig om in gezelschap voor gek te worden gezet.'

'Nou, de uitdrukking op Warwicks gezicht toen hij die grote hap nam was om je te bescheuren,' zei hij vrolijk. 'En je nam zelf geen suiker.'

'Ik heb het niet gedaan.' Tanya wilde de gang in lopen, maar Fabian was haar voor en hij versperde haar de doorgang.

'Ga uit de weg.'

'Weet je,' zei Fabian, 'het is grappig hoe dit soort dingen altijd gebeuren als jij in de buurt bent.'

Tanya kneep haar ogen samen, maar haar hart sloeg over.

'Wat voor dingen?'

'Neem die keer dat je hier logeerde omdat je ouders naar Frankrijk waren,' vervolgde Fabian. 'Op de eerste avond zaten we met z'n allen naar een film te kijken en toen die was afgelopen stond jij op en je viel omdat je veters aan elkaar zaten geknoopt. Je gaf mij de schuld, maar je wist net zo goed als ik dat ik het niet gedaan kon hebben: ik had de hele avond aan de andere kant van de kamer gezeten. Ik was niet bij je in de buurt geweest.

En afgelopen zomer had je op de markt bloemen gekocht voor Florence. De volgende dag bij het ontbijt waren ze dood: stuk voor stuk verwelkt en het water was zo troebel alsof het er al drie weken stond.

En dan nog die keer…'

'Waar wil je naartoe, Fabian?' vroeg Tanya, die haar uiterste best deed om haar stem in bedwang te houden.

'Naar jóú. Jíj bent het. Die rare dingen gebeuren als jij in de buurt bent. Je denkt dat niemand het merkt… maar ik merk het wel.'

Tanya dwong zichzelf tot een holle lach. 'Je hebt een zeer levendige verbeelding. Goed, als dat alles is, mag ik er dan nu misschien langs?'

Meesmuilend deed Fabian een stap opzij. 'Er ís iets met jou. Je verbergt iets. En ik ga erachter komen wat.'

Tanya verstijfde. 'Laat me met rust. Ik meen het, Fabian. Blijf uit mijn buurt.'

'Goed,' zei Fabian uit de hoogte. 'Warwick heeft het toch al nooit prettig gevonden dat ik met je omging. Hij zegt dat je een onruststoker bent.'

'Het kan me niet schelen wat jouw dierbare vader zegt.' Tanya duwde hem boos opzij. 'Zijn woorden zijn niets waard; ik heb zelf gehoord dat hij zich niet aan zijn belofte heeft gehouden. Ik hoorde hem tegen mijn grootmoeder zeggen dat hij ons vandaag in het bos heeft gevonden. Hij heeft ons verraden. Vraag jezelf dus nog maar eens goed af wie hier de echte onruststoker is.'

Het duurde een hele tijd voordat Tanya die avond de slaap kon vatten, zo kwaad was ze op Fabian en Warwick. Steeds opnieuw speelde de ruzie zich in haar gedachten af en elke keer bedacht ze een beter weerwoord waarmee ze hem om de oren had kunnen slaan. Ze sprak de woorden zelfs op fluistertoon in de stille kamer uit. Hoe durfde Warwick haar een onruststoker te noemen? En hoe durfde Fabian haar ervan te beschuldigen dat ze de suiker had omgewisseld voor zout?

Wat haar echter het meest dwarszat – en van slag maakte – was dat de vreemde dingen die om haar heen gebeurden Fabian van het begin af aan waren opgevallen. Alles wat hij had gezegd was waar geweest, van de verwelkte bloemen tot de samengeknoopte veters; allemaal dingen die de elfen hadden uitgehaald. Ze was geschokt dat hij het had gemerkt en nooit iets had gezegd.

Na een tijdje besefte Tanya dat ze zich nodeloos lag op te winden en ze dwong zichzelf alles uit haar hoofd te zetten en te proberen te slapen. Maar toen de slaap uiteindelijk kwam, was dat niet voor lang.

Ze schrok overeind, in de vaste overtuiging dat ze niet alleen was in de kamer. Haar eerste gedachte was dat de elfen er weer waren, maar toen haar slaapdronken hersenen langzaam ontwaakten drong het tot haar door dat niets op hun aanwezigheid wees. Het was stil in de kamer. Geen vleugelgefladder, geen gefluister, geen vreemde humusachtige geur. Gewoon haar spaarzaam gemeubileerde, ongezellige kamer.

Verontrust liet ze zich in haar kussen terugzakken en probeerde het vreemde gevoel van zich af te schudden en zich te ontspannen. Ze had vast naar gedroomd. Met alle opwinding van de laatste paar dagen was het niet verwonderlijk dat ze slecht sliep. Ze sloot haar ogen, haalde bibberig diep adem en dwong zichzelf langzaam uit te ademen.

Toen sloeg de schrik haar om het hart, want ze hoorde iets in de duisternis, iets wat leek op het zachte sissen van een slang – of was het schuifelen? Iets wat langzaam voorbijschoof; nauwlettend, behoedzaam. Het was dat geluid dat haar had gewekt, dat wist ze zeker.

Ze kon zich niet verroeren, zelfs niet ademhalen. Verstijfd van angst, als een gevangene van haar eigen lichaam, kon ze slechts luisteren naar het gestage geschuifel. Ze kon zelfs niet zeggen waar het vandaan kwam. Het klonk zo dichtbij dat het wel in haar kamer moest zijn… en toch zei iets haar dat dat niet zo was. Maar waar – en wát – het ook was, het was vlakbij.

Plotseling ontwaakte ze uit haar verstarring. Met een verstikte angstkreet gooide ze de dekens van zich af en sprong uit bed. Een zacht geluid deed haar stilhouden. Voor de tweede keer verstijfde ze, maar nu was het niet uit angst. Het was om te luisteren. Ze wist namelijk opeens heel zeker wat ze had gehoord. Het geschuifel was gestopt. Maar ze had nog iets anders gehoord – geen vergissing mogelijk.

Er had iemand geniest.

Op dat moment begreep Tanya het. Ze liep met grote stappen naar de kleerkast, opende de deuren, schoof de paar kledingstukken die er hingen opzij en klopte op de achterwand. Het klonk hol.

Ze deed een stap achteruit en haar vermoedens werden bevestigd.

De kleerkast stond voor de deur naar de oude dienstbodegangen. En op dit moment sloop er aan de andere kant iemand door de gang. Plotseling had Tanya een donkerbruin vermoeden wie die iemand was. Ze bonsde deze keer hard op de achterwand van de kast.

'Ik weet dat je daar bent, Fabian,' siste ze. 'En ik kan je zeggen…'

De woorden bleven in haar keel steken toen er een afgrijselijk geluid vanachter de kast opsteeg: een schel, wanhopig gejank, alsof er een jong katje langzaam werd gewurgd. Het deed Tanya's bloed in haar aderen stollen. Het gejank ging over in gegorgel, leek toen te worden gedempt en stierf uiteindelijk weg. Er klonk weer geschuifel, vergezeld van de nauwelijks hoorbare voetstappen van iemand die zo stil mogelijk probeerde te doen. Eén deur verder was het weggestorven.

Achteraf wist Tanya niet hoe ze aan de andere kant van de kamer terecht was gekomen, zo ver mogelijk bij de kast vandaan tegen de muur gedrukt. Toen ze om vier uur in het grauwe ochtendlicht ontwaakte lag ze koud en stijf in de hoek opgerold. Terwijl ze weer in haar bed kroop kon ze maar aan één ding denken. *Dat degene die ze op de dienstbodegang had gehoord misschien wel níét Fabian was geweest.*

9

De volgende ochtend om zes uur werd het hele huis gewekt door Amos' geraas en getier. Tanya drukte haar handen tegen haar oren toen het werd gevolgd door een luid gekletter; de oude man had zijn ontbijt laten vallen of zelf op de grond gegooid. Dat het laatste het geval was geweest werd bevestigd toen Warwick binnensmonds vloekend langs haar kamer stampte.

Even later borrelden de gebeurtenissen van de vorige avond weer in haar herinnering op. Bij het daglicht leek de angst die ze bij het horen van de geluiden had gevoeld onzinnig, lachwekkend zelfs. Het moest Fabian zijn geweest, besloot ze. Het was te toevallig dat ze vlak daarvoor samen de oude diensttrap hadden ontdekt en Fabian had haar hun geruzie vast betaald willen zetten. Maar ze was hem te slim af geweest. Ze verheugde zich er al op om het hem onder zijn neus te wrijven.

Moeizaam kwam ze uit bed en vroeg zich af wat ze aan moest trekken. Haar rode T-shirt zat in de was en de sjaal met kraaltjes die ze in Tikkerseind had gekocht jeukte in haar nek. Ze had hem om de schoenendoos gewikkeld die ze onder de vloer had verstopt, met daarin de lijst met afschrikmiddelen voor elfen, het kompas en haar enig overgebleven dagboek. Ze besloot een andere methode uit het bibliotheekboek te gebruiken om zichzelf tegen de elfen te beschermen: ze keerde haar sokken binnenstebuiten, want in haar gympen zouden ze toch niet te zien zijn.

Toen ze beneden kwam zat haar grootmoeder tegenover Warwick aan de ontbijttafel te mopperen over de hoeveelheid eten die erdoorheen ging. Op de kachel stond een grote dampende pan met pap. Toen Tanya erlangs liep, en er om haar grootmoeder te pesten expres niets over zei, schoot de huiself onder de pan vandaan en verborg zich achter de broodrooster.

'Goedemorgen,' zei Florence.

'O ja?' zei Tanya. 'Voor mij begint de morgen meestal minstens een uur later. Ik hoor nog in bed te liggen.'

Warwick, die haar nu pas opmerkte, keek op.

'Waarom lig je dan niet in bed?'

'Omdat ik niet kon slapen,' antwoordde Tanya ad rem.

Florence tilde haar theekopje op.

'Misschien kunnen we je in een andere kamer leggen als je hinder hebt van Amos. Warwick vindt het vast niet erg om een van de kamers aan de andere kant van de overloop voor je in orde te maken.'

'Doe geen moeite,' mompelde Tanya. 'Ik wil jullie niet nog meer tot lást zijn.' Ze gaf het woord extra nadruk en keek daarbij haar grootmoeder recht in haar ogen. Tot haar voldoening zag ze het theekopje in haar hand even trillen. Haar grootmoeder wendde haar ogen af.

'Je bent ons niet tot last,' zei ze kalm.

Leugenaar, dacht Tanya, maar ze zei niets. Ze pakte een geroosterde boterham uit het rekje en smeerde er Marmite op.

'Er is warme pap, ik heb hem…'

'Ik hou niet van pap.'

'Typisch,' merkte Warwick korzelig op. 'Ik meen me te herinneren dat je er vorig jaar bakken vol van at.'

'Misschien vind ik het daarom nu niet meer te eten.'

Stilte.

'Maar zou je dat willen?' vroeg Florence na een tijdje. 'Van kamer veranderen, bedoel ik?'

Tanya kauwde luidruchtig en nam haar tijd om te antwoorden. Ze begon er op een boosaardige manier plezier in te krijgen. Als Warwick en haar grootmoeder haar nu al een lastpak vonden, dan stond hun een nare verrassing te wachten. Want op dat moment besloot Tanya het ze nog veel lastiger te maken. Met een beetje geluk zouden ze haar misschien zelfs naar Londen terugsturen. Dan zou haar moeder het voor haar kiezen krijgen. De gedachte deed haar grijnzen, maar ze hield zich in.

'Nee, doe geen moeite,' zei ze uiteindelijk. Ze slikte het brood in haar mond door en nam een nieuwe hap. Hoe graag ze Warwick ook een van de stoffige kamers had laten opruimen, uit angst dat ze er alleen maar op achteruit zou gaan besloot ze het niet te doen. Vanuit haar ooghoek zag ze dat Warwick zich ontspande en ze onderdrukte de neiging om te giechelen.

Ze pakte een tweede geroosterde boterham en liep naar de deur, half en half verwachtend dat haar grootmoeder haar weer aan tafel zou roepen. Maar het bleef stil achter haar in de keuken.

Later in de middag zag Tanya door het keukenraam iets bewegen in de achtertuin. Ze stond op van tafel, ging door de achterdeur naar buiten en probeerde over de verwilderde struiken heen te kijken.

Brunswick zat in zijn eentje op de rotspartij. Tanya liep behoedzaam op hem af en ging zitten. De kobold zat met zijn hoofd in zijn handen en staarde ongelukkig naar de grond. Ze strekte haar hand uit en raakte zachtjes zijn arm aan.

De kobold schrok overeind. Hij had haar blijkbaar niet gehoord. Hij keek haar aan en liet zijn hoofd weer in zijn handen zakken. De glimp die ze van zijn gezicht opving verried dat hij weer was geslagen, nog harder dan de vorige keer. Zijn rechteroog was één grote paarse zwelling en zat helemaal dicht. Een van zijn oorlellen zag eruit alsof iemand erin had gebeten. Terwijl ze toekeek rolde er een traan over zijn knobbelige neus.

Tanya haalde haar blocnote tevoorschijn. Ze was zo verstandig geweest alvast een aantal vragen op te schrijven die ze de kobolden wilde stellen zodra ze de gelegenheid kreeg.

Er rolde nog een traan over Brunswicks wang. Hij prevelde iets wat Tanya niet verstond en toen drong het tot haar door dat hij een paar tanden miste. Voordat ze kon vragen of hij het wilde herhalen dook hij naar haar voeten en griste iets van de grond.

Tussen zijn duim en wijsvinger hield hij een verwoed kronkelende rups, die hij in zijn mond liet vallen. Met een zacht knappend geluid sloten zijn kaken zich, waarna hij luidruchtig slikte en hoestte. Met een gevoel van spijt en walging keek ze toe hoe hij de haren van de rups tussen zijn resterende, groen uitgeslagen tanden uit pulkte.

'Wacht,' zei Tanya, 'ik wil dat je hier op me wacht totdat ik je iets te eten heb gebracht.' Ze rende terug naar de keuken en stroopte de kastjes en de koelkast af naar iets wat niet gemist zou worden. Haar grootmoeder had gelijk gehad: er was bijna niets meer over. Ze stelde zich tevreden met wat brood, een stukje kaas en een handvol druiven. Toen ze de koelkast dichtdeed hoorde ze een lebberend geluid. Ze draaide zich om en zag in een flits de huiself achter een van Warwicks laarzen verdwijnen. Nieuwsgierig keek ze waar ze vandaan was gekomen en zag een schoteltje melk op de stenen vloer staan. In de melk dreven oranje plukken haar en een doodgebeten spin. Het oppervlak rimpelde nog en een paar druppels die naar Warwicks laars leidden verklapten wie de schuldige was.

Vol medelijden voor een schepsel dat voor een paar druppels melk de moed opbracht om de toorn van Spitfire te riskeren – zelfs Oberon bleef een heel eind bij hem uit de buurt – pakte Tanya een schoon schoteltje, vulde het met verse melk en zette het neer bij de kolenkit, het favoriete plekje van de huiself, en glipte toen snel weer de tuin in.

Toen Brunswick het eten zag leek het alsof hij niet wist of hij moest lachen of huilen. Hij schrokte het tot op de laatste kruimel naar binnen, leunde achterover en boerde voldaan. Het was duidelijk dat hij al dagen niet meer behoorlijk had gegeten. Tanya wachtte geduldig en vroeg zich af of en hoe hij op haar vragen zou antwoorden.

De kobold keek haar verwachtingsvol aan.

'Brunswick, toe, vertel het me maar, wat schuilt er tussen de bomen voor gevaar?' vroeg ze, terwijl ze in de richting van het bos wees.

Brunswick schuifelde met zijn voeten. 'Het spijt me maar ik moet nu gaan. Bescherm jezelf en blijf ervandaan.' Hij sprong van de rots af en liep naar de struiken.

'Waar ga je heen?' riep Tanya uit. 'Laat me niet zonder antwoord alleen!'

Brunswick draaide zich naar haar om, met tranen in zijn ogen.

'Je was aardig, dus het doet Brunswick verdriet, maar meer vertellen kan hij je niet.'

Na die woorden dook hij de struiken in.

'Brunswick, niet weggaan!' Tanya waadde door de brandnetels. 'Alsjeblieft, blijf nou staan!'

De kobold was verdwenen. Met een van pijn vertrokken gezicht bekeek Tanya de rode bultjes op haar enkels waar de brandnetels haar hadden geprikt. Somber staarde ze naar de rotspartij en bukte zich om een gebroken tand op te rapen die tussen een paar broodkruimels lag; hij moest van Brunswick zijn geweest. Ze stopte hem in haar zak en liep terug naar het huis. Het was mooi dat de kobold haar waarschuwde, maar hoe moest ze zichzelf beschermen als ze niet eens wist waartegen?

'Tegen wie had je het?'

'Wanneer?'

'Je stond vanmiddag bij de rotstuin met iemand te praten.'

Zoals gewoonlijk had Fabian haar weer beslopen op een moment dat ze er totaal niet op bedacht was. Het was laat in de middag en Tanya wandelde met Oberon langs de beek. Deze keer had ze zijn riem bij zich en ze rinkelde er van tijd tot tijd mee om hem te waarschuwen dat hij niet weer moest weglopen. Ze wilde niet nog een keer verdwalen in het bos of Warwick om hulp moeten vragen.

'Ik stond met niemand te praten.' Ze wierp een blik op Fabians bruinleren boek, waarin hij blijkbaar weer iets had genoteerd. Hij zag haar kijken en sloeg het boek dicht.

'Wel. Ik zag het.'

Tanya haalde haar schouders op. Zijn hele houding irriteerde haar: het geheimzinnige gedoe over zijn stomme boek en dat hij haar voortdurend in de gaten leek te houden.

'Ik zal wel tegen mezelf hebben gepraat.'

Fabian trok zijn wenkbrauwen op, alsof ze een gestoord dier was dat uit zijn lijden verlost moest worden.

'Zal wel.'

Hij slofte weg, met zijn boek in zijn hand.

'Dat is in ieder geval beter dan tegen jou aan praten!' schreeuwde Tanya. 'Trouwens, als je het echt niet kunt laten om midden in de nacht stiekem over de dienstbodegang rond te sluipen, doe het dan een beetje zachtjes, wil je? Het is al erg genoeg om elke ochtend door Amos te worden gewekt!' Triomfantelijk, omdat nu de zelfingenomen grijns wel van Fabians gezicht verdwenen zou zijn, ging ze Oberon achterna.

'Waar heb je het over?'

Tanya bleef staan en draaide zich met een ruk om. 'Je weet heel goed waar ik het over heb. Als een slang vannacht door de dienstbodegang langs mijn kamer sneaken, rare geluiden maken... Je zult iets meer fantasie moeten gebruiken om mij bang te maken!'

Fabian schudde zijn hoofd. 'Ik weet niet wat je gehoord hebt, maar ik was het niet.'

Tanya keek hem na terwijl hij wegliep. Hoe oprecht hij ook had geklonken, ze had geen andere keus dan te geloven dat hij loog. Want als het Fabian niet was geweest, wie dan wel?

De rest van de dag kroop voorbij zonder dat het er beter op werd. Uit pure verveling besloot Tanya een kijkje te nemen op de tweede verdieping. Na in een paar lege kamers te hebben rondgesnuffeld vond ze eindelijk iets interessants: een doos foto's die in een kast vol troep was weggestouwd. Kreunend onder het gewicht droeg ze de doos naar haar eigen kamer en gooide hem op de grond leeg.

Ze haalde een stapeltje foto's uit de berg en liet ze door haar handen gaan. Er waren er een heleboel van haar moeder en haarzelf, in de verschillende stadia van hun leven. Ze glimlachte toen ze zichzelf zag als mollige peuter met een gezicht dat onder het ijs zat, en jaren later vanaf een draaimolen op de kermis zwaaiend naar de lens.

Er waren enkele foto's van de bruiloft van haar ouders. Tanya legde ze apart. Ze trok een gezicht toen ze een stel foto's tegenkwam van Fabian en Warwick en ze gooide ze onmiddellijk in de doos terug. Al snel was ze de foto's in categorieën aan het indelen en toen viel het haar op dat één categorie ruim in de meerderheid was: zijzelf. Het drong nu pas tot haar door dat ze in het huis van haar grootmoeder nog nooit een foto van zichzelf had gezien. Geen van de foto's was ooit ingelijst en in de zitkamer naast die van Fabian of haar moeder opgehangen. Ze lagen allemaal hier verstopt, in een doos in een muffe oude kast.

Een uur later was het vloerkleed bezaaid met foto's. Telkens wanneer ze een foto tegenkwam van haar grootvader, die voor haar geboorte was gestorven, werd ze afgeleid. Hij zag eruit als een gelukkige, vrolijke man met pretogen en opnieuw wilde Tanya dat ze de kans had gekregen om hem te leren kennen.

Ze zuchtte en pakte ongeïnteresseerd de volgende foto met ezelsoren op, maar zag toen dat die van haar grootmoeder was, niet veel ouder dan Tanya nu. Er verscheen een frons op haar voorhoofd. Niet alleen Florence stond erop. Op de sepiakleurige foto stonden twee meisjes, naast elkaar voor de poort in de achtertuin. Florence keek glimlachend in de lens, gelukkig en onbekommerd. Naast haar stond een opvallend mooi meisje van ongeveer dezelfde leeftijd met lang zwart haar. Tanya keek in haar donkere ogen en herkende haar onmiddellijk. Ze draaide de foto om. Er stond iets op de achterkant.

Florence en Morwenna op veertienjarige leeftijd.

Haar hart bonsde en ze hapte naar adem. Er was geen twijfel mogelijk. Het meisje op de foto was hetzelfde meisje als Fabian en zij in het Beulswoud waren tegengekomen op de dag dat ze verdwaald waren.

Het meisje in het bos was Morwenna Bloem… de vroegere hartsvriendin van haar grootmoeder, die al meer dan vijftig jaar werd vermist.

Uitglijdend over de stapels foto's die door de kamer lagen verspreid haastte Tanya zich naar de deur. Ze rende de trap af en de achtertuin in. De avondlucht was zwoel en geurig, maar Tanya klappertandde.

'Fabian! Waar zit je?'

Een paar seconden lang hoorde ze niets, maar toen klonk er geritsel in de eik.

'Fabian!' riep ze, ditmaal luider. 'Ik moet met je praten.'

'Dus nu wil je wel praten!' hoonde Fabian, wiens hoofd tussen de takken verscheen. 'Ik dacht dat je liever tegen jezelf praatte?'

'Ik meen het! Dit is ménens!'

De dringende klank in haar stem vertelde Fabian dat ze hem niet voor de gek hield. Loom klom hij de boom uit en tegen de tijd dat hij beneden was stond Tanya onbeheerst te rillen.

'Wat is er?' vroeg hij.

Zwijgend overhandigde ze hem de foto.

'Nou? Florence… maar dan zonder rimpels.'

'Niet zij. Die ander,' zei Tanya.

Fabian verbleekte. 'Het meisje… dat meisje… in het bos… maar we hebben met haar gepraat…'

'Dat is niet alles.' Tanya griste de foto uit zijn hand en wees op de naam op de achterkant. 'Zij is het. Het vermiste meisje.'

'Dat kan niet,' zei Fabian. 'Dat was vijftig jaar geleden. Dat is onmogelijk. Er moet een logische verklaring voor zijn.'

Ze staarden naar de foto. Tanya twijfelde er niet aan dat het meisje naast haar grootmoeder degene was die ze in het bos hadden gezien, en te oordelen naar de uitdrukking op Fabians gezicht was ook hij ervan overtuigd.

Fabian keek haar bezorgd aan. 'Ik… ik moet je iets vertellen.'

'Wat?' vroeg ze trillerig.

'Fabian!' Warwicks stem echode door de gang.

'Niet hier,' zei Fabian. 'Kom over een half uur naar de overloop op de tweede verdieping.'

10

Het daaropvolgende half uur leek wel het langste in Tanya's hele leven. Nadat Fabian naar zijn vader was gegaan liet ze de foto in haar zak glijden en liep verdwaasd en in een soort trance naar de trap. Het was alsof ze gevangenzat in een droom waar ze niet uit kon ontwaken. Wat er gebeurde was echter geen droom. Het was werkelijk, en het joeg haar angst aan.

Haar hersenen draaiden op volle toeren. Wie was Morwenna Bloem? Wat was er die avond in het bos echt met haar gebeurd? En wat wist Fabian nog meer over haar verdwijning?

Terwijl ze de trap op sjokte hoorde ze boven het geluid van de televisie in de zitkamer uit haar grootmoeder hoesten. Ze ging naar haar kamer en bleef er zwijgend zitten, terwijl de tijd voorbijkroop. Toen er twintig minuten waren verstreken kraakten de vloerplanken voor haar deur alsof er iemand liep. Behoedzaam liep Tanya naar de deur en luisterde. Ze hoorde niets. Geen voetstappen, geen stemmen. Ze opende de deur op een kier en tuurde de lege gang in.

'Fabian?'

Stilte was het enige antwoord. Ze besloot alvast naar de tweede verdieping te gaan en glipte de kamer uit. Fabian zou er elk moment kunnen zijn.

Alles was rustig op de tweede verdieping, maar het deed niets af aan haar gespannen zenuwen. Ze liep naar de donkere alkoof waar het wandkleed de dienstbodetrap verborg en ging zitten wachten.

Niet lang nadat ze zich in de stoel had laten zakken vloog er aan de andere kant van de overloop een deur open. Trage, wankele voetstappen sloften haar kant op. Ze hoefde niet te kijken om te weten dat het Amos was, wat nog bevestigd werd door de amechtige ademhaling, die met elke stap luider klonk. Vanuit de alkoof zag ze de langgerekte schaduw van de man op de grond voor haar schokkerig dichterbij komen, totdat zijn gebogen gestalte zichtbaar werd.

Ze schrok van hoe hij eruitzag. Sinds de laatste keer dat ze hem had gezien leek hij minstens tien jaar ouder te zijn geworden. Zijn gezicht was bleek met ingevallen wangen en zijn lichaam was verschrompeld. Hij had een grijze stoppelbaard van een paar dagen oud en piekerig wit haar waar een paar jaar niet naar was omgekeken. Hij bewoog zich moeizaam en met een verwilderde blik keek hij star voor zich uit. Hij zag Tanya niet, die bewegingloos in de schaduw zat. Pas toen hij voorbij was en de badkamerdeur achter zich had dichtgeslagen merkte ze dat ze haar adem had ingehouden en ze bedacht hoe vreemd het was dat iemand die er zo broos uitzag zo veel opgekropte agressie in zich had.

'Tanya! Hier,' klonk Fabians stem.

Behoedzaam, omdat ze nauwelijks durfde te bewegen, kroop Tanya uit de stoel.

'Waar zit je?'

'Hier, snel!'

Zijn stem kwam uit de donkere gang vlak achter de badkamer. Haastig liep Tanya op haar tenen naar hem toe, in de wetenschap dat Amos elk moment de badkamer uit kon komen en haar zou zien. Fabian stond gespannen te wachten achter een deur naast de badkamer.

'Hierheen,' zei hij, terwijl hij de deur verder opende zodat zij erdoor kon. Hij deed de deur dicht en op dat moment werd de wc in de badkamer doorgetrokken.

'Waarom staan we in het donker?' vroeg Tanya, terwijl haar ogen zenuwachtig heen en weer schoten.

'Stil,' fluisterde Fabian. Ze hoorden de planken kraken toen Amos naar zijn kamer terugliep. Tanya's ogen raakten gewend aan de duisternis en ze keek om zich heen. De kamer was lange tijd niet gebruikt. Hij had geen vloerbedekking of gordijnen en aan het plafond hing een kaal peertje. Het enige meubilair was een gammele oude kleerkast met één deur.

'Waarom staan we in het donker?' herhaalde Tanya, die nog licht huiverde. Ze leek het niet meer warm te kunnen krijgen.

'Omdat we hier niet horen te zijn,' antwoordde Fabian. 'Als ik het licht aandoe kan iemand het onder de deur of door het raam zien.' Hij ging op de vloer zitten en gebaarde dat Tanya zijn voorbeeld moest volgen.

'Wat is er?'

Fabian kneep zijn ogen dicht. 'Dat krantenknipsel dat je had gevonden – wat stond er precies in?'

'Dat heb ik je al verteld,' zei Tanya.

'Vertel het nog eens.'

'Er stond dat een veertienjarig meisje genaamd Morwenna Bloem in het Beulswoud was verdwenen en dat iedereen dacht dat ze in de catacomben was gevallen. O ja, en dat ze de dochter van de plaatselijke predikant was.'

'Dat was alles?'

'Meer kan ik me niet herinneren.'

'Stond er niks over een jongen… die haar had gezien?'

Tanya zweeg een moment.

'Ja,' beaamde ze na een tijdje. 'Ik herinner het me weer. Er stond inderdaad iets over een jongen uit de buurt. Dat hij de laatste was die haar had gezien en dat ze bij de catacomben had gestaan. Hij was door de politie ondervraagd, maar zonder aanklacht vrijgelaten.' In het zachte maanlicht dat door het raam naar binnen viel keek ze Fabian aan. Zijn bleke gezicht stond bezorgd.

'Wat heeft dit allemaal te betekenen, Fabian? Weet je wie hij was?'

Fabian liet zijn hoofd zakken en knikte nauwelijks zichtbaar.

'Ja. Ik wou dat ik het niet wist. Het… het was mijn grootvader. Het was Amos.'

De kamer vulde zich met een ijzingwekkende stilte. Buiten kraste een uil. Beneden in de gang sloeg een deur dicht.

'Fabian!' brulde Warwick.

Geschrokken keek Tanya Fabian aan. Hij legde een vinger op zijn lippen en zijn ogen glinsterden in het schemerige licht.

'Fabian!'

Voetstappen dreunden op de trap naar de eerste verdieping. Er sloeg een deur dicht. En nog een.

'Wat wil hij?' vroeg Tanya. 'Hij heeft je nog geen twee minuten geleden gezien!'

'Maak je geen zorgen,' zei Fabian. 'Hij komt niet hierboven.'

Het gekraak op de trap naar de tweede verdieping bewees dat hij het bij het verkeerde eind had. Er klonk gerammel van sleutels en nog meer deuren werden geopend en weer dichtgesmeten. Warwicks stem klonk steeds luider – en kwader.

'FABIAN!'

Amos, verstoord door de herrie, begon in zijn kamer te krijsen.

'Onder het bed!' siste Fabian.

Met moeite kropen ze samen onder het lage bed. De planken in de nauwe ruimte waren bedekt met een dikke laag stof en tot Tanya's afgrijzen hing er vlak voor haar gezicht een spinnenweb met een enorme zwarte spin.

'Ik hou het hier niet uit!'

'We hebben geen andere keus!' zei Fabian gedecideerd.

'Maar…'

'Stil!'

Tanya beet op haar lip en dwong zichzelf een andere kant uit te kijken. Een gebroken springveer prikte in haar schedel en raakte verstrikt in haar haar, en ze rook de schimmelige geur van de klamme matras boven hen. Het rook alsof erop was gepiest, maar Tanya kon niet zeggen of het een dier of een mens was geweest. Fabian verstrakte naast haar toen Warwick de aangrenzende kamer in ging en hem een paar seconden later weer verliet. Zijn voetstappen kwamen dichterbij. Tanya's adem stokte in haar keel toen Warwick langzaam, weloverwogen voor hun kamer stilhield. Met een woeste zwaai ging de deur open en het ganglicht stroomde naar binnen.

Zwaar hijgend kwam Warwick de kamer in. Hij kwam zo dicht bij hun schuilplaats dat Tanya de modderkluiten op zijn laarzen kon zien. Hij draaide aan de schakelaar, maar het licht deed het gelukkig niet. Met een vloek draaide hij de schakelaar weer om en zette nog een stap in de richting van het bed. Op dat moment wist Tanya wat het betekende om verlamd van angst te zijn. Het enige wat ze voelde was haar hart dat onregelmatig tekeerging in haar ribbenkast en het was alsof ze het gebonk kon horen. Even kwam de belachelijke gedachte bij haar op dat Warwick het ook kon horen. Ze wachtte, zonder zelfs te durven ademhalen, totdat hij zou knielen en hen zou zien. Maar hij draaide zich abrupt om, ging de kamer uit en sloeg de deur met een luide klap achter zich dicht.

Tanya liet de adem die ze de hele tijd had ingehouden ontsnappen en ze voelde Fabian naast zich opgelucht in elkaar zakken. Ze hoorde Warwick van kamer naar kamer gaan en ze om de beurt controleren. Uiteindelijk ging hij naar beneden en stierven zijn voetstappen weg. Het enige wat ze nog hoorden was het geraas en getier van Amos.

Tanya kroop onder het bed vandaan, blij dat Warwick voorlopig op veilige afstand was. Fabian zag er echter helemaal niet blij uit. Hij ging zenuwachtig met een hand door zijn blonde haar.

'We hebben niet veel tijd. Hij blijft zoeken totdat hij me heeft gevonden.'

'Schiet dan op en vertel me wat er is,' zei Tanya, die weer begon te klappertanden.

'Oké,' zei Fabian ongemakkelijk. 'Hou je vast. De… de avond dat Morwenna verdween maakte niemand zich druk dat ze iets later was dan anders. Ze woonde hier al haar hele leven en ze kende het bos goed genoeg om er niet te verdwalen, dachten ze. Pas toen het donker werd begonnen haar ouders zich zorgen te maken, want Morwenna hield niet van het donker en kwam nooit buiten na het vallen van de avond.

Toen ze erachter kwamen dat ze niet bij Florence was, raakten ze in paniek. Ze trommelden vrienden en buren op en gingen in het bos naar haar op zoek in de veronderstelling dat ze gewond was geraakt en niet alleen terug kon komen.

Na uren te hebben gezocht gaven ze het op. De volgende dag daalden er reddingswerkers af in de catacomben om haar te zoeken; tevergeefs. Toen kreeg de politie een tip. Op de avond dat Morwenna was verdwenen had een kerkganger haar het bos in zien gaan met een een paar jaar oudere knul.'

Fabian pauzeerde. 'Amos voldeed precies aan het signalement. Hij had zelfs nog dezelfde kleren aan toen ze hem kwamen halen.' Hij zweeg en keek naar zijn handen. Tanya volgde zijn blik en zag voor het eerst dat zijn nagels waren afgekloven.

'Ze hebben hem ondervraagd,' zei Fabian. 'Ze wilden weten waarom hij niks had gezegd. Hij zei dat hij bang was voor wat de mensen zouden denken, wat ze zouden zeggen. Hij zei dat hij door het bos had gelopen en haar had gezien, maar meer ook niet. Hij wist niet meer dan de anderen. Ze moesten hem laten gaan, want ze hadden geen bewijs dat hij iets met haar verdwijning te maken had.

Wat Morwenna betreft… je kent het verhaal. Het was alsof ze van de aardbodem was verdwenen. Haar ouders verhuisden een paar jaar later, toen het duidelijk was dat ze niet meer terug zou komen. Daarna werd ook voor Amos alles anders. De mensen begonnen hem te mijden.'

'Waarom?' vroeg Tanya. 'Je zei dat ze geen bewijs hadden.'

'Dat weerhoudt mensen er nog niet van om te kletsen, te insinueren of te beschuldigen. Er gingen geruchten, er werd gefluisterd dat hij er op de een of andere manier mee te maken had – dat hij haar erin had geduwd… of eerst had gedood en vervolgens haar lichaam in de catacomben had gedumpt.'

'Maar waarom?' vroeg Tanya. 'Wat zou zijn motief zijn geweest?'

'Het was algemeen bekend dat Amos een… een oogje op haar had. Ze hadden blijkbaar een paar weken iets met elkaar gehad. Maar Morwenna had er een punt achter gezet – en daarmee zijn hart gebroken.' Moedeloos liet Fabian zijn hoofd hangen. 'De mensen dachten dat hij kwaad en gefrustreerd was, dat hij haar was gevolgd om haar van gedachten te doen veranderen. Misschien hadden ze ruzie gekregen. Of misschien wilde hij… had hij geprobeerd… o, ik weet het niet. Ik weet het gewoon niet.'

Maar hij wist het wel, en Tanya ook. Geen van beiden wilde het echter hardop zeggen.

'Voor de mensen in Tikkerseind was een beschuldiging voldoende bewijs; een beschuldiging blijft immers hangen. De mensen zullen zich altijd blijven afvragen of je het misschien niet toch hebt gedaan.'

'Waarom is hij niet gewoon weggegaan?' wilde Tanya weten. 'Verhuisd en ergens anders opnieuw begonnen?'

'Waarom zou hij?' kaatste Fabian terug. 'Waarom zou hij weggaan als hij niets had misdaan?' Zijn stem haperde. 'Trouwens, het zou de geruchtenstroom alleen maar hebben aangewakkerd. Hij wilde niet dat ze dachten dat hij de benen nam.' Hij keek Tanya aan en zijn ogen smeekten om begrip.

'Kun je je voorstellen hoe het is om te worden aangekeken door mensen die denken dat jij wel eens een moordenaar zou kunnen zijn? Kun je je voorstellen hoe Warwick zich gevoeld moet hebben om op te groeien als de zoon van een moordenaar? Ik heb zelf gezien hoe de mensen in Tikkerseind naar hem kijken. Zijn hele leven al heeft hij die blikken moeten verduren – en het commentaar. Nog steeds wordt erover gepraat.'

Het was een verschrikkelijke gedachte. Diep vanbinnen had Tanya opeens medelijden met Warwick. Geen wonder dat hij zo kortaf en onvriendelijk was. De mensen hadden hem zo gemaakt. Ze begreep nu ook waarom Fabian nooit vrienden mee naar huis nam: niemand wilde iets te maken hebben met de bewoners van dit huis.

'Amos heeft nooit meer werk kunnen vinden. Niemand wilde hem in dienst nemen. Dat is de reden waarom hij zo lang in Huize Elvenhorst is blijven wonen. Toen hij uiteindelijk trouwde was het met een meisje uit Denemarken dat alleen maar Deens sprak, maar niet lang na de geboorte van Warwick strandde het huwelijk. Zodra ze de geruchten hoorde vertrok ze, zodat Amos mijn vader in zijn eentje moest opvoeden. En nu wordt hij met de dag ouder en gekker.'

Tanya voelde plotseling een brok in haar keel.

'Waar het om gaat,' vervolgde Fabian, 'is dat ik altijd overtuigd ben geweest van zijn onschuld. Maar na vandaag… ik weet niet meer wat ik moet geloven.'

Tanya staarde hem vol afgrijzen aan.

'Dat meen je niet. Denk jij… denk jij dat hij het heeft gedaan? Dat hij haar heeft gedood?'

'Ik weet niet meer wat ik moet denken,' zei Fabian. 'Sinds ik die foto heb gezien zijn er allerlei dingen door mijn hoofd gegaan.'

'Wat voor dingen?'

Fabian beet op zijn lip. 'Afschuwelijke dingen. Geloof… geloof jij in… geesten?'

'Denk je dat het meisje in het bos een geest was?'

'Het enige wat ik weet is dat het meisje in het bos hetzelfde meisje was als op de foto – en dat slaat nergens op. Als Morwenna Bloem nog leefde zou ze nu halverwege de zestig moeten zijn.'

'Misschien leek het meisje gewoon heel erg op haar,' opperde Tanya, omdat ze weigerde Fabians verklaring te accepteren.

Ondanks zijn bezorgdheid wist Fabian Tanya de minachtende blik toe te werpen waardoor ze zich altijd een vijfjarig meisje voelde.

'Om zo op elkaar te lijken hadden ze een tweeling moeten zijn. En ook dat slaat nergens op.' Hij fronste zijn wenkbrauwen. 'Laten we gewoon eens aannemen dat het een geest was.'

'Oké,' zei Tanya onwillig.

'Ze nam ons ergens mee naartoe. Misschien wilde ze ons iets laten zien?'

'Ze zei dat ze ons kon helpen om Oberon te vinden.'

'Dat klopte niet,' zei Fabian, 'want die was al bij Warwick.'

'Dan moet het een andere hond zijn geweest… ze had zich vergist…'

Fabian luisterde niet. 'Geesten blijven op aarde rondhangen omdat ze er nog iets te doen hebben, toch? Morwenna Bloem verdween jaren geleden en nog steeds weet niemand wat haar is overkomen. Stel dat ze wel in dat bos is gestorven. Stel dat dat meisje wel Morwenna's geest was. Misschien probeerde ze ons te vertellen wat er was gebeurd… of ons naar haar… haar… stoffelijk overschot te brengen.'

'Ze zag er niet uit als een geest,' wierp Tanya tegen. 'Ze zag er net zo echt uit als jij en ik. En trouwens, waarom nu? Waarom wij?'

'Daar heb ik ook over nagedacht,' zei Fabian met een klein stemmetje. 'En de enige reden waarom ze zich aan ons heeft vertoond die ik kan bedenken is de verwantschap: ik ben Amos' kleinzoon. Misschien klopten de geruchten. Misschien probeert ze ons te vertellen dat hij haar inderdaad al die jaren geleden heeft gedood. Misschien kan ze pas weg als er recht is gedaan.'

Tanya zweeg. Op een verschrikkelijke manier klopte het wat Fabian zei. Daarbij kon ze zelf geen andere verklaring bedenken voor het geheimzinnige meisje. Er liep een rilling over haar rug.

'En wat nu?'

Fabian klemde zijn kaken op elkaar. 'We zullen het bos weer in moeten. Als ze ons één keer heeft weten te vinden, lukt het een tweede keer ook wel.'

Tanya trok wit weg. 'Dat kan niet. Als we worden gesnapt zitten we tot onze nek in de problemen. Je hebt gezien hoe kwaad je vader was!'

'We worden niet gesnapt,' zei Fabian. 'We bereiden het goed voor.'

'Ik weet echt niet of…'

'Heb je een beter idee?'

Tanya schudde haar hoofd.

'Ik rust niet voordat ik de waarheid weet,' zei Fabian. 'Zodra we onze kans schoon zien gaan we het bos weer in. En deze keer komen we erachter wat er echt met haar is gebeurd.'

11

Maanlicht stroomde tussen de open gordijnen door de kamer in en hulde de duisternis in een zilveren gloed. De nacht was de afgelopen uren warmer geworden en het venster stond wagenwijd open in een poging een zuchtje wind naar binnen te laten waaien, maar er was geen wind. De zware, zoete geur van de rozen in de tuin dreef omhoog naar het raam en nestelde zich loom in de kamer.

Tanya lag op haar bed in een dunne, binnenstebuiten gekeerde pyjama, die onprettig aan haar huid plakte. Ze was klaarwakker, maar dat kwam meer door wat Fabian haar die avond had verteld dan door de warmte. Bovendien had Warwick de staande klok op de overloop weer eens gerepareerd. De slagen hadden haar wakker gehouden en haar er telkens spottend aan herinnerd hoe weinig slaap ze zou krijgen. De laatste slagen waren die van twee uur geweest en zelfs als ze nu in slaap viel zou het nog maar vier uurtjes duren voordat ze wakker zou worden van Amos.

Ze kreeg kippenvel bij de gedachte aan hem, hoe hij op de verdieping boven haar mompelend aan het rondscharrelen was – en wie weet wat nog meer. In geen jaren had hij echt contact met de buitenwereld gehad. Er drongen zich afschuwelijke gedachten aan haar op. Stel dat Amos wél iets te maken had gehad met Morwenna Bloems verdwijning? Stel dat de oude man daarboven een moordenaar was? Toen kwam er een andere gedachte bij haar op. Misschien waren Fabian en zij niet de enigen die onlangs de dienstbodegangen hadden verkend. Misschien had Amos door dat Tanya in de gang was geweest en had hij besloten haar een bezoekje te brengen…

Plotseling was het maanlicht niet meer genoeg. Tanya verzette zich tegen de aandrang om het bedlampje aan te knippen… en deed het toen toch, zichzelf verfoeiend omdat ze zo kinderachtig was – maar het licht ging niet aan. Ze vloekte en zonder zich nog druk te maken of iemand het licht onder de deur door zou zien kwam ze uit bed, liep de kamer door en draaide de schakelaar van het grote licht om. Niets.

Ze herinnerde zich dat het vaker was gebeurd, meer dan eens. Stroomstoringen waren heel gewoon in dit huis en ze wist uit ervaring dat het eerder een kwestie van uren dan van minuten was voordat er weer stroom zou zijn. Haar grootmoeder was er meestal op voorbereid en had in de kamers die het vaakst werden gebruikt een royale voorraad kaarsen neergelegd. De moed zonk Tanya in de schoenen, want ze wist dat er in deze kamer geen enkele kaars lag. Hij werd niet vaak genoeg gebruikt en toen ze haar spullen had opgeborgen had ze er ook geen gezien.

Ze kneep haar ogen dicht en probeerde na te denken. In de keuken lagen vast kaarsen. Florence had altijd een voorraadje onder het aanrecht, samen met wat extra doosjes lucifers. Ze zou naar beneden gaan, er een paar meenemen en dan in haar bed gaan liggen lezen totdat ze slaperig werd. En ze zou in bed blijven totdat ze zelf zin had om op te staan. De pot op met haar grootmoeder of Amos die de boel bij elkaar schreeuwde. Zo nodig zou ze zeggen dat ze zich niet lekker voelde. Op die manier zou ze wat kunnen uitrusten en iedereen kunnen ontlopen: haar grootmoeder, Warwick en Fabian.

Met hernieuwde moed omdat ze een plan had, deed ze haar sloffen aan en sloop de kamer uit. In de stilte van het slapende huis leek elk geluid dat ze maakte oorverdovend. Bij elke stap die de planken onder haar voeten deed kraken kromp ze ineen en bleef roerloos wachten.

In de keuken roffelde Oberon verwelkomend met zijn staart en hij kwam overeind van zijn deken bij de haard. Tijdelijk gerustgesteld knielde Tanya bij hem neer om hem uitvoerig te aaien. Hij rook naar mergpijp en er lagen uitgekauwde stukjes van Warwicks laars in zijn mand. Ze nam zich voor het bewijsmateriaal weg te gooien en nadat ze Oberon een laatste klopje had gegeven ging ze onder het aanrecht op zoek naar kaarsen. Ze pakte er een aantal, zette een ervan stevig in de kandelaar die achter in het kastje stond en stak hem aan. Onmiddellijk werd de keuken in een gouden gloed gehuld. Tanya deed een stap naar de deur, klaar om weer naar boven te sluipen, maar iets weerhield haar. Ze fronste en hief de kandelaar boven haar hoofd.

Op het aanrecht lagen vier stukjes brood keurig in een vierkantje gerangschikt op een snijplank. Drie ervan waren met boter besmeerd. Het kuipje boter stond ernaast en er stak een mes uit. Toen Tanya een stap dichterbij deed zag ze een halfgeopend pakje aluminiumfolie met het restje vlees van het avondeten. Op de snijplank lag een rijpe tomaat klaar om in plakjes te worden gesneden. Tanya legde haar hand op het pakje met vlees. Het was koud, alsof het nog maar net uit de koelkast was.

Ze haalde gespannen adem en keek de keuken rond. Ze had iemand gestoord, dat was een ding dat zeker was. En diegene had niet de tijd gehad om zich ver uit de voeten te maken. Maar wie zou zoiets onschuldigs als het smeren van een boterham geheim willen houden?

'Wie is daar?' fluisterde ze. 'Fabian?'

Een donkere gestalte sprong tevoorschijn uit de nis bij de gebarricadeerde diensttrap en stoof de keuken uit. Zonder erbij na te denken ging Tanya erachteraan. Ze rende vanuit de keuken de pikdonkere gang in. De kaars die ze in haar hand hield wierp grillige schaduwen op de muren, flakkerde toen wild en ging uit. Ze bleef in de plotselinge duisternis staan en probeerde zich te oriënteren. Steelse voetstappen slopen bij haar vandaan. Er ging vlakbij een deur open en weer zachtjes dicht. De bibliotheek. Terwijl ze nauwelijks adem durfde te halen stak Tanya de kaars weer aan en duwde de deur open. Ze wist nu dat het Fabian niet was, en dat ze eigenlijk iemand moest waarschuwen. Maar ze wist ook dat ze daar de tijd niet voor had. Behoedzaam ging ze de bibliotheek in, sloot de deur achter zich en liet haar blik dwalen over de leeggehaalde planken en het bureau bij het raam. Op de gang hoorde ze gekras van nagels en een zacht gejank. Oberon was haar achternagekomen. Ze dook omlaag om onder het bureau te kijken en sprong verschrikt weer op toen er één geel oog terugstaarde. Spitfire. De kat siste en rolde zichzelf op tot een oranje bal. Tanya deed een stap achteruit en keek de kamer rond. Hij was leeg. Nergens een plek om je te verschuilen.

Ze zette de kandelaar op een plank. Misschien had ze zich vergist en was de indringer een andere kamer in gegaan. Ze wist dat ze haar grootmoeder en Warwick wakker moest maken, maar stel dat de indringer haar voor de deur stond op te wachten? Ze bleef staan en overwoog haar volgende stap.

Er glinsterde iets in het flakkerende kaarslicht. Ze hield de kaars weer omhoog. Aan de zijkant van de boekenkast, op ooghoogte, zag ze op het ingewikkelde patroon in het hout een minuscuul bleek, glanzend vlekje. Het duurde even voordat Tanya doorhad wat het was. Boter.

Haar vingers gingen over het snijwerk in het oude, donkere hout. In het midden van een kunstig uitgesneden klimop bevond zich een aantal kleine, ronde paneeltjes. De boter zat op een van deze paneeltjes. Drie kleine inkepingen vormden een driehoek binnen het patroon. Als in trance hief ze haar hand, plaatste haar duim, wijsvinger en middelvinger op de inkepingen en maakte intuïtief een draaibeweging met de klok mee.

Geluidloos, moeiteloos gaf het paneeltje mee. Nadat het een halve cirkel naar rechts had beschreven trok ze haar hand terug, zette haar vingers opnieuw op de inkepingen en bewoog haar pols weer met de klok mee. Na nog een halve cirkel bood het paneeltje lichte weerstand en klikte toen op zijn plek. Een paar seconden gebeurde er niets. Toen draaide het uiteinde van de boekenkast de muur in.

Tanya hoorde haar bloed in haar oren suizen en uit alle macht probeerde ze wijs te worden uit wat haar ogen zagen. Langzaam maar zeker werd een smalle opening in de muur zichtbaar met daarachter volslagen duisternis. Tanya hield de kaars omhoog. Ze wist nu al dat dit niet de dienstbodegang was. Dit was iets anders. Een aantal stenen treden spiraalde steil de diepte in. De lucht was koud, klam en muf. Ze leunde naar voren om langs de wenteltrap omlaag te kijken. Hij zag er allesbehalve veilig uit.

Tanya deed een paar stappen de gang in, naar de trap. Fabian had gelijk gehad. Huize Elvenhorst verborg geheimen die ze niet voor mogelijk had gehouden. Er waren écht geheime gangen. En de indringer had het geweten en er gebruik van gemaakt. Maar waarom?

Te laat hoorde ze het zachte schrapen van de scheidingswand die door een verborgen mechanisme weer op zijn plek werd geduwd.

Er klonk een doffe, onherroepelijke klik en toen was de tunnel verzegeld als een tombe... met Tanya erin.

Verschrikt begon ze bij het licht van de kaars verwoed naar een klink of een hendel aan de binnenkant te zoeken. Tevergeefs. Wanhopig zette ze haar vingers in de smalle kier van de deur. Zoals ze al had verwacht zat hij potdicht en was hij nog even onverwoestbaar en ondoordringbaar als toen hij was gemaakt – om eeuwen stand te houden. Ze bedacht dat de tunnel alleen was bedoeld om het huis uit te komen en dat er andere tunnels moesten zijn om er binnen te komen. De nog brandende kaars in haar hand was haar enige bron van licht en troost.

Er was geen weg terug. Ze zat gevangen.

Ze haalde diep adem en wilde om haar grootmoeder roepen, om Warwick, wie dan ook. Maar haar gezonde verstand weerhield haar ervan. Degene die het dichtst in de buurt was – die haar het eerst zou horen en bij haar zou zijn – was de indringer. Op dit moment had degene die de tunnel in was gegaan waarschijnlijk geen idee dat Tanya hem door de geheime ingang achterna was gekomen. Haar enige kans om een uitgang te vinden was om hem op een afstandje te volgen.

Ze had geen andere keus dan verder gaan. Haar hart ging wild tekeer en slechts met moeite wist ze haar jachtige ademhaling te bedwingen. Nog nooit was ze zo bang geweest. Ze ging langs de wenteltrap omlaag en daalde steeds dieper onder het huis af. Het werd snel kouder. Onder haar dunne pyjama voelde Tanya het kippenvel prikken. De kandelaar trilde in haar hand.

De wenteltrap kwam uit op een open ruimte. Tanya bleef staan en tot haar ontzetting telde ze vier gangen die ze kon nemen. Ze verdwenen allemaal in een andere richting en zagen er stuk voor stuk angstaanjagend uit. Door de dikke groene aanslag heen waren stukjes grijze steen zichtbaar. Toen zag Tanya iets op de grond: een grote, platte steen waaraan een vuil stuk touw zat vastgeknoopt dat in een van de tunnels verdween. Ze begreep dat het de weg wees in dit ondergrondse labyrint. Nu moest ze de allermoeilijkste beslissing nemen. Haar kaars was bijna opgebrand, en daarbij zou het licht haar aanwezigheid verraden, dus knielde ze neer, pakte het koude, klamme touw dat aan de steen was bevestigd beet en liet het als leidraad door haar vingers glijden. Ze raapte al haar moed bij elkaar, blies de kaars uit en schuifelde in het pikkedonker voorwaarts, langs het enig mogelijke pad in de hoop dat het haar naar de uitgang zou brengen. Wat had Fabian ook alweer gezegd? De tunnels kwamen op een paar plekken in Tikkerseind uit – een kroeg en de kleine kerk vlak bij het huis.

Laat het de kerk zijn, bad ze in stilte.

Het leken eindeloze minuten, waarin ze zich verbeeldde dat de tunnel steeds smaller werd en ze werd ingesloten door de duisternis. De bedompte schimmellucht prikte in haar keel en kroop haar luchtwegen in. Het enige wat ze hoorde was haar eigen trillerige ademhaling. Het duister slokte haar langzaam maar zeker op.

Toen veranderde de lucht; hij werd dunner en frisser – en nog kouder. Ze voelde dat de tunnel was overgegaan in een soort ondergrondse ruimte, of misschien wel een uitgang. Ze zocht in haar zak naar de lucifers – en schrok zich een ongeluk toen een scherpe klik in haar oren echode. Een verblindende lichtstraal scheen in haar ogen. Te laat realiseerde ze zich haar vergissing en zwakjes bracht ze een hand naar haar ogen.

'Kom jij gezellig bij ons op bezoek,' siste een stem angstaanjagend dichtbij.

De zaklantaarn ging uit en zachte voetstappen verwijderden zich. Toen klonk het geluid van een lucifer die werd afgestreken. Tanya knipperde met haar ogen naar de witte lichtjes die voor haar op en neer dansten. Te oordelen naar de schimmige contouren aan de randen van haar gezichtsveld bevond ze zich in een soort onderaardse grot. In het schijnsel van het kaarslicht zag ze een meter of drie voor zich iemand staan. Ze kneep haar door het schijnsel verblinde ogen dicht. Toen ze ze weer opende zag ze de gedaante bij de muur van houding veranderen, maar het gezicht bleef in duisternis gehuld.

'Wie ben jij?' vroeg Tanya. Ze keek gespannen om zich heen. In de verste hoek stond een ouderwets bed met een grote berg dekens en een armzalig stapeltje kleren. Een donkere tas was half geleegd op het bed. Naast het bed stond een houten tafeltje met een stoel. Op het tafeltje stond een kaars, waarvan de vlam flakkerde door een ondergrondse luchtstroom. De indringer deed een stap in haar richting, waardoor het kaarslicht de schaduw verdreef en het gezicht werd onthuld.

Het meisje zag er jong uit, niet veel ouder dan Tanya. Ze was lang en atletisch, met een jongensachtig lichaam en een uitdrukkingsloos gezicht. Zelfs in het gedempte licht zag Tanya de wilde, onverzorgde bos rood haar die tot op haar middel reikte. Het lichtte op in de duisternis, feller dan de kaarsen, alsof het zelf uit vlammen bestond.

Het meisje deed nog een stap in haar richting, met de geluidloze, zelfverzekerde tred van een kat. Ze droeg een eenvoudige, korte donkere jurk en versleten stevige wandelschoenen. Tegen haar magere, met sproeten bedekte dij zat een mes bevestigd. Hun blikken kruisten elkaar en Tanya wist met absolute zekerheid dat het meisje het zo nodig zou gebruiken.

'Wie ben jij?' vroeg Tanya nogmaals. 'En wat deed je in mijn grootmoeders huis?'

Het meisje staarde haar strak aan met haar groene ogen.

'Eerst wil ik een paar antwoorden. Om te beginnen je naam.'

'Wie denk je wel niet dat je bent?' fluisterde Tanya. 'Je kunt niet zomaar…'

Met een snelle beweging had het meisje de afstand tussen hen in overbrugd en bleef een paar centimeter voor Tanya staan, met haar tanden dreigend ontbloot. Tanya deinsde achteruit tegen de koude wand van de grot. Alle kalmte van het meisje was verdwenen. Ze zag er verwilderd uit, als een dier. Haar adem had een scherpe, zure geur en haar kleren roken naar oud zweet. Ze had zich duidelijk in geen dagen gewassen.

'Jij hebt vannacht mijn plannen doorkruist en door jou heb ik kostbare tijd verloren. We kunnen dit goedschiks afhandelen, of kwaadschiks, wat ik je niet aanraad. Dus ik vraag het je nog een keer, *vriendelijk*. Je naam.'

'Tanya.'

'Goed zo. En, Tanya, heeft nog iemand anders me vannacht gehoord?'

Tanya aarzelde. Iets in de strakke blik van het meisje vertelde haar dat het niet verstandig was om te liegen. 'Ik denk het niet.'

Het meisje ontspande zich en ging een paar centimeter achteruit.

'Hoe weet jij van de geheime doorgangen? Heb je ze eerder gebruikt?'

Tanya schudde haar hoofd. 'Nee. Ik… ik had wel verhalen gehoord… maar ik geloofde niet dat ze echt bestonden.'

'Hoe heb je deze dan ontdekt?'

'Ik ben je gevolgd. Je had een botervlek achtergelaten op het paneel dat het mechanisme in werking zet. Het was gewoon stom geluk…'

Het meisje schonk haar een kille glimlach. 'Je ging me achterna en kwam vast te zitten in de tunnel. Een echte kleine speurneus. Wie is er nog meer op de hoogte van de doorgangen? Je zei dat dit het huis van je grootmoeder is.'

Tanya voelde zich duizelig worden van misselijkheid toen de adem van het meisje in haar gezicht walmde.

'Ik weet het niet. Mijn grootmoeder heeft het nooit met me over dit soort dingen gehad. Alsjeblieft, ik wil alleen maar deze tunnel uit. Zeg me hoe ik weer in het huis kom – ik zal niemand iets over jou vertellen.'

Het meisje negeerde haar woorden. 'Wanneer gaat je grootmoeder je missen?'

'Als ik niet bij het ontbijt verschijn. Rond acht uur.'

Het meisje vloekte.

'Wat wil je?' vroeg Tanya. 'Als je geld wil kan ik misschien…'

'Geld?' zei het meisje vol ongeloof. 'Ik ben hier niet voor het geld! Jij denkt dat ik een dief ben?'

'Je stal eten.'

'Niet meer dan dat ik nodig had. En niet omdat ik het zo graag wil.'

'Je verbergt je hier, hè?'

Het gezicht van het meisje vertrok onwillekeurig.

'Ja hè? Je gebruikt deze plek als een schuilplaats.' Trillend keek Tanya om zich heen. 'En je bent niet alleen.'

'Wat?'

Tanya richtte haar blik op de smaragdgroene ogen. 'Kom jij gezellig bij ons op bezoek. Bij ons. Dat was wat je daarnet zei. Er is iemand bij je.'

Nog voordat ze haar zin had afgemaakt vulde de grot zich met een afschuwelijk, bloedstollend geluid. Tanya bleef als aan de grond genageld staan terwijl het geluid aanzwol. Het had iets angstwekkend vertrouwds… ze had het eerder gehoord.

Er bewoog iets op het bed onder de stapel kleren. Nee. Ín de stapel kleren. Tanya stond met haar rug tegen de koude stenen muur gedrukt terwijl het roodharige meisje geluidloos naar het bed liep en het bundeltje in haar armen nam. Gebiologeerd keek Tanya toe hoe een klein handje zich vanuit de kleren naar het gezicht van het meisje uitstrekte: een klein vuistje dat zich langzaam ontspande terwijl het geluid aanhield.

'Een baby? Je verschuilt je hier met… met een baby?'

Het meisje antwoordde niet. Tanya betwijfelde zelfs of ze haar had gehoord. Het meisje liet zich op het bed neerzakken, fluisterend tegen het kind, dat zich zo te horen niet liet troosten.

'Waarom huilt hij zo?' vroeg Tanya, terwijl het afschuwelijke geluid haar ineen deed krimpen. Het gehuil was nu een door merg en been gaand gekrijs geworden dat door de grot echode en haar hart met afgrijzen vervulde.

'Hij huilt omdat hij ziek is,' antwoordde het meisje onverwacht. 'Hij heeft medicijnen nodig. En die heb ik niet.'

Tanya steunde met één hand tegen de ijskoude muur. Haar angst was tijdelijk verdreven door haar verlangen om het kind te zien. Muisstil deed ze een trage stap naar het bed. Het meisje merkte het niet. Bemoedigd deed ze nog een stap.

'Als hij ziek is, waarom ligt hij dan niet in het ziekenhuis?'

'Daar lag hij,' mompelde het meisje. 'Maar het was er niet veilig.'

'Is het jouw kind?'

Het meisje antwoordde niet. Tanya deed opnieuw een stap dichterbij. De baby lag nog steeds te kronkelen in de armen van het meisje. Zijn kleine lichaampje bewoog onrustig onder de stof waar hij in was gewikkeld. Ze kon het kind nog steeds niet zien, op zijn zwakke, kleine handje na.

'Hoe bedoel je, het was er niet veilig? Hoe kan een ziekenhuis nou niet veilig zijn in vergelijking met dit… een ondergrondse… ondergrondse kérker zonder warmte, licht, frisse lucht…'

'Hou je mond,' fluisterde het meisje, 'en ga terug naar waar je stond.'

Tanya ging weer bij de rotsmuur staan. Maar ze kon haar mond niet meer houden. Er klopte hier iets niet, er zeurde iets in haar achterhoofd. 'Waarom haal je een zieke baby weg uit het ziekenhuis?'

'Ik zei: hou je mond! Hou je mond!' Het gezicht van het meisje vertrok en even leek het alsof ze in snikken zou uitbarsten, maar toen had ze zichzelf weer in de hand.

In het diepst van Tanya's geheugen roerde zich iets, net buiten haar bereik. Ze concentreerde zich uit alle macht en de herinnering nam langzaam maar zeker vorm aan, totdat ze er zonder waarschuwing met zo veel kracht door werd overvallen dat het was alsof ze in haar maag werd gestompt.

'Ik weet het weer. Ik hoorde het op de radio. Een baby, uit het ziekenhuis gestolen…' zei ze met onvaste stem. 'Dat was jij. Jíj hebt dat gedaan.'

De ogen van het meisje sperden zich woedend open.

'Jij hebt die baby gestolen,' fluisterde Tanya ontzet. 'En nu hou je hem hier vast, ziek en zonder medische zorg…'

De misselijkheid die de hele tijd al op de loer had gelegen zette eindelijk door. Gegrepen door de pijn klapte Tanya dubbel en gaf over. Maar zelfs toen haar maag leeg was bleef ze louter van angst kokhalzen. Om te ontsnappen zou ze of slimmer of sterker moeten zijn dan dit meisje. Op dat moment was echter geen van beide aan de orde.

De minuten gingen voorbij en zo ook Tanya's misselijkheid. Maar ze bleef vooroverhangen en deed alsof ze nog moest kokhalzen en spugen. Terwijl ze tijdrekte draaiden haar hersenen op volle toeren en zochten naar een mogelijkheid om te ontsnappen. Vanuit haar ooghoeken keek ze naar het meisje. Ze was van het bed opgestaan en was de kleren in haar tas aan het stoppen. De baby had zichzelf uitgeput en lag stil in de dekens. Tanya keek toe terwijl het meisje de tas dichtritste en toen een plastic fles die voor een kwart met water was gevuld van tafel pakte. Terwijl ze de dop eraf draaide liep ze naar Tanya en bood haar de fles aan. Tanya bekeek hem wantrouwend.

'Pak aan,' zei het meisje ongeduldig. 'Tenzij je liever je eigen overgeefsel proeft.'

Tanya pakte de fles aan, nam een grote slok om haar mond te spoelen en spuugde het water weer uit. Vervolgens nam ze een kleiner slokje dat ze doorslikte.

'Ik weet wat je denkt,' zei het meisje plotseling.

Tanya zette de fles neer en keek haar aan. 'Wat denk ik?'

'Dat ik slecht ben. En je probeert waarschijnlijk een manier te bedenken om te ontsnappen. Heb ik gelijk?'

Tanya knikte.

Het meisje was even stil.

'En als ik je nou zeg dat ik niet slecht ben? Dat ik alleen maar iets slechts heb gedaan in een poging iets anders te doen, iets goeds? Zou dat uitmaken?'

'Ik weet het niet,' antwoordde Tanya. 'Waarom vertel je het me niet? Vertel me waarom je die baby hebt gestolen. Misschien begrijp ik het dan.'

'Vast niet. Je zou me nog gestoorder vinden dan je nu al doet.' Ze staarde Tanya dreigend aan. 'Je probeert me gewoon aan de praat te houden om me af te leiden zodat jij kunt ontsnappen. Ik neem het je niet kwalijk. Maar ik zal geen middel schuwen om hier met het kind weg te komen. Niemand, ook jij niet, zal me kunnen tegenhouden. Dus ga je gang. Trek je conclusies.'

'Als je er zo zeker van bent dat je het juiste doet, waarom vertel je het me dan niet?'

'Omdat je me niet zou geloven,' antwoordde het meisje eenvoudig. 'En omdat ik ervandoor moet, nu. Voordat het licht wordt.'

'En hoe pas ik in het plaatje?'

'Niet. Als ik op een veilige afstand van hier ben, laat ik je grootmoeder wel weten waar je zit.'

Tanya hapte naar adem. 'Je kunt me niet hier beneden achterlaten! Hoe weet ik dat jij je aan je woord houdt? Of dat je niet door de politie wordt opgepakt? Of… onder een auto komt? Er kan van alles gebeuren! En dan vinden ze me nooit meer!'

'Nee,' beaamde het meisje, 'waarschijnlijk niet. Maar misschien is dit een lesje om voortaan je neus niet in andermans zaken te steken. En mocht je van plan zijn me te volgen of op eigen houtje een uitgang proberen te vinden, dan raad ik je dat af. Als je me volgt zal ik het horen en dan zorg ik ervoor dat je me niet meer kunt volgen. En wat betreft zelf een uitgang vinden: je maakt geen enkele kans. De tunnels vormen een ingewikkeld netwerk en sommige delen zijn ingestort. Van de tunnels die nog intact zijn leidt slechts een beperkt aantal ergens naartoe.' Ze pauzeerde en keek Tanya recht aan. 'De andere zijn schijntunnels die via een omweg weer op hetzelfde punt uitkomen om te voorkomen dat je wordt achtervolgd. Met die bedoeling zijn ze ontworpen toen het huis werd gebouwd. In wezen heel slim bedacht.'

Tanya slikte haar tranen weg, en een stortvloed aan scheldwoorden.

'Wat ga je met de baby doen? Ga je hem verkopen? Losgeld voor hem vragen?'

'Geen van beide. Hij was al te vondeling gelegd, dus wie zou er losgeld moeten betalen? En verkopen is onmogelijk, want vermoedelijk is het overal op het nieuws geweest.'

De baby begon weer te huilen. Het geluid deed Tanya opschrikken. Het was een afschuwelijk, gorgelend gekrijs. 'Kun je hem niet laten ophouden met huilen?'

'We zijn hier zo weg.'

Het kind krijste nog luider. Deze keer kromp zelfs het roodharige meisje ineen. Onwillig staakte ze haar bezigheden en keek op. Ze slaakte een kreet en vloog naar het bed. Tussen de plooien van de deken was het handje van de baby zichtbaar. Er stroomde bloed uit kleine halvemaantjes in zijn handpalm: met zijn nageltjes was hij in zijn eigen huid gedrongen. De aanraking van het meisje had een troostend effect op de baby en het gekrijs ebde weg. Ze wikkelde hem stevig in de deken en nam hem op haar arm. Ze slingerde de tas over haar schouder en liep op Tanya af.

'Ik heb een paar uur nodig voordat ik iemand laat weten waar je zit. Ik waarschuw je nogmaals: probeer me niet te volgen. Als je hier beneden verdwaalt, zul je sterven.' Ze gooide een deken op de vloer. 'Hier. Die zul je nodig hebben om het niet koud te krijgen.'

Tanya reageerde niet. Ze staarde naar het kind, dat rustig tegen het meisje aan lag. En op dat moment veranderde alles. Het moment waarop ze het kind zag in zijn ware gedaante.

Het kind keek haar met starre blik aan. Wat er toen gebeurde deed haar maag krimpen van angst. Terwijl de baby haar aankeek vervaagden zijn contouren en veranderde hij van vorm. Zijn oren werden lang en puntig, en zijn huid kreeg een groenige glans. Zijn ogen werden zwart, alsof er inkt in opwelde, en glinsterden angstaanjagend. Het gebeurde in een fractie van een seconde; daarna was het monsterlijke visioen verdwenen, maar Tanya wist wat ze had gezien.

Hetzelfde gold voor de roodharige indringer.

'Je zag het.' Haar stem was een schor gefluister.

Tanya staarde naar het ding in de armen van het meisje en onderdrukte een kreet.

'Niet te geloven,' mompelde het meisje, terwijl ze Tanya aankeek. 'Je zag het. Jij kunt ze ook zien.'

Tanya richtte zich weer op het meisje. In een moment van helderheid drong het tot hen door.

'Je bent helderziend,' fluisterde het meisje zacht.

Tanya deinsde achteruit. 'Wie bén jij?'

Er volgde een korte stilte.

'Je kunt me Red noemen.'

Tanya knikte in de richting van het elfenkind. 'Wat doe jij met die baby?'

'Goeie vraag,' antwoordde Red. 'Ga zitten. Dan vertel ik je mijn verhaal. Je vindt het vast interessant.'

DEEL TWEE

12

Red leunde met haar ellebogen op de tafel, haar ogen strak op de kaars gericht. Licht en schaduw flakkerden over haar gezicht terwijl ze haar handen bij de vlam warmde. Verdoofd keek Tanya naar haar slanke, bleke vingers, die op en neer bewogen en de warmte absorbeerden, even sierlijk als vlinders die in het zonlicht dansten. Ze zagen eruit als de vingers van een pianist. Of van een kunstenaar of een musicus. De werkelijkheid leek nu heel anders.

Ze vertrouwde het meisje voor geen cent.

'Hoe ben je langs Oberon gekomen?' fluisterde Tanya aarzelend. 'Ik... ik snap het niet. Hij had moeten blaffen.'

'De hond? Dat was makkelijk. De eerste keer dat ik in de keuken kwam begon hij te grommen, maar nadat ik hem wat restjes had gevoerd waren we dikke vrienden.'

Tanya's ogen werden groot van angst. 'Wee je gebeente als je hem... als je hem hebt...'

'Wat? Bedwelmd? Vergiftigd?' maakte Red haar zin af. 'Nee. Ik lieg niet. Ik heb hem omgekocht met eten. Simpel. Trouwens, ik hou van dieren. Veel meer dan van mensen, zeker weten.'

Tanya zweeg.

'Dus,' vervolgde Red, 'jij hebt nog nooit iemand ontmoet die ook helderziend was. Dat blijkt wel.'

Tanya verzamelde haar moed en keek haar aan. Het voelde allemaal zo onwerkelijk.

'Ik dacht altijd… hóópte altijd dat er nog meer waren,' zei ze uiteindelijk. 'Maar ik heb het mezelf nooit toegestaan om het te geloven. Niet echt.'

'Er zijn zat "anderen",' zei Red. 'Net als ik vroeger. En jíj. En allemaal denken we dat we de enige zijn, en abnormaal. Zonderling. Het duurt even voordat je de tekenen herkent, maar uiteindelijk haal je ze er zo uit. Je leert het zien of iemand hetzelfde vermogen heeft als jij.'

'Maar waarom?' vroeg Tanya.

Red kneep haar ogen samen. 'Waarom wat?'

'Waarom kunnen wij ze zien? Wie zijn we? Wát zijn we?'

'Weet je wat een wisselkind is?'

Tanya herinnerde zich de passage uit het boek in de bibliotheek en ze werd overspoeld door angst. 'Dat is een kind dat door de elfen is gestolen.'

Red knikte. 'Het gestolen mensenkind wordt vervangen door een elfenkind, vaak een kind dat erop lijkt. In de meeste gevallen zijn de kinderen te jong om uit elkaar te houden. De moeder is de enige die het zou kunnen merken, maar die is er niet altijd.' Red wierp een blik op de baby, die nu rustig lag te slapen. 'Ze nemen graag kinderen die niet snel worden gemist. Wezen, of kinderen die te vondeling zijn gelegd, zoals hij. Tegen de tijd dat hij werd gevonden had de verwisseling hoogstwaarschijnlijk al plaatsgevonden.' Red stond op en begon geagiteerd door de grot te ijsberen.

'Het mensenkind is nu allang weg: verdwenen in de elfenwereld.

Sommigen worden teruggebracht, sommigen ook niet. Het hangt allemaal af van de reden waarom ze zijn meegenomen. Soms moeten ze de plaats innemen van een elfenkind dat ziek is geboren, of lelijk. Een gezond elfenkind kan worden ingewisseld voor een bijzonder mensenkind: een uitzonderlijk mooi of getalenteerd kind. Soms worden ze alleen maar meegenomen om chaos en leed te veroorzaken.' Tanya schrok van de heftigheid waarmee ze de woorden uitsprak. 'Maar wat het motief ook is, hoe meer tijd er na de verwisseling verstrijkt, hoe kleiner de kans dat de kinderen hun weg terug zullen vinden. En vrij snel wordt duidelijk of ze zich zullen kunnen aanpassen of niet.'

'En als ze zich niet kunnen aanpassen?'

'Een mensenkind wordt dan vaak teruggebracht, meestal naar dezelfde plek als waar het vandaan kwam. Bij een elfenkind ligt het ingewikkelder.' Red bleef een tijdlang met dichtgeknepen ogen zitten. 'Nogmaals, het hangt af van de omstandigheden. Hoofdzakelijk van de glamor, of die standhoudt. Bij hem vermoed ik dat het niet het geval zal zijn.' Ze zweeg opnieuw. 'Weet je wat glamor is, of moet ik dat ook uitleggen?' vroeg ze spottend.

'Nee… ik bedoel ja,' stamelde Tanya. 'Ik weet wat glamor is.'

Red knikte naar het kind. 'Wat je daar ziet lijkt een mensenkind te zijn. Maar jij – net als ik – hebt al een glimp opgevangen van wat erachter schuilgaat. De enige reden waarom jij en ik daartoe in staat zijn is dat wij helderziend zijn en dat de glamor niet iets is wat het kind zelf heeft gefabriceerd. Een gewoon iemand zou het verschil pas zien als de glamor was vervaagd. Dan zouden ze hetzelfde zien als wij. Er zou aan het licht komen wat het kind werkelijk is, zonder dat het de kennis of de vaardigheden heeft om zichzelf te beschermen. En dat kan ik niet laten gebeuren.'

'Wat… wat zou ermee gebeuren?'

'Wat denk je?' siste Red. 'Als de mensen zagen wat hij in werkelijkheid is? Hij zou worden meegenomen! Ter observatie naar een of ander laboratorium worden gebracht om hem te analyseren, in hem te prikken en te porren, om experimenten met hem te doen. Net als met de rest.' Haar stem werd zachter. 'Dat is wat mensen doen. Met dingen die anders zijn. Dingen die we niet begrijpen. En als ze eenmaal in zo'n laboratorium liggen... dan komen ze er nooit meer uit.'

'Bedoel je... bedoel je dat hij daar zou sterven, nadat ze met hem hadden geëxperimenteerd?' vroeg Tanya verstikt.

'Dat is heel goed mogelijk.' De klank van Reds stem was even hard als de uitdrukking op haar gezicht. 'Nu weet je dus waarom ik het heb gedaan. Waarom ik dit doe.'

Tanya sloot haar ogen. 'Dit is niet de eerste keer.'

Red schudde langzaam haar hoofd, terwijl ze Tanya met haar katachtige ogen scherp opnam. 'Het zal ook niet de laatste keer zijn.'

'Het is... het is jou ook overkomen,' zei Tanya zacht. 'Ze hebben ook iemand uit jouw directe omgeving weggenomen. Iemand van wie je hield.'

Red knikte. 'James,' fluisterde ze. 'Mijn broertje.'

Tanya wendde haar blik af toen er een sombere uitdrukking op Reds gezicht verscheen. 'En wat nu?'

'Ik wacht.'

'Waarop?'

'Of de glamor bij dit kind zal standhouden.'

'Hoe snel weet je dat?' vroeg Tanya.

'Als het een oppervlakkige glamor is – niet bedoeld om stand te houden – zullen er al snel tekenen van de ware aard van dit kind doorschemeren. Dat kan een paar uur of een paar dagen duren. Hooguit een week.'

'Wat voor tekenen?'

'Eerst veranderen de ogen,' vertelde Red. 'Ze worden dof en uiteindelijk helemaal zwart. Dan worden de oren lang en puntig. Ten slotte krijgt de huid een groenige glans. Dat zijn de wisselkinderen die prioriteit hebben. Zij moeten zo snel mogelijk naar de elfenwereld worden teruggebracht.'

'En als de glamor niet oppervlakkig is?'

'Dan is de illusie zo gemaakt dat ze het hele leven standhoudt. Die elfenkinderen zien er dan wel grotendeels uit als een mens, maar hebben ook bepaalde... ongebruikelijke vermogens. Ondanks hun inspanningen om zich als mens te gedragen, worden ze anders gevonden. Daarbij komt dat de levensduur van een wisselkind hoe dan ook sterk afwijkt van wat normaal is. De levensverwachting van een mens in de elfenwereld ligt vele jaren boven het gemiddelde, terwijl een elf in de sterfelijke wereld veel korter leeft.'

'Hoeveel korter?'

Red glimlachte zuur.

'Als ze geluk hebben halen ze net de dertig. Oud genoeg om zich te settelen, misschien een gezin te stichten.' Ze zweeg even alvorens eraan toe te voegen: 'Een gezin met een méns. Wat me terugbrengt bij jouw vraag: wat zijn wij?'

Bij die woorden begon Tanya's hart luid te bonzen.

'Begint het je al te dagen?'

Tanya slikte moeizaam.

'Ik geloof van wel. Dus jij beweert dat wij... mensen zoals wij, dat wij...'

'Ooit is er iemand in jouw familie – en in de mijne – omgewisseld. Een van jouw voorouders is een wisselkind. Het kan zowel aan je vaders als aan je moeders zijde zijn gebeurd. Helderziendheid is het gevolg van het hebben van elfenbloed. Net als een gen hoeft het zich niet bij alle afstammelingen van een wisselkind te openbaren. Integendeel, zou je kunnen zeggen. Het is zeldzaam. Het is zoiets als blauwe ogen. Die worden ook niet door elk kind geërfd. Met helderziendheid gaat het precies zo.'

'Elfenbloed,' herhaalde Tanya verbijsterd. 'Elfenbloed.' Intuïtief wist ze dat het waar was, net als al het andere dat Red haar had verteld. Er stroomde elfenbloed door haar aderen.

'Dus… nu weet je wat je bent,' zei Red. Ze wierp een blik op haar horloge en pakte haar tas weer op. 'De zon komt zo op. Ik moet gaan.'

Terwijl Tanya haar bewegingen volgde, probeerde ze de duizelingwekkende waarheid tot zich te laten doordringen. Ze had er altijd al naar verlangd dat iemand haar zou geloven, dat iemand het zou begrijpen. Minstens zo hevig had ze verlangd naar informatie. Kennis was macht, wist ze. En dit meisje – dit vreemde, labiele meisje dat vanuit haar obsessie met het verlies van haar broertje tot deze wanhoopsdaad was gekomen – had haar beide gegeven. Tanya besefte dat ze haar niet kon laten gaan.

'Wacht,' zei ze. 'Ik…' Haar stem stierf weg.

Red bleef staan. 'Wilde je iets zeggen?'

'Ik geloof je,' zei Tanya zacht. 'Alles wat je me hebt verteld. Ik geloof het.'

'En wat kan mij dat schelen?'

'Het zou betekenen dat je hier niet weg hoeft – nog niet,' zei Tanya, terwijl er zich een plan in haar hoofd ontvouwde.

Reds ogen lichtten op: er flikkerde iets van interesse in. En nog iets anders, een vonkje hoop misschien.

'Ga door,' zei ze kalm.

'Je moet je gedeisd houden. Ze zijn naar je op zoek… de politie. Het heeft in alle kranten gestaan. Ik ben de enige die weet dat je hier zit. En als ik mijn mond hou komt ook niemand erachter. Ik kan je helpen.'

'Waarom zou jij me willen helpen?' vroeg Red met onverholen wantrouwen.

Tanya keek naar het wisselkind. 'Omdat ik weet dat je hem geen kwaad wilt doen. En omdat jij iets hebt wat ik wil.'

Red staarde haar ongelovig aan. 'Wat zou jij nou van mij willen hebben?'

'Informatie,' zei Tanya. 'Jij weet dingen… over elfen. Ik wil dat jij je kennis met me deelt. Dan zal ik niemand vertellen dat ik je heb gezien. Ik zal je geheim bewaren. En ik kan je eten en drinken brengen, dan hoef je het risico niet te lopen dat ze je in het huis zien. En als we het slim aanpakken kun je zelfs stiekem een douche nemen.'

Alleen al bij de gedachte aan een douche kregen Reds ogen een gretige uitdrukking.

'Een warme douche,' fluisterde ze. 'Dat klinkt hemels.' Ze boog haar hoofd en snoof achterdochtig aan haar oksel. 'Het zou tijd worden.' Met een ruk richtte ze haar blik weer op Tanya. 'Stel dat ik akkoord ga, dan is er nog iets. Als je informatie wilt, krijg je die niet voor niets. Je zult iets voor me moeten doen.'

'Zoals?'

Red haalde een papiertje uit haar zak. 'De spullen halen die op dit lijstje staan. In ieder geval zo veel mogelijk. Als je het eten en de rest hebt gehaald, zet het dan achter de afscheidingswand waar je doorheen bent gekomen. Kom níét de tunnel in. Als ik iemand in de tunnel hoor, ga ik ervan uit dat je me hebt verlinkt – en ben ik weg. Zodra je me deze spullen hebt bezorgd krijg jij je informatie. En daarna verdwijn ik.'

'Oké,' zei Tanya behoedzaam. 'Maar dan moet jij uit het huis blijven totdat ik het zeg. Jij blijft hier, uit het zicht, totdat ik zeg dat het veilig is. Ik zal eten neerzetten in de doorgang, maar je kunt pas naar boven komen als ik de spullen heb gehaald.'

Red knikte kort en stak haar de lijst toe. Tanya pakte hem uit haar smerige, klamme hand.

'Ik zal je terugbrengen,' zei Red. 'Het is een heel eind door de tunnels – en het is niet dezelfde weg als waarlangs we het huis hebben verlaten.'

'Hoe ben je achter het bestaan van de tunnels gekomen?' vroeg Tanya. 'Bij toeval?'

'Nee. Iemand heeft me er ooit over verteld. Iemand die ik vertrouw. Ik heb een aantal contactpersonen; mensen die hetzelfde doen als ik. We wisselen informatie uit over schuilplekken als deze. Er zijn er heel wat, verspreid over het hele land. Huizen, kerken, herbergen. Sommige, zoals dit huis, staan in verbinding met andere die een stukje verderop liggen.'

'Ik heb gehoord dat er vanuit het huis een tunnel naar een kroeg in Tikkerseind loopt en een naar de kerk,' zei Tanya. 'Klopt dat?'

'Ja. Ik ben via de tunnel bij de kerk hier gekomen. De ingang bevindt zich in een graf.'

'Een graf?'

'Het is nep. Er ligt niemand begraven. Het is speciaal gemaakt om als ingang naar de tunnel te dienen.'

Tanya stond op. 'Lopen alle tunnels één kant uit? Het huis in of het huis uit?'

'Nee. Daarvan is er maar een. De rest loopt twee richtingen uit. Dat de tunnel achter de boekenkast maar één kant uit gaat is een vergissing. Het was de bedoeling dat hij ook toegang tot het huis zou geven.'

'Dus hoe kom ik weer binnen?' vroeg Tanya, terwijl ze verkleumd haar armen om zich heen sloeg.

'De snelste route hiervandaan is naar een kamer op de eerste verdieping: een logeerkamer waarvan het nooit de bedoeling was dat hij gebruikt zou worden. Daarom zit er ook geen slot op. De doorgang bevindt zich in een kleine kruipruimte achter de houten lambrisering. Die weg nemen we.'

Red liep naar de opening in de grot die naar de tunnel leidde. Plotseling bleef ze staan en draaide zich met een ruk om naar Tanya.

'Ik ben iets vergeten te zeggen. Iets wat je misschien van gedachten doet veranderen.'

'Wat?' vroeg Tanya.

'Het feit dat je me helpt,' zei Red. 'De elfen zullen het niet op prijs stellen.'

'Hoe komen ze erachter?'

'Ben je echt zo naïef?' siste Red. Ze gebaarde wild met haar armen naar de duisternis die hen omringde. 'Heel waarschijnlijk zijn ze hier, nu. Zien ze alles.'

'Ik kan mezelf beschermen,' zei Tanya. 'Ik ben niet bang.'

Red keek haar aan met een mengeling van bewondering en minachting. Zonder nog een woord te zeggen draaide ze Tanya de rug toe, duwde haar dikke, klitterige haar opzij en trok de hals van haar jurk omlaag, zodat haar bovenrug zichtbaar werd.

Zelfs in het schaarse licht waren de rugwervels onder de huid van het meisje te zien. Op haar bovenrug zag Tanya een lelijke plek, als een brandmerk, ter grootte van een vuist. Het was niet zomaar een plek. Het zilverkleurige littekenweefsel had een vreemd bekende vorm: het waren vleugels. Elfenvleugels. Ze waren in de huid gebrand.

Tanya hapte ontzet naar adem en Red liet haar jurk los. Ze draaide zich naar Tanya om. 'Dit is wat er gebeurde toen ik de vergissing beging ze te onderschatten,' zei ze verbitterd. 'Ik heb geluk gehad dat ik er met dit ene litteken van af ben gekomen.'

'H-hoe… kom je daaraan?' vroeg Tanya. Al haar dapperheid was verdwenen.

'Ik hoop voor jou dat je er nooit achter hoeft te komen,' zei Red grimmig. 'Als je niet bang voor ze bent, kun je het maar beter snel worden.'

13

Het bleek lastiger dan Tanya had gedacht om Fabian de volgende dag te ontlopen. Na haar ontdekking van Red en de waarheid over haar vermogen had Tanya haar eigen agenda en daarin was geen ruimte voor Fabian of zijn plannen om door het bos te gaan struinen. Toen ze eindelijk, stijf en uitgeput, iets na twaalven haar kamer uit kwam, was het eerste wat haar te doen stond: uitvinden wie van haar voorouders het wisselkind kon zijn. Ze had echter geen idee waar ze moest beginnen. Was het iemand van haar moeders kant van de familie of van haar vaders kant? Had hij of zij lang geleden geleefd, of leefde die persoon nog? Was het iemand die ze kende? Die mogelijkheid bracht haar danig van haar stuk.

Het tweede was het lijstje met spullen die ze voor Red moest halen. Ze wist dat dat een probleem zou worden, want na het uitstapje naar Tikkerseind had ze nog maar een beetje geld over. Ze moest iets bedenken om aan meer geld te komen, anders zou ze de spullen uit het huis moeten gappen. En dat zou tijd en zorgvuldige voorbereiding vergen. Totdat ze alles had kon ze weinig meer doen dan Red via de doorgang achter de boekenkast van eten en drinken voorzien.

Toen ze beneden kwam was haar grootmoeder nergens te bekennen, maar er lag een briefje op de koelkast dat haar moeder die ochtend had gebeld. Tanya verfrommelde het en gooide het in de afvalbak. Ze was nog steeds verbolgen over het feit dat haar moeder haar hier op het platteland had gedumpt. Blijkbaar wilde haar moeder haar geweten sussen, maar Tanya was niet van plan het haar gemakkelijk te maken.

Ze vulde een kom met cornflakes en ging aan de keukentafel zitten. Florence had het helemaal niet leuk gevonden dat Tanya had geweigerd te komen ontbijten. Ze had minutenlang op de slaapkamerdeur staan bonken voordat ze het had opgegeven en naar beneden was gestommeld.

Halverwege haar ontbijt stond Tanya op en zette de radio op de vensterbank aan om naar het nieuws te luisteren. Er was een kort bericht over het gestolen kind met een nadere beschrijving van Red. Na het horen van het nieuwsbericht voelde Tanya zich gespannen. De gedachte aan Red in de tunnels onder het huis gaf haar een ongemakkelijk gevoel en ze vroeg zich, niet voor het eerst, af of ze spijt zou krijgen van haar beslissing om te zwijgen. Ze werd verscheurd door tegenstrijdige gedachten. Red was labiel, wanhopig. Wanhopige mensen deden wanhopige dingen. Gevaarlijke dingen. Het was niet te zeggen of ze zich aan haar woord zou houden om het huis niet in te komen. Toch was zij de enige persoon van wie Tanya wist dat ze dezelfde vermogens had als zij en dat schiep een onmiskenbare band. Ze hadden allebei geleden door toedoen van de elfen, maar Tanya besefte dat wat zij tot dusver had doorstaan niet meer dan plagerijtjes waren geweest. Red, zo leek het, was echt gemarteld.

Midden in het weerbericht, dat zomerse onweersbuien voorspelde, zette ze de radio uit en staarde somber naar haar zompige ontbijt, toen Fabian de keuken in slofte. Zonder een woord te zeggen pakte hij de doos cornflakes, stak zijn hand erin en propte vervolgens een handvol cornflakes in zijn mond.

'Je bent walgelijk,' beet Tanya hem toe. 'Wat dacht je van een kom, wat melk en een lepel?'

'Dit smaakt beter,' mompelde Fabian tussen het kauwen door. Toen hij zich omdraaide om de keuken uit te gaan zag Tanya een gemene blauwe plek op zijn slaap die fel afstak tegen zijn bleke huid.

'Hoe kom je daaraan?' vroeg ze onmiddellijk. 'Wat is er met je gezicht gebeurd?'

'Niks.' Zijn stem klonk nors en hij sloeg zijn blauwe ogen neer. 'Ik ben gevallen.'

'Gevallen?'

'Ja. Gevallen. Oké?'

Tanya kneep haar ogen samen, maar zei niets meer.

'O, en bedankt voor het naaien van mijn t-shirt,' zei hij plotseling. Tanya voelde zijn gretigheid om van onderwerp te veranderen. 'Het is keurig gedaan. Je zei toch dat je niet kon naaien?'

'Dat klopt,' zei ze verward. 'Ik heb het ook niet genaaid.'

Fabian knipperde met zijn ogen, die haar groot en uilachtig vanachter zijn brillenglazen aankeken. 'Maar wie dan? Florence zei ook al dat ze het niet had gedaan. En Warwick was het zeker niet.'

Vanuit haar ooghoek zag Tanya de huiself, die haar griezelig lange vingers om de kolenkit heen vouwde en een trillerige zucht slaakte. Toen Tanya haar wantrouwend aankeek schoot ze uit het zicht. Er rolde een klosje met groen garen voor de haard langs, dat vliegensvlug terug werd gegrist.

Tanya wendde zich weer tot Fabian en haalde haar schouders op. Ze wist wel beter dan met de eer te strijken van het werk van een elf – ook al liet het de vragen onbeantwoord.

'Hoe dan ook, we moeten praten,' zei hij.

Tanya staarde naar de blauwe plek op zijn slaap, zonder nog aan de huiself te denken. 'Waarover?'

'Over waar we het gisteravond over hadden: weer het bos in gaan.'

'O, dat,' zei Tanya, die haar gebrek aan enthousiasme niet wist te verbergen.

'We moeten ons goed voorbereiden,' zei Fabian. 'We zullen een paar dingen moeten meenemen. Warme kleren, een kaart, een zaklantaarn, een kompas, eten en drinken…'

'Eten en drinken? Ik ga niet picknicken!'

'Ik ook niet,' zei Fabian. 'Het is gewoon een voorzorgsmaatregel voor het geval we weer verdwalen. Oké, ik heb al een thermoskan, een kaart en een zaklantaarn, dus…'

'Wacht eens even,' onderbrak Tanya hem. 'Waar hebben we een zaklantaarn voor nodig? Ik hoop niet dat je daarmee wil zeggen wat ik denk dat je wilt zeggen.'

Het uitblijven van een antwoord bevestigde haar vermoeden.

'Dat meen je niet! Ik ga 's nachts dat bos niet in!'

'Niet zo hard!'

'Maar ik doe het niet!'

Fabians neusvleugels trilden geïrriteerd.

'Luister, ik ben zelf ook niet dolenthousiast over het idee. Maar voor het geval het je niet is opgevallen: Warwick heeft me gister geen seconde uit het oog verloren. Alsof hij weet dat we iets van plan zijn. Onze enige kans is wanneer hij niet oplet. En het enige moment dat hij niet oplet is wanneer hij slaapt.' Hij keek haar kwaad aan, maar ze voelde zijn wanhoop. 'Ik moet erachter zien te komen wat er is gebeurd. Ik moet het weten. Als je niet meer mee wilt doen, zeg het dan. En verspil anders mijn tijd niet.'

'Stel dat we erachter komen dat je grootvader inderdaad Morwenna Bloem… iets heeft aangedaan?' vroeg Tanya zacht. 'Heb je er al over nagedacht wat dat met je zou doen? Het zou alles overhoop kunnen gooien. Tot nu toe heb je in onwetendheid geleefd. Misschien is het beter om het zo te laten.'

Zodra ze de gekwelde blik in Fabians ogen zag had ze spijt van haar woorden.

'Ik denk dat ik het met je eens was geweest als we haar niet in het bos hadden gezien… of wat het ook was dat op haar leek,' fluisterde hij. 'Maar nu… alles ligt al overhoop. Ik kán het niet gewoon vergeten. En wat er ook is gebeurd, erger dan deze onzekerheid kan het niet zijn.'

Tanya beet op haar onderlip. Hoewel alles in haar schreeuwde dat ze het niet moest doen hoorde ze zichzelf zeggen: 'G-goed… ik ga met je mee.'

De uitdrukking op Fabians gezicht vertelde haar dat ze de juiste beslissing had genomen. Haar hoofd was er echter nog niet van overtuigd. 'Wanneer?' vroeg ze.

Fabian keek haar ernstig aan. 'Vannacht.'

Het was de eerste keer dat ze Fabians kamer zag. Hij deed altijd uitzonderlijk afhoudend als het om zijn kamer ging en nu begreep ze waarom. De beste manier om de kamer te beschrijven was een kruising tussen een wetenschappelijk laboratorium en een klein museum. Op het bureau bij de haard stond een enorme wereldbol, met ernaast een stapel aantekeningen in Fabians priegelige handschrift. Op de planken langs de muur lagen schedels en dierentanden en er stonden dikke boeken over elk wetenschappelijk en historisch onderwerp dat Tanya maar kon bedenken, en een heel aantal waar ze nog nooit van had gehoord.

Ze zag gedetailleerde tekeningen, diagrammen en observaties van planten en dieren, plus het vreemde vergrootglas dat Fabian op Tanya's eerste dag in Huize Elvenhorst had gebruikt. Met walging keek ze naar een glas met een bodempje melk dat zo bedorven was dat het kaas was geworden. Ze wist niet of het een experiment was of het resultaat van Fabians algehele onordelijkheid.

In een hoek van de kamer stond een levensgroot menselijk skelet, dat er zonder Fabians schooldas en schoolblazer waarschijnlijk een stuk enger had uitgezien.

'Die is toch niet echt?' vroeg ze.

'Hij is van plastic.'

'Hoe kom je eraan?' vroeg Tanya.

'Van school,' antwoordde Fabian. 'Wat die kaart betreft…'

'Je hebt het toch niet gestolen?' zei Tanya. Ze onderdrukte een lach toen ze zich voorstelde hoe Fabian een volledig gekleed skelet had meegesmokkeld door te doen alsof het een echt mens was.

Fabians neusvleugels begonnen te trillen, zoals altijd wanneer hij zich aan iets ergerde. 'Ik heb het nodig voor een project. Hou nou even je mond en luister.' Hij pakte de kaart en spreidde hem uit. Tanya gooide een vuile sok aan de kant en ging op het voeteneind van het bed zitten.

'Op deze kaart staat het hele Beulswoud en zijn omgeving,' zei Fabian, terwijl hij naar de kerk en Tikkerseind wees. 'De catacomben staan allemaal duidelijk aangegeven. Hier zijn wij het bos in gegaan.' Hij tikte op de open plek bij de beek. 'Dit is de eerste catacombe die we tegenkwamen, zie je? Die grote. Bij deze kleinere zagen we het meisje. Hij ligt eigenlijk niet zo ver bij de eerste vandaan, maar we waren die dag zo verdwaald dat we waarschijnlijk rondjes hebben gelopen, waardoor het een heel eind leek. We moeten dezelfde route volgen als de eerste keer – met de kaart zal het een stuk makkelijker gaan. Ik heb alles wat we nodig hebben, behalve een kompas, maar Warwick heeft er een. Ik moet alleen een manier bedenken om…'

'Ik heb een kompas,' onderbrak Tanya hem, toen ze zich het kompas herinnerde dat de zigeunervrouw haar had gegeven. Verontrust bedacht ze dat het wel heel toevallig was dat ze het nu nodig had.

'Je bedoelt toch niet dat stuk schroot dat Malle Morag je heeft gegeven?' Fabian sloeg zijn ogen ten hemel. 'Oké. Misschien hebben we er wat aan als ik Warwicks kompas niet te pakken krijg. Zo meteen, als er niemand in de buurt is, verstop ik mijn rugzak met spullen in de tuin. Ik zie je daar. Neem het kompas maar mee, misschien kan ik het repareren.'

'Is het wel zo'n goed idee…'

Fabian keek haar dreigend aan. 'Je gaat toch niet terugkrabbelen?'

Tanya schoof ongemakkelijk heen en weer. 'Nee… ik bedoel alleen maar, ik hoorde het weerbericht voor vanavond. Het was niet best. Het gaat onweren. Misschien moeten we het uitstellen.'

Fabian schudde zijn hoofd. 'Nee. Het weerbericht klopt trouwens ook niet altijd. Plus dat een onweer in ons voordeel kan werken.'

'Hoe dan?'

'Niemand, zelfs Warwick niet, verwacht dat we er tijdens een onweer tussenuit zullen knijpen. Als hij al doorheeft dat we iets van plan zijn, denkt hij vast dat we er vanwege het onweer van af zullen zien.'

Zwijgend dacht Tanya over zijn woorden na. Het klonk aannemelijk, maar ze was nog niet gerustgesteld. 'Misschien vinden we wel helemaal niets,' zei ze met een klein stemmetje. 'Misschien was het meisje dat we zagen haar niet…'

'Dat meisje was Morwenna Bloem,' zei Fabian kwaad. 'Dat weet je net zo goed als ik.' Hij vouwde de kaart op en stopte hem driftig in zijn rugzak, waarna hij naar het raam liep. Tanya zag nu pas dat er op de vensterbank een foto stond van Warwick, met zijn arm om de schouder van een vrouw die een baby in haar armen hield. Voor het eerst zag hij er gelukkig uit.

'Is dat je moeder?'

'Ga jij nou maar dat kompas halen,' zei hij kortaf. 'Ik zie je over vijf minuten in de tuin.'

Tanya ging snel de kamer uit. Ze schaamde zich dat ze over zijn moeder was begonnen. Het onderwerp was blijkbaar nog gevoelig – en zou dat altijd blijven. Ze haalde het kompas uit de bergruimte onder de vloer in haar kamer vandaan en ging ermee naar de achtertuin. Ze moest een heel stuk door het onkruid waden voordat ze Fabian met zijn hoofd in zijn handen op een boomstronk zag zitten. Op zijn schoot lag zijn bruinleren boek, waar hij zo aandachtig in zat te lezen dat hij niet merkte dat zijn bril bijna van zijn neus gleed. Toen hij haar zag sloeg hij het boek dicht en sprong overeind.

'Heb je het?'

Opgelucht dat zijn stemming was verbeterd stak Tanya een hand in haar zak en haalde het kompas tevoorschijn.

'Hier. Ik denk alleen dat we er niet veel aan zullen hebben.'

Fabian nam het kompas aan en bestudeerde het. 'Het lijkt me nu in orde,' zei hij, terwijl hij Tanya een vreemde blik toewierp. 'Misschien zat er gewoon vocht in of zo. Een geluk dat je het toch niet aan die gladjanus hebt verkocht.'

'Maar de naald deed niets,' protesteerde ze, terwijl ze het uit zijn hand griste. 'Hij – o... wat raar.'

De verweerde wijzer van het oude kompas wees inderdaad standvastig in de richting waaruit ze zojuist was gekomen.

'Wat heb je trouwens gedaan met dat bankbiljet dat hij had laten vallen?'

'Niets,' antwoordde Tanya. In werkelijkheid had ze geen moment meer aan het geld gedacht dat ze de vorige dag in haar zak had gestoken, maar ze had Fabian wel kunnen omhelzen omdat hij haar eraan had herinnerd. Nu kon ze het geld dat de antiekhandelaar had laten vallen gewoon gebruiken om de spullen op het lijstje van Red te kopen. Ze merkte dat er een glimlach op haar gezicht was verschenen en voordat Fabian het had kunnen zien richtte ze snel haar aandacht weer op hun onderneming.

'Ik heb nog nooit zo'n kompas gezien,' zei ze. 'Waar staat die H voor? En waar zijn alle andere windrichtingen: noord, oost, zuid en west?'

Fabian pakte het uit haar hand en bekeek het nauwkeurig. 'Dat is raar. Die H, waar de N voor noord zou moeten staan – als we hem zo draaien, naar het huis, wijst de naald precies die kant uit.'

'Nou en?' vroeg Tanya.

'Dat klopt niet,' antwoordde Fabian. 'Ik weet heel zeker dat de achterdeur naar het bos op het noordoosten staat. Als we het kompas daarop richten zou het de tegengestelde windrichting moeten aangeven, het zuidwesten, maar dat doet het niet. Het geeft het noorden aan.' Hij drukte het kompas weer in Tanya's hand. 'Je hebt gelijk, het is waardeloos. En aangezien Malle Morag het je heeft gegeven is het waarschijnlijk nog behekst ook. Ik zou het weggooien.'

'O, doe niet zo dom. Wat de mensen over haar zeggen, dat ze een heks is en zo, dat zijn alleen maar verzinsels om te zorgen dat de kinderen het bos niet in gaan.'

'Ik denk het niet,' reageerde Fabian prompt.

Tanya keek hem kwaad aan. 'Het zijn geruchten. Ik had niet gedacht dat jíj dat soort geruchten zou geloven, zeker niet na wat je me over Amos hebt verteld.'

'Als Amos onschuldig is, dan was het gewoon domme pech dat hij toevallig in de buurt was. Maar die zigeunervrouw... er wordt al jaren over haar gepraat.'

'Ik denk dat ze wilde helpen,' zei Tanya.

Fabian negeerde haar woorden. 'Vorige week nog vertelde de oude Rosa Zever van de theesalon mijn vader dat Morag afgelopen winter haar wratten kwijt was, alle drie. Twee weken nadat de laatste was verdwenen maakte Ed Bakker Morag voor een ouwe bedriegster uit omdat ze zijn toekomst niet wilde voorspellen. En raad eens? Binnen een paar dagen had hij drie wratten. Nog nooit van zijn leven had hij wratten gehad, zei hij.'

'Hou toch je mond,' zei Tanya geïrriteerd. Ze hield het kompas in de richting van het huis en er verscheen een frons op haar voorhoofd toen de naald naar de H draaide en daar roerloos bleef staan.

'Ze wist het,' fluisterde Tanya.

'Wat?'

'Ze wist dat ik het nodig zou hebben.'

Want eindelijk begreep ze waar de H voor stond.

Huis.

14

Het was tien minuten voor middernacht. Buiten gierde de wind en de stortregen beukte op de ramen. Tanya was steeds zenuwachtiger geworden. Ze had zich warm aangekleed: een wollen trui, een spijkerbroek, twee paar sokken, gympen en een oude regenjas die ze twee winters geleden in het huis had achtergelaten. Ze had geluk, want hij was toevallig rood. Samen met de roestige ijzeren spijker die ze uit het kozijn van haar kamerdeur had losgewrikt zou hij haar beschermen tegen de elfen, hoopte ze. Hij zou haar echter niet beschermen tegen de stromende regen. In de zakken ontdekte ze een oud hondenkoekje, een pluizig geworden snoepje en een verfrommeld briefje van tien dat ze helemaal was vergeten. Ze stopte het meteen in haar portemonnee voor de spullen die Red nodig had.

De afgelopen twee uur had ze zichzelf afgevraagd wat ze nou eigenlijk in het bos verwachtte aan te treffen, afgezien van zeven catacomben en een oude heks die magische kompassen weggaf. De mogelijkheid dat ze een vijftig jaar oud skelet zouden ontdekken liet haar niet los – want áls Morwenna Bloem daar ergens lag, dan zouden alleen haar botten nog van haar over zijn.

Ze ging met haar duim over het kompas in haar zak. Sinds ze had ontdekt hoe het werkte was Fabian opmerkelijk stil geweest en had hij alleen nog af en toe iets gemompeld over anomalieën in het magnetische veld van de aarde. Tanya zelf was zich steeds meer zorgen gaan maken over de bemoeienis van de zigeunervrouw en wat haar bedoelingen konden zijn.

De minuten tikten voorbij, totdat ze het niet langer uithield. Met kloppend hart stapte ze de donkere gang op. Als ze nu werd betrapt zou haar verblijf in het huis heel onprettig worden. Bij het zwakke licht van de schemerlamp op het telefoontafeltje sloop ze de trap af.

'Iemand-werkt-zich-in-de-néés-ten!' klonk een geniepige stem zangerig vanuit de staande klok.

'Kop dicht!' fluisterde Tanya.

Ze had onmiddellijk spijt dat ze had gereageerd, want boven haar flitste een lamp aan. Er liep iemand met langzame, schuifelende pas over de overloop van de tweede verdieping.

Amos.

In een reflex liet Tanya zich op de vloer vallen en kroop weg in de schaduw. De trage stappen van de oude man bereikten de trap. Hij leek een moment te aarzelen, maar toen slofte hij door. Ze wachtte op het geluid van de badkamerdeur die dichtging, streek met een hand over haar koude, klamme voorhoofd en sloop toen snel verder naar beneden.

In de keuken deden de windvlagen de achterdeur rammelen. Tanya keek verlangend naar de paraplu die tegen de muur stond. Het had geen zin om hem mee te nemen. De windvlagen zouden er korte metten mee maken.

Oberon kwam uit zijn mand en trippelde naar haar toe, zijn nagels zacht klikkend op de tegels.

'Kom mee, ouwe jongen,' zei ze. 'Wat dacht je van een lekker wandelingetje?'

Bij het voorstel spitste de hond zijn oren, waarna hij zijn kop liet zakken zodat ze hem zijn halsband kon omdoen.

Zoals Fabian had beloofd was de achterdeur niet op slot.

'Daar gaan we,' fluisterde ze tegen zichzelf en ze stapte naar buiten.

Hoewel ze zich schrap had gezet werd ze overvallen door de wind en de regen, en door het geweld ging ze bijna onderuit. Zonder de regenjas zou ze binnen enkele seconden doorweekt zijn geweest. Nu waren alleen haar onderbenen, die onder de regenjas uitstaken, nat. Oberon leek zich niets van de nattigheid aan te trekken; hij was alleen maar blij met de extra wandeling.

Ze strompelde de tuin door. Door de regen en de torenhoge bomen kon ze maar een paar meter voor zich uit zien in de ondoordringbare duisternis. Ze glibberde door modderige plassen en haar voeten werden kleddernat. Tegen de tijd dat ze de poort had bereikt was ze half doorweekt en verkleumd. Ze voelde zich ellendig en ze wist nu al dat haar besluit om mee te gaan een vergissing was geweest.

'Waar bleef je?' vroeg Fabian. Zijn lippen waren blauw van de kou.

'Amos,' antwoordde Tanya klappertandend. 'Net toen ik de trap af ging besloot hij een wandelingetje over de overloop te maken. Ik moest wachten, anders had hij me gezien.'

'En waarom heb je hem meegenomen?' vroeg hij, terwijl hij een afkeurende blik op Oberon wierp.

'Bescherming. Ik voel me altijd veiliger met hem aan mijn zij.'

'Achter je benen, zul je bedoelen. Het is een lafaard.'

'Als het moet verdedigt hij me!'

Fabian wierp haar een ongelovige blik toe en tuurde toen door de regen naar het bos.

'Laten we gaan. We hebben geen tijd meer te verliezen. In het bos is het vast droger, als we eenmaal onder de bomen zijn.'

Wankelend over de zompige bodem zetten ze koers naar het bos. Het soppende geluid van hun voetstappen werd overstemd door het gekletter van de neerstortende regen. Toen klonk er in de verte dof gerommel. Ze konden zich niet oriënteren op de maan of de sterren en er waren ook geen straatlantaarns zoals in de stad. De duisternis lag als een zware, verstikkende leegte over hen heen. Het enige wat zichtbaar was, was het silhouet van het bos, dat nog een fractie donkerder tegen de zwarte lucht afstak.

De moed zonk Tanya in de schoenen.

Ze bleef abrupt staan. 'Dit is gestoord,' zei ze. 'Op een nacht als deze kan er van alles gebeuren. Stel dat we betrapt worden? Of dat een van ons gewond raakt? Tegen de tijd dat er hulp komt zijn we onderkoeld! En stel dat de grond instort zoals in Tikkerseind…'

'De grond stort niet in, idioot!' zei Fabian.

'Het kan toch? Het is al eens eerder gebeurd! Dat heb je zelf gezegd!'

Fabian verloor zijn geduld.

'Als je gaat lopen dreinen als een klein kind snap ik niet waarom je mee wilde. Dan kun je maar beter teruggaan. En hou anders je mond! We zijn er bijna!'

Tanya wilde hem van repliek dienen, maar zweeg verschrikt toen er iets groots en zwarts geluidloos op hen afvloog. Met een kreet dook ze opzij en wist ternauwernood het vliegende ding te ontwijken. Fabian had minder geluk. Ze hoorde hem naar adem happen toen het ding langs zijn hoofd schampte en vervolgens in de nacht verdween.

'Wat was dat?' riep hij uit, terwijl hij over zijn kruin wreef.

'Ik weet het niet,' antwoordde Tanya verbijsterd, terwijl ze de donkere hemel aftuurde. Ze werd verblind door de kolkende regenmassa die de wind haar in het gezicht blies. Haar haren wapperden om haar hoofd. 'Een vleermuis, denk ik!' Nog voordat ze was uitgesproken zag ze weer een donkere schaduw voorbijschieten – en deze keer greep Fabian naar zijn hoofd en schreeuwde het uit.

'Wat?' riep Tanya.

Fabian haalde zijn hand van zijn hoofd. Hij zat onder het bloed. Ze keken toe hoe de striemende regen het bloed binnen enkele seconden had weggespoeld.

'Hij viel me aan!' wist Fabian uiteindelijk uit te brengen. 'Wat het ook was… hij viel me aan!'

'Kijk uit!' schreeuwde Tanya, toen het ding geluidloos en ogenschijnlijk vanuit het niets opnieuw tevoorschijn schoot. Oberon sprong enthousiast happend omhoog, maar het schepsel was allang weer verdwenen toen zijn kaken op elkaar klapten. Fabian dook in elkaar, maar hij struikelde, verloor zijn evenwicht en viel op de drassige grond. Onder de modder en rillend kwam hij weer overeind. Ze hadden geen tijd om na te denken over wat er gebeurde, want het schepsel viel opnieuw aan. En deze keer vloog het niet weg. Het zette zijn lange, zwarte klauwen in de bemodderde kleren op Fabians rug en deed een woeste aanval op zijn achterhoofd. Plotseling zag Tanya wat het was: geen vleermuis maar een vogel. Een grote, zwarte vogel. Een raaf. Het dier pikte en rukte uit alle macht aan Fabians haar en hoofdhuid, want háár, realiseerde ze zich, kon het niet aanvallen. Door te spreken had ze de bescherming van de rode regenjas verbroken, maar ze werd nog steeds beschermd door de ijzeren spijker in haar zak.

'Haal hem van me af!' schreeuwde Fabian, terwijl hij tevergeefs om zich heen sloeg. 'Hou hem tegen!'

Oberon gromde en sprong tegen Fabian op in een poging de vogel te pakken te krijgen. Hij maakte het echter alleen maar erger. Het zware hondenlijf botste hard tegen Fabians tengere lichaam aan en Fabian smakte voor de tweede keer tegen de grond. De raaf, die doorhad dat hij zich nu in een kwetsbare positie bevond, liet Fabian los en steeg op. Tanya trok Fabian uit de modder. Hij trilde van razernij, van kou of van angst – misschien wel alle drie. Er sijpelde een straaltje bloed over zijn voorhoofd. Terwijl ze angstig omhoogtuurde haalde Tanya snel haar linkerarm uit de regenjas en sloeg hem om Fabians bemodderde schouder. Het was het enige wat ze kon bedenken om zowel Fabian als haarzelf met de regenjas te beschermen. Ondertussen zocht ze koortsachtig naar een leugen waarmee ze Fabian kon overtuigen dat hij haar instructies moest opvolgen.

'Wat doe je?' vroeg Fabian zwakjes.

'Doe die aan,' zei Tanya. 'Doe je linkerarm hierin – zo ja – en nu je andere arm om mij heen.'

'Waarom?' sputterde Fabian. 'Dit is niet echt het moment voor een knuffel, ja?'

'Het is om de vogel om de tuin te leiden, idioot! Snap dat dan. Hij is gek geworden door het onweer en om de een of andere reden valt hij jou aan! Als hij denkt dat jij en ik één persoon zijn maak je misschien nog kans om heelhuids thuis te komen!' Ze hoopte dat ze overtuigend klonk. Even deed Fabians uitdrukking haar het ergste vrezen.

'Thuis?' zei hij, terwijl hij naar het bos keek.

Tanya volgde zijn blik. Het water droop langs haar ruggengraat en haar haren zaten tegen haar gezicht geplakt. 'Het gaat niet, Fabian, niet vannacht. Dit gaat niet goed. We moeten terug.'

Ze staarden naar het bos en Tanya voelde Fabian verslagen in elkaar zakken. Juist toen ze zich wilden omdraaien om naar huis te gaan werd de hemel verlicht door een bliksemflits – en zagen ze het alle twee. Bij de beek stond een schimmige figuur. Ook al duurde de flits maar een fractie van een seconde, er was geen twijfel mogelijk wie het was.

'Warwick,' fluisterde Tanya.

Verstijfd van angst bleven ze staan.

'Wat moeten we doen?'

'Rennen,' zei Fabian met verstikte stem, 'en hopen dat hij ons niet heeft gezien!'

Ze draaiden zich om en renden zo hard als ze konden terug naar het huis, slingerend en tegen elkaar op botsend in de regenjas als een vierbenig en tweearmig mythisch monster. Oberon galoppeerde uitgelaten mee met zijn tong als een plak ham uit zijn bek. Voor hem was het één groot spel.

Tanya keek over haar schouder. De raaf was verdwenen; zijn poging hen te verhinderen het bos in te gaan was geslaagd. Het enige gevaar dat nog dreigde was Warwick. Door het regengordijn heen zag Tanya alleen maar boomkruinen die scherp tegen de hemel afstaken. 'Denk je dat hij ons heeft gezien?'

'Ik weet het niet,' hijgde Fabian. 'Maar als wij hem konden zien, heeft hij ons vast ook gezien!'

'Ik zei toch dat het geen goed idee was!' schreeuwde Tanya. 'We hadden nooit het huis uit moeten gaan.'

Buiten adem kwamen ze bij de poort. Fabian wrong zich uit de regenjas en morrelde onhandig aan de klink. Een donderslag deed hen verschrikt opspringen.

'Snel!' zei Tanya. 'Voordat het weer bliksemt!'

De klink kwam omhoog. Fabian duwde de deur open en glipte er samen met Oberon doorheen. Tanya deed een stap de tuin in, maar draaide zich toen om om naar het bos te kijken.

'Kom mee!' Fabian trok haar de poort door. 'Schiet op!'

'Wacht.' Tanya gluurde om de deur. De hemel werd voor de tweede keer door de bliksem verlicht. Lang genoeg om te zien dat Warwick nergens te bekennen was.

'Ik zie hem niet,' zei ze, terwijl ze de poort sloot. 'Laten we zo snel mogelijk naar binnen gaan.' Haar gezicht was onderhand gevoelloos geworden door de ijskoude stortregen.

Haastig liepen ze de tuin door, gevaarlijk glibberend door de modder. Fabian knielde neer bij de achterdeur en haalde de sleutel onder de omgekeerde bloempot vandaan. Pas toen ze in de keuken waren en Oberon naar zijn mand trippelde, realiseerde Tanya zich dat snel naar boven gaan uitgesloten was.

'O nee... de vloer... kijk eens naar de vloer!'

Ontzet keek Fabian naar het spoor van modderpoten dat van de deur naar de hondenmand liep, en toen naar zijn eigen schoenen en kleren die onder de modder zaten. Hij trok wit weg.

Tanya dacht snel na.

'Doe je schoenen uit en neem ze in je hand mee naar boven. Verstop ze totdat je kans ziet om ze schoon te maken.' Ze keek om zich heen en haar blik bleef rusten op een natte doek in de gootsteen. 'Ik zal de troep hier opruimen, en ook jouw eventuele sporen in de gang.'

'Maar Warwick dan?' zei Fabian. 'Hij kan elk moment binnenkomen!'

Tanya voelde zich misselijk worden van angst. 'We weten niet zeker of hij ons gezien heeft. Als we het slim aanpakken komen we er misschien mee weg. Als hij ons heeft gezien maakt het niet uit als hij me betrapt – dan weet hij toch al dat wij het waren.'

'Ik snap er niets van,' zei Fabian. 'Hoe kon hij het weten?'

'Ik denk dat hij ons heeft horen praten en besloot ons op te wachten,' zei Tanya, terwijl ze haar doorweekte gympen uittrok. 'Maar daar hebben we nu geen tijd voor – ga naar je kamer. Ik zie je morgenochtend.' Ze pakte de keukenrol, scheurde er een paar stukken af en gaf die aan Fabian. 'Voor je hoofd. En nu naar boven.'

Fabian trok zijn modderige schoenen uit en sloop de trap op. Onmiddellijk ging Tanya aan de slag met de vloer en ze dweilde verwoed alle moddersporen op. Toen de vloer weer smetteloos was ging ze verder met Oberons vieze poten. De hond bleef loom liggen en liet haar begaan. De deur rammelde door de wind en Tanya's hart sloeg over. Bij elke windvlaag dacht ze dat Warwick terug was en dat het spel uit was.

Toen niets er meer op wees dat er iemand buiten was geweest, pakte ze een handdoek van het droogrek en liep behoedzaam naar boven, terwijl ze de druppels die Fabian had achtergelaten opnam. Gelukkig lag er vloerbedekking op de overloop van de eerste verdieping en ze hoopte dat de natte plekken de volgende ochtend zouden zijn opgedroogd. Toen Tanya eindelijk in haar kamer stond was ze uitgeput, maar ze herkende de zenuwachtige energie en ze wist dat ze niet zou kunnen slapen. Ze had geen idee of Warwick hen had gezien, maar dat ze ongehinderd het huis hadden bereikt gaf haar hoop. En die raaf... ze huiverde. De elfen hadden Raaf in haar vogelgedaante gestuurd om zowel Fabian als Tanya af te schrikken. Het was een waarschuwing geweest. Maar waarvoor? Warwick... of het bos?

Ze stopte de vieze dweil en de handdoek samen met haar kletsnatte kleren onder het bed, trok haar pyjama aan en dook onder de dekens, die ze strak om zich heen wikkelde in een wanhopige poging haar verkleumde handen en voeten te warmen.

Eén gedachte bleef door haar hoofd zeuren.

Hoe had Warwick het kunnen weten?

Ze herinnerde zich achteraf niet wanneer ze in slaap was gevallen, maar toen de slaap kwam was die verre van vredig. Het geschreeuw dat vlak voor zessen de volgende ochtend begon wekte haar minder abrupt dan anders. Maar toen ze eindelijk haar ogen opende, drong het langzaam tot haar door dat het kabaal niet van Amos afkomstig was. Het kwam uit haar eigen kamer.

Degene die schreeuwde was zijzelf.

15

Allereerst dacht Tanya dat ze nog droomde, want wat ze zag toen de kamer in beeld kwam was een regelrechte nachtmerrie.

Tijdens de nacht was haar haar gegroeid – enorm. Het was minstens vier keer zo lang als Tanya groot was. De kamer lag er vol mee. De dikke, glanzende krullen golfden over het beddengoed, lagen opeengepakt op het kleed en deinden als een donkerbruine zee tegen de muren en de deur op. Ze lagen overal, en het waren er zo veel dat ze zelfs tegen de muren waren opgeklommen en zich rond de deurklink hadden gewikkeld, en het schoorsteenkanaal in kropen zoals de klimop tegen de gevel van het huis. Toen een dikke sliert steels een weg zocht naar de vensterbank drong het in zijn volle omvang tot Tanya door: haar haar groeide nog steeds.

De angst knaagde aan haar als een rat. Ze kon niet denken. Ze kon zich niet bewegen. Ze was verlamd, machteloos. Dit was haar straf omdat ze gisternacht had geprobeerd het bos in te gaan.

Nauwelijks had ze het veelzeggende gekraak van de planken voor haar deur geregistreerd of er werd hard op de deur geklopt.

'Wat is daar aan de hand?' klonk de stem van haar grootmoeder streng en gebiedend.

Tanya opende haar mond, zonder dat er geluid uit kwam.

'N-niets,' wist ze uiteindelijk uit te brengen. 'Er is niets aan de hand.'

'Ik hoorde iemand schreeuwen. Is alles in orde?'

Tanya sperde haar ogen ontzet open toen de deurklink omlaag ging. Ze hoorde haar grootmoeder geïrriteerd met haar tong klakken toen de deur niet meegaf – en sloot haar ogen opgelucht. Ze herinnerde zich niet eens dat ze hem op slot had gedaan.

'Ik had een nachtmerrie,' zei ze met schorre stem. 'Maar het gaat alweer.'

'Ik hou niet van gesloten deuren in dit huis,' zei Florence. 'Niet als er mensen achter zitten.'

Verslagen staarde Tanya naar de deur. Het was absoluut ondenkbaar dat ze haar grootmoeder zou binnenlaten, maar als Florence per se binnen wilde komen zou ze zich niet laten weerhouden. Als Warwick al een loper had, dan zou haar grootmoeder er ongetwijfeld ook een hebben.

'Ik heb er niet bij nagedacht,' zei Tanya bedeesd. 'Ik zal hem niet meer op slot doen.' De zoveelste leugen.

'Als je in je bed hebt geplast of iets dergelijks zal ik niet boos zijn.' Florence' stem klonk resoluut, maar niet onvriendelijk. 'We kunnen de lakens meteen wassen en geen haan die ernaar kraait. Maar als je ermee wacht…'

'Nee, ik heb niet in mijn bed geplast!' schreeuwde Tanya bijna. 'Ik had gewoon een nachtmerrie, meer niet!' De paniek borrelde in haar omhoog en dreigde om te slaan in hysterie. Ze vocht tegen de aandrang om te gillen.

'Goed dan.' Haar grootmoeders stem had weer zijn gewone afstandelijke toon. 'Het ontbijt is om acht uur. Ik verwacht je stipt op tijd aan tafel.'

Ga weg, ga weg, ga weg! schreeuwde Tanya inwendig. Machteloos luisterde ze naar de wegstervende voetstappen van Florence, die terugliep naar haar eigen kamer.

Nu de dreiging was geweken kwam Tanya onmiddellijk in actie. Ze duwde de dekens van zich af – met moeite vanwege het extra gewicht van het haar dat eroverheen gedrapeerd lag. Toen ze uit bed stapte zakten haar voeten weg in de berg krullen. Bij elke stap die ze zette was het alsof ze door een dikke, bruine stroop waadde. Het haar was betoverd, daar twijfelde ze niet aan. Het gewicht en de kracht waarmee het aan haar ledematen plakte was niet normaal; alsof de lokken zelf wilden verhinderen dat ze zou ontsnappen. Behoedzaam schuifelde ze de badkamer in en zocht in de laden naar het nagelschaartje.

Het lag er niet.

Achter haar rug hoorde ze iets gorgelen. Tanya draaide zich langzaam om en terwijl het haar begon te dagen tuurde ze vol afschuw in de afvoer van het bad. Ze keek in twee enorme, glinsterende ogen. De stank van rotte eieren walmde omhoog toen de afvoerbewoner zijn hand door het putje omhoogstak en met zijn kikkerachtige vingers een knippende beweging maakte.

'*Knip, knip,*' kirde hij. '*O, knip knip!*'

'Geef hier!' fluisterde Tanya kwaad. Ze deed een uitval naar het schepsel, maar zijn hand glibberde uit de hare. 'Alsjeblieft,' smeekte ze. 'Eventjes maar, geef nou… daarna krijg je het terug. Echt! Dan mag je het houden!'

Het schepsel boerde en danste vrolijk in de afvoer op en neer, waardoor het troebele water door het putje omhoogspetterde. Het had het duidelijk naar zijn zin.

'Knip, knip! Voor de eerlijke vinder! Glimmend, glinsterend, knipperend, knapperend... o, knip, knip. Knipperde KNIP!'

Als Tanya het schaartje had weten te bemachtigen had ze met alle plezier de grijpgrage kleine vingertjes van het schepsel afgeknipt, maar het lag veilig buiten haar bereik in het nest van het afvoermonster – en haar horloge ongetwijfeld ook.

'Meisje is roekeloos, en nu zijn de elfen boos, kamer vol met haar,' kakelde de elf. 'Hier wat luizen, daar wat roos, en... o!'

'Ik héb geen luizen,' zei Tanya woedend, terwijl ze haar plotseling jeukende hoofd krabde. 'En ook geen roos!' Er dwarrelden een paar witte schilfertjes voor haar gezicht omlaag. Gealarmeerd stopte ze met krabben. 'Jij! Dat heb jíj gedaan, jij... jij...'

Ze zweeg toen ze zag dat het schepsel zijn geplaag had gestaakt en in vervoering naar iets staarde. Zijn kraaloogjes waren gericht op de zilveren bedelarmband die ze van haar grootmoeder had gekregen. Zelfs in het sombere licht van de badkamer glinsterde hij. Plotseling kreeg ze een idee, een idee waarbij ze de bedelarmband alsnog kon gebruiken om haar te beschermen.

'Vind je hem mooi?' vroeg ze. 'Ja hè?'

Het schepsel knikte verwoed en zijn kale hoofd deinde op en neer in de afvoer. 'Glimmers. Twínkels!'

'We maken een deal,' zei Tanya. Ze liet haar stem dalen. 'Dit zijn magische bedeltjes,' loog ze. 'Ze bezitten allemaal een speciale kracht.'

Het schepsel sperde zijn ogen opgewonden open. Tanya ging de bedeltjes langs en koos haar minst favoriete: de kookpot. Ze trok eraan totdat het schakeltje verboog en uiteindelijk losliet. Ze hield het omhoog. 'Deze kookpot vult zich met alles wat je je maar wenst. Je kunt je hele afvoer vullen met glimmende en glinsterende schatten. Je mag hem hebben in ruil voor het schaartje.'

'Ja, ja,' gorgelde het schepsel. 'Hebbe, hebbe. Ikke hebbe!'

Tanya schudde haar hoofd. 'Eerst het schaartje.'

Het schepsel begon te pruilen en te mokken, maar Tanya hield voet bij stuk en tilde het bedeltje nog iets hoger op zodat het licht erop viel. De ogen van de afvoerbewoner werden nog groter en hij likte verwachtingsvol zijn lippen. Uiteindelijk zwichtte hij en verdween met een zuigend geluid in de diepte. Een tel later kwam hij weer boven met het met slijm bedekte schaartje en deponeerde het in Tanya's hand. Hij griste het bedeltje uit haar andere hand en glibberde weer zijn veilige afvoer in.

Terwijl de elf vrolijk neuriënd zijn nieuwe schat bewonderde, liet Tanya zich op de badkamervloer neerzakken. Haar opluchting was van korte duur. Toen ze het schaartje in haar haren zette en begon te knippen, gebeurde er niets. Ze probeerde het weer, met kleinere plukken tegelijk, maar ze kreeg geen enkele haar doorgeknipt. Gefrustreerd gooide ze het schaartje aan de kant. Ze wist dat het daar niet aan lag, dat het scherp genoeg was. Het lag aan haar haar, of liever gezegd aan de betovering van haar haar. Die kon niet worden verbroken met een eenvoudig schaartje.

Verslagen zat ze op de koude tegels, te midden van de zee van haar. Ze had geen idee hoe ze zich er deze keer uit moest redden. Haar enige hoop was gevestigd op Red. Wist ze maar een manier om onopgemerkt bij haar te komen. Haar ogen vulden zich met tranen. Zij was degene die Red moest helpen en niet andersom. Ze had zichzelf duidelijk overschat. Ze vermande zich en haar gezicht kreeg een vastberaden uitdrukking. Wat zou Red doen?

'Zout,' mompelde ze. 'De kleur rood. Stromend water. IJzer. Kleren binnenstebuiten keren.' Steeds opnieuw herhaalde ze de lijst met afschrikmiddelen in de hoop dat de oplossing zich vanzelf zou aandienen, maar tevergeefs. Het enige wat ze kon bedenken was het haar onder de douche wassen… maar het zou lastig zijn om al het haar de badkamer in te krijgen, zo niet onmogelijk. Ze had trouwens het gevoel dat het stromende water waar het oude boek het over had gehad een beek of een rivier moest zijn en geen kraan.

Verslagen liet Tanya haar hoofd in haar handen zakken.

'Je wist dat het schaartje niets zou uithalen, hè?' fluisterde ze, want ze wist dat het afvoerschepsel er nog zat en luisterde. 'Je hebt me beduveld.'

'Duvele, duvele, duvele dom!'

'Als je de betovering verbreekt geef ik je nog meer bedeltjes… geef ik je de hele armband!'

'Kan niet toveren, o nee. Kan niet verbreken.'

Tanya wist dat het waar was. De betovering was te ingenieus en de afvoerbewoner had haar nog nooit op die manier dwarsgezeten, ook al had hij zijn steentje bijgedragen met luizen en roos. Hij stelde zich tevreden met het stelen van glinsterende voorwerpen.

De afvoerbewoner kwam uit het putje tevoorschijn en zwaaide dreigend met het bedeltje. 'Niet magisch,' zei hij boos. 'Meisje zit vol streken!'

Tanya haalde haar schouders op, maar liet niet doorschemeren dat ze had gelogen. Ook al had het schepsel haar misleid, dan nog zou het onverstandig zijn om haar eigen bedrog toe te geven. Het zou de elfen nog bozer kunnen maken en nog meer straf kunnen uitlokken.

'Misschien werkt de magie niet bij afzonderlijke bedeltjes,' zei ze ten slotte. 'Misschien is hun magie met elkaar verbonden, moeten ze aan elkaar vastzitten om het te doen.'

De afvoerbewoner keek haar kwaad aan. 'Vol streken,' mompelde hij nogmaals, waarna hij met het bedeltje de afvoer in glipte.

Besluiteloos liep Tanya, het haar achter zich aan slepend, de badkamer uit. Ze ging op het bed zitten. Red was haar enige hoop. Ze móést haar zien te bereiken, maar diep vanbinnen wist ze dat ze geen schijn van kans had. Haar grootmoeder kon elk moment de deur komen openbreken. Ze moest er niet aan denken wat de gevolgen zouden zijn.

Het ontbijt kwam steeds dichterbij. Terwijl Tanya wachtte tot haar grootmoeder haar zou roepen, voelde het alsof haar maag zich binnenstebuiten keerde. Het duurde niet lang voordat Florence de keuken uit kwam gestormd en bij de vierde keer klonk ze inderdaad zeer geïrriteerd. Tanya stelde zich voor hoe haar dunne mond van woede vertrok en plotseling voelde ze zich vreemd onaangedaan. Als ze de deur opendeden en haar zagen, zou ze worden weggestuurd, dat wist ze zeker. Weggestuurd… en ondervraagd en aan experimenten onderworpen door mensen in witte jassen. Net als een wisselkind.

Klossende voetstappen op de trap. Tanya haalde diep adem. Er werd op de deur geklopt.

'Tanya? Wat spook je uit? Florence wil dat je nú naar beneden komt. Ze heeft er vreselijk de pest in. En ik ook. Mijn ontbijt wordt koud!'

'Fabian?' fluisterde Tanya.

'Ja,' klonk het ongeduldige antwoord. 'Wat ben je aan het doen? Doe open!'

'Dat gaat niet. Ik kom niet naar beneden.'

'Je moet. Florence weet dat er iets aan de hand is. Ze zegt dat als je nu niet naar beneden komt zij met de loper naar boven komt en je deur openmaakt.' Fabian liet zijn stem dalen. 'Heeft het te maken met gisternacht? Warwick heeft niets gezegd – ik denk dat we ermee wegkomen.'

'Nee… daar heeft het niets mee te maken.' Tanya kwam van het bed en schuifelde naar de deur. 'Ik kan het je niet vertellen. Je kunt maar beter naar beneden gaan.'

'Vertel nou maar. Misschien kan ik je helpen.'

'Geloof me, dat kun je niet.'

'Ik blijf hier staan totdat je opendoet en ik met eigen ogen kan zien dat alles in orde is.'

'Nee!'

'Dan moet je het zelf maar weten.'

Er klonk gekrabbel aan de andere kant van de deur.

'Ik hoop dat je aangekleed bent,' zei Fabian. 'Zo niet, dan is het nú tijd om weer in je bed te kruipen!'

'Wat? Fabian…'

Ze hoorde het onmiskenbare geluid van een sleutel die in het slot werd gestoken, waarna de sleutel aan de binnenkant van Tanya's deur naar buiten schoof en op de grond viel.

'Fabian, dat kun je niet maken!' riep ze uit. Ze wierp zich tegen de deur op het moment dat het slot openklikte. 'Hoe durf je? Ik… ik vertel Warwick dat je zijn loper gebruikt om overal in het huis rond te snuffelen!'

'Hij is niet van Warwick.' De deurklink kwam omlaag. 'Hij is van mij. Ik heb hem in een van de oude dienstbodekamers gevonden.'

Fabian begon vanaf de andere kant tegen de deur te duwen. Tanya duwde uit alle macht terug, maar algauw had ze in de gaten dat ze niet sterk genoeg was om lang weerstand te bieden. Haar blote voeten gleden weg over het haar op de grond.

'Ik meen het, Fabian!' schreeuwde Tanya. 'Ik vergeef het je nooit!'

De deur ging langzaam open. De paniek gaf haar extra kracht en ze duwde hem weer dicht.

'Het is voor… je eigen… bestwil,' hijgde Fabian. 'Als ik zie… dat alles in orde is… ga ik weer. Florence komt… toch naar boven!'

'Dat kan me niet schelen!' brulde Tanya. 'Jij komt er niet in!'

Maar of ze het nu leuk vond of niet, Fabian kwam er wel in. Binnen een paar seconden had hij nog vijf centimeter terrein gewonnen en Tanya's positie verzwakte. Hij kon nu al zien dat er iets helemaal mis was.

'Wat is dat? Op de grond… Wat is het? Het ziet eruit als… als…'

Tanya had nauwelijks nog kracht in haar spieren. Ze wist nog twee tellen stand te houden en schoof toen achteruit. Fabian tuimelde struikelend de kamer in en gleed als een pasgeboren veulen uit over de bergen haar. Hij kwam in een ongelukkig hoopje naast het bed neer. Tanya sprong naar voren, griste de loper uit het slot, gooide de deur dicht en draaide hem aan de binnenkant op slot. Ze voelde Fabians verbijsterde zwijgen en draaide zich naar hem om.

Hij zat rechtop op de grond, met zijn enkel door de val in een ongemakkelijke hoek – en was te geschokt om zich zelfs maar te bewegen. Hij staarde naar de bos haar in zijn hand, opende toen langzaam zijn vuist en volgde ongelovig de streng haar totdat zijn ogen die van Tanya ontmoetten.

Nu Fabian bij haar in de kamer was voelde ze zich vreemd genoeg rustiger dan ze had verwacht. Ze voelde zich op een rare manier machteloos, alsof het niet meer haar leven was, en toch leek ze te accepteren dat wat er nu zou gebeuren volkomen afhing van Fabians reactie. Ze was te moe om nog te vechten, te moe om nog te liegen. Het enige wat ze nu nog wilde was de waarheid vertellen, realiseerde ze zich verwonderd. En nu Fabian haar had gezien, moest hij wel luisteren.

'Ik moet je iets vertellen, Fabian.' Haar stem klonk rustiger en vaster dan ze had gevreesd. 'Je had gelijk. Ik hield inderdaad iets achter. Al die dingen die jij doorhad, de vreemde dingen die er gebeuren als ik in de buurt ben… daar is een reden voor. Je zult het misschien moeilijk kunnen geloven…'

Ze zweeg toen ze zag dat Fabian geen woord had gehoord. Zijn mond bewoog langzaam, zonder dat er geluid uit leek te komen. Hij keek haar nog steeds met grote ogen van afschuw en complete verwarring aan.

'Heks,' zei hij zacht, maar deze keer zo luid dat ze het kon horen.

'Wat? Nee, Fabian, luister…'

'De zigeunerheks,' zei Fabian. Hij keek weg en liet zijn blik weer over het haar dwalen. 'Zij heeft dit gedaan. Zij heeft je vervloekt! Ze heeft je vervloekt toen ze je het kompas gaf!'

Tanya was met stomheid geslagen. In een fractie van een seconde overwoog ze Fabians theorie. Zelf had ze er nooit bij stilgestaan dat dit het werk van de oude zigeunervrouw kon zijn. De vrouw leek er zeker toe in staat. Maar Tanya kon zich niet voorstellen dat de oude vrouw dan eerst zou hebben gedaan alsof ze haar wilde helpen. Het was onwaarschijnlijk… maar niet onmogelijk. En Fabians stellige overtuiging dat dit de ware toedracht was bood haar een makkelijke uitweg. Ze zou zichzelf de vernedering kunnen besparen om hem van het bestaan van elfen te moeten overtuigen.

'Je zou wel eens gelijk kunnen hebben,' zei ze langzaam.

'Natuurlijk heb ik gelijk!' sputterde Fabian. 'Die ouwe heks heeft vrijwel heel Tikkerseind betoverd en nu ben jij aan de beurt! We hadden het kompas aan die man in de bus moeten verkopen!'

'Wat moet ik doen?' Tanya hief hulpeloos haar armen. 'Niemand mag me zo zien!'

'Ik heb geen idee… ik heb géén idee,' mompelde Fabian. 'Maar je hebt gelijk: zo mogen ze je niet zien. We moeten iets vinden om het af te knippen. Heb je een schaar?'

Tanya schudde haar hoofd.

'Ik heb alleen een nagelschaartje. En daarmee gaat het niet.'

'Als ik nou eens de keukenschaar haalde, of… Warwick heeft een heggenschaar… Of anders een bijl?'

'Het moet niet alleen maar scherp zijn,' zei Tanya. 'We hebben iets nodig om de betovering te verbreken.'

'O,' zei Fabian somber. 'Suggesties?'

'Ik heb ooit eens… ergens… een lijstje gezien met dingen die… betoveringen en vervloekingen kunnen verbreken,' antwoordde Tanya behoedzaam. 'Daarbij stonden de nabijheid van stromend water, zoals een beek of een rivier, de kleur rood, zout, je kleren binnenstebuiten keren en ijzer. Als we iets kunnen bedenken met een van die dingen lukt het misschien wel.' Gedachteloos ging ze met haar hand naar haar haar. Door de beweging weerkaatste het zonlicht fel op een van de bedeltjes aan haar armband. Het was de dolk.

'Is er in het huis een scherp voorwerp, bijvoorbeeld een mes, met een rood handvat?' vroeg ze.

Fabians gezicht klaarde op. 'Florence heeft een brievenopener met een oranjeachtig handvat. Dat is bijna rood. En hij is scherp. Misschien lukt het daarmee.'

Tanya schudde haar hoofd. 'Het moet rood zijn. Knalrood.'

Ze staarden elkaar zwijgend aan, de een nog somberder dan de ander.

'Een mes,' herhaalde Fabian langzaam.

Ze schrokken op toen onder aan de trap Florence' schelle stem klonk.

'Kom alle twee onmiddellijk naar beneden! Dit is de laatste keer dat ik het zeg; ik kom zo meteen naar boven om jullie bij je nekvel omlaag te slepen!'

'Dat was het dan,' zei Tanya. 'Het spel is uit.'

Maar Fabian had een frons in zijn voorhoofd gekregen; het soort frons dat hij had wanneer hij een idee kreeg… of wanneer hij op het punt stond iets ondeugends te doen.

'Wacht.' Hij sprong overeind, zonder veel aandacht te besteden aan zijn verstuikte enkel. 'Ik weet wat ons misschien uit de brand kan helpen, áls ik het te pakken krijg.'

'Wat dan?' vroeg Tanya hoopvol.

'Iets waar heel lastig bij te komen is,' zei Fabian. Hij opende de deur en glipte de gang op. 'Dus verwacht er niet te veel van. Doe in ieder geval voor niemand de deur open behalve voor mij.'

'Vergeet je niet iets? Mijn grootmoeder heeft een loper!'

Fabian grinnikte sluw. 'Klopt. Ze weet alleen niet dat ze hem kwijt is.' Hij stak zijn hand om de deur en aaide over de sleutel in het slot.

'Je zei dat je die in een van de oude dienstbodekamers had gevonden!'

Fabians grijns werd breder. 'Dat weet ik. Maar ik loog.'

In de keuken zat Warwick geknield bij de haard de modder van zijn laarzen te schrapen. Fabian bekeek hem aandachtig. Zijn vader zag er vandaag afgetobd uit: oud en moe. Zijn huid was grauw en zijn haar hing in slierten langs zijn gezicht; een teken dat het was natgeregend en was opgedroogd voordat hij het had kunnen kammen. Zijn ogen waren bloeddoorlopen en er zaten donkere wallen onder. Hij had zich al een paar dagen niet geschoren.

Florence stond met haar rug naar hem toe af te wassen. Te oordelen naar de hoeveelheid herrie die ze produceerde was ze woedend. Op tafel stonden twee onaangeroerde ontbijtjes waar hemelse dampen van opstegen. Oberon zat onder de tafel en zijn snuit stak schuldbewust onder het geblokte tafelkleed uit. Er hingen twee kwijldraden aan zijn bek. Fabians maag rommelde. Hij wist precies hoe de hond zich voelde, maar hij onderdrukte zijn honger en liep nonchalant naar Florence bij het aanrecht.

'Wat is er?' beet ze hem toe.

'Mag ik een glas water?' vroeg hij bedeesd.

Warwick keek op en wierp hem een scherpe blik toe. 'Er staat een kan op tafel. Eet je ontbijt op.'

'Dat zal ik zo doen,' zei Fabian. Hij vulde een groot glas met water en zette het neer. 'Dit is voor Tanya. Ze heeft overgegeven. Ik denk dat ze een of ander… virus heeft.'

'Waarom zei ze dat dan niet?' zei Florence met toegeknepen ogen.

Fabian haalde zijn schouders op en liep naar de achterdeur. Hij had gezien wat hij zocht. Zijn vaders jas hing aan het middelste haakje: slap en heel erg nat.

'Kom mee, ouwe jongen,' zei hij tegen Oberon en hij floot. Onwillig kroop de hond onder de tafel vandaan en sjokte naar buiten terwijl Fabian de deur openhield.

'De hond is al buiten geweest,' zei Florence geïrriteerd.

'O, sorry,' zei Fabian. Zijn hand streek langs het jachtmes aan de ceintuur van de jas. Het mes was Warwicks trotste bezit en het was speciaal uit ijzer vervaardigd. Hij kon zich niet meer herinneren hoe vaak hij zijn vader er de konijnen die hij in het bos had gevangen mee had zien villen. Terwijl hij de deur openhield en zijn hand uit het zicht was verdwenen, schoof hij behendig zijn vingers onder de ceintuur en haalde het mes uit zijn schede. Het was koud, zwaar en meedogenloos; het zou dwars door het haar gaan. Tersluiks liet hij het in zijn mouw glijden, waar hij het met trillende vingers op zijn plek hield, en deed de buitendeur weer dicht. Met zijn andere hand gooide hij bijna het glas water om, toen hij het in zijn haast om zo snel mogelijk de keuken uit te komen wilde beetpakken.

'Ben zo terug,' mompelde hij.

'Opschieten,' zei Florence. Ze wrong het vaatdoekje zo wellustig uit, dat ze zich vast voorstelde dat het zijn nek was, dacht Fabian.

Toen hij weer bij Tanya's slaapkamer aankwam was hij buiten adem. Hij zette het glas met een klap op de schoorsteenmantel en haalde het mes uit zijn mouw.

'Dit zou moeten werken,' zei hij.

Angstig keek Tanya naar het mes.

'Wat is dat voor een mes?'

'Het is van ijzer,' zei Fabian. 'Het zou de betovering moeten verbreken.' Hij knielde naast haar neer en begon op het haar in te hakken. 'Warwicks jas hing bij de deur. Zijn laarzen zitten onder de modder en zijn jas is kletsnat. Hij was het die we vannacht zagen.'

'Hij heeft ons vast ook gezien,' zei Tanya.

'Ik denk het niet,' zei Fabian. 'Anders was hij wel razend geworden. Wat ik zou willen weten is waarom hij daar in dat noodweer rondsloop.'

Hij richtte zijn aandacht weer op het haar, waarvan nu grote plukken op de grond vielen.

'Het lukt. Warwick houdt dit ding goed scherp.'

'Is het van Wárwick? Heb je zíjn mes gestolen? Wat ben jij een dief!'

'En daar bof jij maar mee!'

Tien minuten later was Tanya's haar schouderlang – niet veel langer dan voor het nachtelijke incident.

'Je zult het moeten bijknippen,' zei Fabian verontschuldigend. 'Het is nogal ongelijk.'

'Dat zal ik doen,' zei Tanya. 'Maar niet nu.' Ze bond haar haar naar achter in een paardenstaart. 'Zo ziet niemand er iets van. We kunnen maar beter naar beneden gaan voordat mijn grootmoeder flipt.'

'En voordat Warwick ontdekt dat zijn mes weg is,' zei Fabian, die er nu niet meer zo dapper uitzag. Hij inspecteerde het mes op achtergebleven haren die hen zouden verraden.

'Wat doen we met het haar?' vroeg Tanya. Ze wees naar de vloer, die vol lag.

'Schuif het voorlopig maar onder het bed,' zei Fabian. 'Na het ontbijt stoppen we het in vuilniszakken en dan bedenken we wel een manier om ervan af te komen.'

Op handen en knieën kropen ze over de grond en propten het haar met veel moeite onder het bed. Het was heel zacht en glad, en het gleed voortdurend weer tevoorschijn.

'Het is zo veel!' zei Tanya.

'Ik krijg er jeuk van,' zei Fabian. 'Duw het er gewoon maar onder en hang de dekens ervoor. Zo moet het maar even. Kom mee.'

Ze raceten met twee treden tegelijk de trap af en stormden juist de keuken in toen een ziedende Florence hun ontbijt in de vuilnisbak wilde gooien.

'Nee!' riep Fabian uit.

Florence bleef staan en fronste haar wenkbrauwen toen ze Tanya zag.

'Ik dacht dat jij je niet goed voelde?'

'Dat was ook zo,' antwoordde Tanya, terwijl ze de blik van haar grootmoeder ontweek. 'Maar het gaat al beter.' Ze ging aan tafel zitten en Fabian volgde haar voorbeeld. Florence zette de borden voor hen neer.

'Het zal nu wel koud zijn.'

'Zo snel heb ik nog nooit iemand beter zien worden,' merkte Warwick droogjes op, terwijl hij met grote kracht zijn laarzen borstelde.

Tanya antwoordde niet, en ze keek hem ook niet aan. Ze wist dat zijn ijzig blauwe ogen strak en beschuldigend op haar waren gericht. De gedachte deed haar huid tintelen. Ze viel aan op haar ontbijt, dat zelfs lauw nog prima smaakte. Ze zag Fabian tegenover haar onder tafel zitten frunniken en ze begreep dat hij het mes onder het eten ongemerkt uit zijn mouw probeerde te krijgen om het onder de tafel te verbergen.

'Het is nog warm ook,' zei hij opgetogen tussen twee grote happen door.

'Het mijne niet,' begon Tanya, maar ze zweeg toen de huiself onder Fabians bord vandaan kroop. De elf had zijn eten opgewarmd en voor het eerst bleef ze een paar seconden stilstaan om met haar lelijke kleine oogjes naar Fabian te knipperen alvorens weg te schieten naar haar schuilplaats. Fabian, die zich niet bewust was van het geflirt van de huiself, scheurde een stuk brood af en doopte het in zijn ei. Verontwaardigd keek Tanya de elf na. Zij had het ondankbare mormel nog wel een schoteltje melk gegeven!

'En het mijne laat je koud worden?' mompelde ze onachtzaam binnensmonds. 'Lellebel.'

'Wát zeg jij?' beet Florence haar toe. Gealarmeerd keek Tanya op en ze zag dat ook Fabian haar aanstaarde.

'Ik zei dat… het mijne koud is,' zei ze, terwijl ze razendsnel nadacht, 'maar ik lust het lekker wel.'

'Hm,' zei Florence. Ze perste haar dunne lippen op elkaar en begon de wasmachine vol te laden.

'Warwick, kun jij vandaag even naar de regenpijp bij Amos' kamer kijken?' vroeg ze. 'Ik geloof dat hij loshangt.'

Warwick gromde bevestigend.

Tanya verbaasde zich er weer over dat twee van zulke onmogelijke mensen als haar grootmoeder en Warwick onder één dak konden wonen zonder elkaar af te maken.

'Dit huis stort langzaam in,' zei Florence en ze smeet het deurtje van de wasmachine dicht.

'Verhuis dan naar iets kleiners,' opperde Fabian, terwijl hij zijn bacon met onvoorstelbare snelheid naar binnen schrokte.

Florence keek hem ongemakkelijk aan. 'Dit huis is al decennialang familiebezit.' Ze schonk een kop thee voor zichzelf in en ging aan tafel zitten.

'Ik vind een leuk klein huisje in het bos wel iets voor u,' vervolgde Fabian met een pesterige grijns. 'Gemaakt van peperkoek.'

Florence wierp hem onmiddellijk een vernietigende blik toe en Tanya verslikte zich bijna in een hap brood met ei.

'Niet brutaal worden, jij,' gromde Warwick.

Tanya voelde een steek van ergernis. De enige momenten waarop Warwick aandacht aan Fabian besteedde waren als hij hem uitfoeterde. Plotseling bedacht ze dat Fabians gedrag wel eens een manier kon zijn om zijn vaders aandacht te krijgen. De volhardendheid waarmee hij hem Warwick noemde dwong die wel af – en gaf hem een instrument in handen om hem te raken.

Er klonk zacht gejank van onder de tafel. Tanya tilde het tafelkleed op en keek omlaag. Oberon zat voor haar grootmoeder en had zijn kop op haar knieën gelegd.

'Het bevalt je daar wel, hè?' mompelde Florence, terwijl ze zijn zijdezachte oren aaide. Oberon kreunde tevreden. Florence glimlachte flauwtjes en stak haar hand uit naar een van de laden om een hondenkoekje uit het pak te halen dat ze speciaal voor hem had gekocht. Oberon nam het voorzichtig aan en at het gelukzalig knagend onder de tafel op. Tanya keek jaloers toe. Om de een of andere reden was Oberon dol op Florence.

'Klaar,' kondigde Fabian aan. Hij liet zijn bestek kletterend op zijn bord vallen en met bolle wangen van het eten dat hij nog in zijn mond had stond hij op.

'O nee,' zei Florence. 'Mijn hemel, Fabian! Je lijkt wel een hamster. Ga zitten en eet je mond behoorlijk leeg.'

'Heb ik gedaan,' hield Fabian vol. Zijn ogen puilden gepijnigd uit toen hij de hap doorslikte. 'Ziet u wel?' Hij liep naar de achterdeur en Tanya's eigen eten bleef in haar keel steken toen ze besefte wat hij van plan was. Voor iedereen zichtbaar begon Fabian tussen de jassen te rommelen die aan de keukendeur hingen. Fronsend nam hij zijn vaders jas van een haakje en hing hem een stukje verderop, waarbij een heel stel jassen – inclusief die van Warwick – op de grond viel.

'Wat ben je toch aan het doen?' beet Florence hem toe.

'Ik ben mijn jack kwijt,' antwoordde Fabian. 'Dat grijze. Ik dacht dat het misschien hier zou hangen.'

'Het hangt in de kast onder de trap, zoals altijd,' zei Florence zichtbaar verwonderd. 'Ik heb het gister nog gezien. Wat moet je trouwens met dit weer met een jack? Ik weet bij god niet wat je vanmorgen bezielt, Fabian.'

'Ik ook niet.' Warwick stond op met zijn laarzen in zijn hand. Het wantrouwen straalde van zijn gezicht af.

'Niets.' Fabian hing de jassen weer op en liep terug naar de ontbijttafel. Tanya zag zijn gezicht en ontspande zich. Het was Fabian gelukt. Ze keken elkaar aan en wisselden een blik: het was de blik van kinderen die weten dat ze ergens mee weg zijn gekomen.

Op datzelfde ogenblik wisselden ook Warwick en Florence een blik. Hun blik was die van volwassenen die doorhebben dat ze vierkant om de tuin zijn geleid, maar volledig in het duister tasten over het hoe en het waarom, en alleen maar weten dat ze er niets aan kunnen doen.

Het zomerse onweer had de lucht geklaard en het werd een heldere, warme dag, die nog steeds geurde naar de hevige regen van de vorige nacht. Direct na het ontbijt vulden Fabian en Tanya zes vuilnis-zakken met haar, die ze weer onder het bed verstopten. Tanya vroeg zich bezorgd af hoe ze zich ongemerkt van de zakken konden ont-doen. Haar eerste ingeving was geweest om het haar in de haard op haar kamer te verbranden, maar Fabian had voorgesteld om de zak-ken in een van de catacomben te gooien waar niemand ze ooit zou vinden. Beide opties leverden echter problemen op. Verbranden was tijdrovend en riskant. Florence en Warwick zouden ongetwij-feld achterdochtig worden als er hartje zomer rook uit een van de schoorstenen kwam. En het bos in gaan was op zich al lastig genoeg, laat staan met zes zware zakken haar. Uiteindelijk besloot ze dat ver-branden de beste optie was – en dat ook nu weer de nacht de beno-digde bescherming zou bieden.

Aan het begin van de middag was Tanya eindelijk alleen. Na uit-voerig te hebben verteld over de vloeken die Malle Morag over de Tikkerseinders had uitgesproken sloot Fabian zich in zijn kamer op en klonk er schallende muziek aan de andere kant van de deur. Toen Fabian weg was, pakte Tanya een vel papier en maakte een gedetail-leerde plattegrond van het huis. Eronder krabbelde ze een korte boodschap: *Mijn kamer, ergens na middernacht. Ik heb je spullen en ik wil dat je jouw deel van de overeenkomst nakomt.*

Ze vouwde het papier twee keer dubbel en stopte het in haar zak. Ze zou het door de geheime deur achter de boekenkast smokkelen, samen met iets te eten en te drinken voor Red, voordat ze naar Tik-kerseind ging om de spullen op de lijst te kopen.

Tanya verwijderde de losse plank onder het kleed en haalde de lijst tevoorschijn die Red haar had gegeven. Ze las hem door en maakte een berekening van hoeveel het zou gaan kosten. Van een aantal spullen had ze alleen geen idee hoe duur ze waren.

Haar blik dwaalde naar een klein houten doosje op de kaptafel, waar het geld in zat dat de man in de bus die het kompas had willen kopen had laten vallen. Ze had het direct bij thuiskomst in het doosje gestopt en daar had het sindsdien gelegen, onaangeraakt.

Pas na drie pogingen lukte het Tanya om het deksel van het houten doosje af te krijgen om het geld eruit te halen. In het doosje lag echter geen knisperend bankbiljet met de afbeelding van de koningin, maar een bruin blad dat stijf was opgevouwen, net als geld dat een tijd in iemands zak had gezeten. Verder was het doosje leeg.

16

et rook bedwelmend naar shampoo toen Red met een handdoek om haar hoofd de badkamer uit kwam. Met haar schoongeboende gezicht en glinsterende groene ogen was ze niet meer te herkennen als het groezelige schepsel dar Tanya nog maar een paar nachten geleden had ontmoet. In de warme, zwak verlichte kamer zag ze er bijna gezond en beschaafd uit, en meer als een meisje van Tanya's leeftijd.

'Hoe is het met de baby?' vroeg ze, terwijl ze angstvallig naar het kind keek, dat vredig op Tanya's bed lag te slapen. 'Hij is niet wakker geworden, toch?'

Tanya wierp een blik op het wisselkind en zag zijn kleine borstkas met elke ademhaling op en neer gaan. Zijn wangen hadden een klein beetje kleur, wat pas zichtbaar werd toen de twee meisjes hem voorzichtig snel in bad hadden gedaan en het vuil van dagen hadden afgespoeld. Hij had zich zonder tegenstribbelen laten wassen en hen ondertussen met zijn grote zwarte ogen ernstig aangestaard. Daarna was hij gretig aangevallen op de warme melk die Tanya stiekem in een thermosfles mee naar boven had genomen, en vrijwel meteen weggedommeld in een diepe, uitgeputte slaap.

'Hij slaapt,' zei ze.

Red ging op het bed zitten en trok Tanya's ochtendjas strakker om zich heen. 'Ik was bijna vergeten hoe een warme douche voelde.'

Tanya overhandigde haar een volle boodschappentas. Ze had het grootste deel van de middag besteed aan boodschappen doen in Tikkerseind met het geld dat ze in haar regenjas had gevonden. 'Hier zijn de dingen die je wilde hebben… de meeste, tenminste. Ik had niet genoeg geld voor alles op de lijst.'

Red rommelde met haar lange, smalle vingers door de inhoud van de tas.

'Dat is niet erg. Het belangrijkste heb je, zie ik.'

Ze haalde twee voorwerpen uit de tas: een goedkope tandenborstel en een pakje haarverf. Ze las snel de gebruiksaanwijzing door en keek toen naar de kleur die Tanya had uitgekozen. Het was een muisachtige, saaie kleur, ergens tussen donkerblond en lichtbruin in.

'Nietszeggend, doorsnee en onopvallend. Perfect.'

Ze scheurde het pakje open, haalde de inhoud eruit en trok de plastic handschoenen aan. Vervolgens deed ze de kleurstof bij het oplosmiddel en schudde het flesje totdat de vloeistoffen zich hadden vermengd en een grijzige kleur hadden gekregen.

'Ik zie dat je aan een heel stel kranten hebt kunnen komen,' zei ze, terwijl ze naar het stapeltje op de kaptafel keek. 'Hoe ver gaan ze terug?'

Tanya nam ze in haar armen en legde ze naast Red neer.

'Tot aan de dag dat je hem hebt weggenomen. Mijn grootmoeder bewaart ze om het vuur mee aan te steken en ik heb er nog een paar in Tikkerseind gekocht. Een krant van hier en een paar landelijke.'

'Staat er iets in?'

Tanya sloeg haar ogen neer en knikte.

'Overal waar iets staat heb ik de pagina's omgevouwen. Er zijn in totaal zes artikelen, allemaal in de landelijke kranten… behalve dit.' Ze haalde een drie dagen oude *Tikkerseind Gazet* met een grote vetvlek uit de stapel. 'Het is niet best.' Ze bladerde door de krant en overhandigde hem toen aan Red, die stopte met het schudden van het plastic flesje en begon te lezen. Haar lippen bewogen geluidloos terwijl ze de woorden las. Het was een kort artikel, maar veruit het scherpste dat Tanya was tegengekomen. In het artikel werd Red een meedogenloze, gevoelloze kidnapper genoemd, en er stond ook een gedetailleerde beschrijving van haar in, die afkomstig was van een ooggetuige, de zesenzestigjarige Rosa Zever, de eigenaresse van Tikkerseinds populairste theesalon en de grootste roddeltante van het stadje.

Toen Red het artikel uit had knikte ze bedachtzaam.

'Ze weten dus dat ik in de buurt ben, hoe ik eruitzie, wat ik draag. Die ouwe kenau. Het leek me al zo'n bemoeiziek type dat over alles en iedereen vragen stelt. Roddelt met iedereen die een voet over de drempel zet. Het is maar goed dat ik er ben weggegaan.'

Ze stond op van het bed en trok de handdoek van haar hoofd. Tanya volgde haar naar de badkamer en bleef in de deuropening staan. Red boog zich over de wastafel en smeerde de verf in haar haar. Terwijl ze toekeek vertelde Tanya wat er die ochtend was gebeurd. Ondertussen hield ze gespannen de slaapkamerdeur in de gaten. Ze was zich terdege bewust van het enorme risico dat ze liep door Red in haar kamer te hebben en van de gevolgen als iemand erachter kwam.

'En hoe zijn de elfen aan je haar gekomen?' vroeg Red.

'Hoe bedoel je?'

Red ging rechtop staan, drapeerde het haar boven op haar hoofd en trok de handschoenen uit. 'Om je haar op die manier te betoveren – op die schaal – moeten ze er iets van hebben gehad.' Ze wierp Tanya een wantrouwende blik toe. 'Als je je haar borstelt, wat doe je dan met de haren die in je borstel of je kam blijven zitten?'

Tanya keek schaapachtig de andere kant uit. Ze wilde niet toegeven dat het laten zitten van de haren een van haar slechte gewoonten was.

'Laat zien,' beval Red. Ze nam Tanya bij haar elleboog en duwde haar terug de slaapkamer in, waar Tanya beschaamd naar haar borstel op de kaptafel wees.

Red staarde haar vol ongeloof aan.

'Weerzinwekkend. Alsof je ze een schriftelijke uitnodiging hebt gestuurd!' Ze griste de borstel van de kaptafel en trok de plukken haar eruit. 'Je moet je haar niet laten slingeren, dan kunnen zij het inpikken. Hier moet je iets aan doen, onmiddellijk.'

'Oké,' zei Tanya van haar stuk gebracht. 'Ik… ik zal het weggooien.'

Red schudde haar hoofd. 'Fout. Je gooit het niet weg. Je verníétigt het. Je verbrandt het. En dat geldt voor alles wat ze kunnen gebruiken om je in hun macht te krijgen.'

'Zoals?'

'Bloed. Speeksel. Vinger- en teennagels. Tanden. Al die verhalen over hekserij, over mensen die in de macht zijn van een heks die een haarlok of een tand van hen bezit – het is allemaal gebaseerd op waarheid. Je moet niets aan het toeval overlaten.' Ze haalde een doosje lucifers uit haar zak, stak er een aan en legde hem voorzichtig op het lege haardrooster. Met een snel handgebaar gooide ze een pluk haar uit Tanya's borstel naar de vlam. Het haar werd onmiddellijk met een hongerig gesis opgeslokt, waarna Red de lucifer liet opbranden.

'Ik geloof dat mijn moeder een paar melktanden van me heeft bewaard,' zei Tanya langzaam. 'Maar een tand kun je niet verbranden, toch?'

'Alles wat je niet kunt verbranden begraaf je,' zei Red. 'In een zakje zout of in gewijde grond. Als je je snijdt, verbrand je alles waarmee je het bloed hebt opgenomen, samen met de pleisters of het verband. Lik je enveloppen niet dicht; gebruik water. Knip je nagels meteen het vuur in. Doe al het mogelijke om jezelf te beschermen.' Ze zweeg. 'Wat heb je gedaan met het haar dat jullie hebben afgeknipt?'

Tanya wees naar het bed. 'Het ligt daaronder, in vuilniszakken. De beste manier om ervanaf te raken was verbranden, dacht ik – ik wachtte nog op een moment dat niemand het merkt.'

Red knielde neer en trok de zakken onder het bed vandaan. 'Het is geen kwestie van de beste manier,' zei ze grimmig. 'Het is de enige manier.' Met haar mes sneed ze een van de zakken open en haalde er een handvol haar uit, dat ze samen met de lucifers aan Tanya overhandigde. 'Verbranden. Nu.'

Tanya gooide het haar op het rooster en stak het aan. Het knetterde en siste, en was binnen enkele seconden door de vlam verteerd. Ze haalde nog een handvol haar uit de zak en herhaalde de procedure, waarna ze ongelukkig naar Red keek, die de zesde en laatste zak onder het bed vandaan trok. Moedeloos hief Tanya haar armen. 'Dit gaat uren duren.'

'Dan zou ik maar voortmaken.'

Tanya legde weer een berg haar op het rooster. 'Hoe… hoe weet jij al die dingen, Red? Hoe komt het dat jij zo veel weet en ik zo weinig?'

Red haalde haar schouders op. 'Het meeste heb ik van anderen geleerd, anderen zoals jij en ik. De rest door schade en schande; uit ervaring.'

'Ik wil dat je mij leert wat je weet,' zei Tanya. Ze gebaarde naar de tas met boodschappen. 'Ik heb me aan mijn deel van de overeenkomst gehouden. Nu is het jouw beurt. Ik wil informatie. Ik wil weten wat jij weet.'

'Ik heb niet genoeg tijd om je alles te vertellen,' zei Red, 'maar iets kan ik je wel leren. Het goede nieuws is dat je veel van de belangrijkste dingen al weet. Je weet wat wisselkinderen zijn en dat er een verband bestaat met helderziendheid. Je weet iets van glamor. En je weet hoe je jezelf moet beschermen. Maar om echt te begrijpen hoe de elfen zich tot ons verhouden moeten we teruggaan naar het begin. Dus zal ik dat nu doen.

Het elfenrijk wordt geregeerd door twee tegengestelde hoven: het Zalige Hof en het Onzalige Hof, waarbij "zalig" zoveel betekent als "gezegend" en "onzalig" "verdoemd". Het Zalige Hof staat bekend als het meest welwillend, of hulpvaardig, tegenover hun eigen soort en tegenover mensen, het Onzalige Hof daarentegen als boosaardig en wreed. De hoven hebben een grondige hekel aan elkaar, maar zijn gedwongen elkaar te tolereren.'

'Maar hoe kan het rijk nou door twee vijandige hoven worden geregeerd?' vroeg Tanya. Ze zweeg even toen ze haar vingers aan een lucifer brandde. 'Dat gaat toch niet?'

'Ze regeren om beurten,' antwoordde Red. 'Ze moeten zich houden aan een oude overeenkomst waarin dat is vastgelegd. Die overeenkomst heeft te maken met een legende die maar weinigen kennen, namelijk dat de twee hoven oorspronkelijk één groot hof waren dat bestond uit de dertien meest wijze en machtige elfen van het rijk. Bij de totstandkoming van het hof brachten de leiders ieder een speciaal geschenk mee dat over grote macht beschikte en dat aan de mensheid gegeven zou worden. Het was aan het hof om te bepalen of de mensheid het waard was en wanneer en aan wie het geschonken zou worden. Deze geschenken stonden bekend als de Dertien Schatten.'

Tanya fronste. De woorden klonken bekend. Toen herinnerde ze zich het boek uit de bibliotheek. Daarin waren de Dertien Schatten genoemd, maar de kobolden hadden de tekst verhaspeld voordat ze hem goed had kunnen lezen.

'Het waren een ring die zijn drager onzichtbaar maakt,' vervolgde Red. 'Glamor, een masker van illusies om een toeschouwer zolang als nodig te misleiden. Het licht, een magische kandelaar waarvan het licht nooit afneemt. Dan het zwaard, dat slechts overwinning kent en geen nederlaag. Het boek der kennis, dat antwoord geeft op elke vraag die de lezer beantwoord zou willen hebben. Een sleutel die elke deur opent, ook die naar andere werelden. Er was een drinkbeker, waarvan werd gezegd dat hij het eeuwige leven gaf aan degene die eruit dronk. Een bord dat vol bleef, zodat de eigenaar nooit honger hoefde te lijden. De staf, een stut van kracht; de dolk, waar bloed vanaf droop dat elke wond heelde. Er was een bekken van voorspelling, een hart van moed. En ten slotte de ketel, die de doden weer tot leven kon wekken.

De maker kon de macht van een geschenk naar eigen inzicht weggeven, mits de rest van het hof het ermee eens was dat de ontvanger het verdiende. Er was één schat die van het begin af aan veel opwinding veroorzaakte, maar minstens zo veel ongemak: de ketel. Zes leden van het hof vonden dat de dood moest worden gerespecteerd, dat er niet mee gespeeld mocht worden; zij wezen op de chaos die er zou ontstaan als hij ongedaan gemaakt kon worden. De overige zeven leden, onder wie de maker van de ketel, vonden dat als een leven voortijdig werd beëindigd – bijvoorbeeld het leven van een kind – de ketel kon worden gebruikt om de overledene nog een kans te geven, en om het leed van de rouwdragers te verzachten.'

Red zweeg en keek op haar horloge.

'Over tien minuten moet ik de verf uitspoelen. Help me onthouden.'

'Ja,' zei Tanya ongeduldig, omdat ze de rest van het verhaal wilde horen. 'Ga door.'

'De weg was bereid voor een tweedeling van het hof,' vervolgde Red. 'En die kwam er toen de maker van de ketel dodelijk werd verwond door een pijl die was afgeschoten door een mens. Het hof viel in twee partijen uiteen. Zes leden eisten dat de dood ongedaan zou worden gemaakt en verklaarden de mensheid de oorlog. De andere zes weigerden ermee akkoord te gaan. Zonder een unaniem besluit van het hof kon de ketel, net als de twaalf andere schatten, niet worden gebruikt.

Geen van beide zijden wilde een duimbreed wijken, overtuigd als ze waren van hun standpunt. Naarmate de kloof groeide, nam de kans op verzoening af. Er vonden verbitterde onderhandelingen plaats. Uiteindelijk kwamen ze tot een compromis. Er zouden twee hoven komen, die elk de helft van het jaar naar eigen inzicht, zonder tussenkomst van de andere zijde, konden regeren. De Dertien Schatten zouden in de grote hofzaal blijven, voor altijd onbenut, want de onderlinge haat was zo groot dat geen van beide hoven zich ertoe kon zetten met het andere te overleggen om tot een unaniem besluit te komen.

En dus regeerde zes maanden per jaar het ene hof het rijk en zijn onderdanen – het hof dat zich tegen de wederopstanding van de doden had uitgesproken – en heerste er orde, vrede en welbehagen. Het elfenvolk noemde hen het Zalige Hof, want onder hun bewind was de aarde zo vruchtbaar en rijk als nu.'

'Nu?' onderbrak Tanya haar. 'Je bedoelt…'

'De seizoenen lente en zomer.'

'En het Onzalige Hof regeert dan in de herfst en de winter?'

Red knikte. 'De aarde verwelkt en sterft. Met als gevolg chaos. Er worden banketten gehouden waarbij gevangenen worden gemaakt, die vervolgens worden gemarteld en gepijnigd ter vermaak van het hof. In de meeste gevallen zijn deze gevangenen mensen die verdwaald zijn of het rijk in zijn gelokt. De meesten keren nooit meer terug. En degenen die terugkeren zijn zelden nog bij hun volle verstand.'

Tanya huiverde.

'Veel elfen ontvluchten het rijk wanneer het de tijd is van het Onzalige Hof,' ging Red verder. 'Ze vrezen voor hun veiligheid en die van hun kroost. Het Onzalige Hof vindt de handel in wisselkinderen vermakelijk. Het is zeer gebruikelijk om de kinderen van hun vijanden – aanhangers van het Zalige Hof en mensen – te verwisselen. Ze genieten van alles wat chaos en ontreddering veroorzaakt.

De meeste elfen keren terug wanneer het weer veilig is. Sommige keren nooit meer terug; zij blijven liever helemaal weg uit het rijk.'

'Waar gaan ze heen?' vroeg Tanya.

'Hierheen. Naar onze wereld. Waar ze kunnen leven zoals ze zelf willen, naar hun eigen wetten.'

'Dus… de elfen die we hier zien zijn de elfen die hun eigen rijk hebben verlaten?'

'Ja. Of ze zijn verbannen door de hoven.'

'Verbannen?'

'Vanwege vergrijpen,' zei Red. 'Dat zijn de elfen waarvoor je moet uitkijken. Die zijn meestal het gevaarlijkst van allemaal. Gelukkig pik je ze er ook zo tussenuit. Een veelgebruikte straf wanneer ze worden verbannen is een vloek waardoor ze uitsluitend op rijm kunnen spreken – en kunnen worden aangesproken. Het weerhoudt ze ervan om contact te zoeken met mensen en andere elfen. Het alternatief is dat hun tong wordt uitgerukt.'

Tanya dacht aan de kobolden en trok een gezicht. Nu begreep ze waarom ze zo vreemd praatten.

Red keek weer op haar horloge, stond op en rekte zich uit. 'Tijd.'

Tanya knikte zwijgend terwijl Red zich in de badkamer opsloot. Ze hoorde gedempt ruisen van water toen Red haar haar uitspoelde. Het geluid hield een paar minuten aan en maakte toen plaats voor het scherpe klikken van een schaar. Het enige andere geluid dat ze hoorde was de ademhaling van het slapende wisselkind.

Zoals Red had voorspeld begon de glamor te vervagen. Een van zijn oren was langer en puntig geworden. Sinds de vorige keer was zijn haar alarmerend gegroeid en zijn huid had een vale, groenige kleur gekregen. Hij was ook verzwakt. Ze wist dat hij medicijnen nodig had, maar dat waren medicijnen van zijn eigen volk en niet van mensen.

Tanya stond op en liep naar hem toe om zijn wang te aaien. Hij rook naar babyshampoo en melk. Zijn huid was zacht en koel. Instinctief bewoog het kind even en drukte in zijn slaap zijn neus tegen haar hand. Onverwacht voelde ze de tranen achter haar ogen prikken. Wat er van hem zou worden hing helemaal van Red af – en van haar. Zelf had hij er geen idee, geen besef van dat hij een pion was in de wrede oorlog die binnen zijn eigen soort woedde.

'Ik zal goed voor hem zorgen,' zei Red zacht achter haar.

Tanya droogde haar ogen.

'Ik hoorde je niet uit de badkamer komen,' mompelde ze. Ze keek op – en schrok. Want Red zag er niet meer uit als Red.

Tanya liet haar blik dwalen over de sjofele mannenbroek en het overhemd. Ze had ze die middag goedkoop gekocht in de kringloopwinkel. Ze pasten het jongensachtige lichaam van Red precies, net als de versleten bruine laarzen aan haar grote voeten. Haar lange haar was een heel stuk korter en had de kleur van stro.

'Hoe zie ik eruit?' vroeg Red.

'Als… een jongen.'

Red knikte. 'Mooi.' Ze zag dat Tanya nog steeds naar haar hoofd staarde. 'Het groeit wel weer aan,' zei ze nonchalant. 'Ze zoeken naar een roodharig meisje met een jongensbaby. Dus moet ik het tegenovergestelde zijn.' Ze gooide een handvol van haar eigen lokken op het rooster en verbrandde ze. Daarna rommelde ze in de boodschappentas en haalde een stapeltje roze babykleertjes tevoorschijn. 'En hij ook.'

Samen begonnen ze het wisselkind aan te kleden, zo voorzichtig en langzaam mogelijk om hem niet te wekken. De onderste helft ging zonder problemen, maar toen ze zijn armpjes door de mouwen wilden trekken slaakte het kind een boze kreet van protest. Tanya kromp gealarmeerd in elkaar en trok snel het armpje dat ze vasthield door de mouw. Red frunnikte aan de knopen van het roze vestje. De ogen van het kind schoten open en even leek het alsof hij het op een brullen zou zetten, maar toen dommelde hij zonder verdere ophef weer in.

'Hoe lang denk je hiermee door te gaan, Red?' fluisterde Tanya.

'We zijn binnen een uur hier weg. Dan hoef je ons niet meer te beschermen.'

'Ik bedoelde niet alleen dit kind. Ik bedoelde ze allemaal. Waarom doe je dit? Waarom heb jij het op je genomen om ze te redden? Heb je geen ouders, geen broers en zussen waar je naartoe moet?'

'Nee,' antwoordde Red. 'Niet meer.'

'Hoezo?'

'Mijn ouders zijn anderhalf jaar geleden bij een auto-ongeluk omgekomen. De reddingswerkers konden mijn broertje en mij uit het wrak bevrijden… Ik had een gebroken arm, maar James kwam er zonder kleerscheuren af.'

'Wat een geluk,' merkte Tanya op.

Red schudde haar hoofd. 'Het had niets met geluk te maken. Een elf had hem voor ernstiger letsel behoed.'

'Een elf?'

'Het was een grappig klein ding en ze zag er echt raar uit – bijna als een soort knaagdier. Ze liep voortdurend achter me aan… ik wist nooit waarom. En het vreemde was dat ze me nooit lastigviel, niet zoals de andere elfen. Het was bijna alsof ze… op me paste. Toen het ongeluk gebeurde was mijn enige gedachte dat ik James moest beschermen en dat leek ze te begrijpen. Op het moment van de botsing zwol ze als het ware op en ving de klap op.'

'Waar is ze nu?' vroeg Tanya.

'Ze heeft het ongeluk niet overleefd,' antwoordde Red verdrietig. 'Ze heeft haar leven opgeofferd om mijn broertje te redden. Daarna werden we in het kindertehuis van Tikkerseind geplaatst. Toen we er ongeveer een maand zaten kreeg ik door wat daar gebeurde. Er werden kinderen weggenomen – de jongsten: baby's en peuters – en er werden wisselkinderen voor in de plaats gelegd. Ik probeerde het ze te vertellen, maar ze wilden niet luisteren. Toen werden de elfen brutaler. Ze stalen een paar kinderen zonder de moeite te nemen er een wisselkind voor terug te leggen. Zoals je begrijpt ontstond er enorme opschudding en er werd een diepgaand onderzoek ingesteld. Er werden onmiddellijk maatregelen genomen om het tehuis te sluiten en alle kinderen over te brengen naar andere tehuizen. Maar in de laatste nacht werd er nog één kind gestolen. James.'

'Wat deed je?' vroeg Tanya.

'Wat kon ik doen? Niemand wilde naar me luisteren. Ik werd overgebracht naar Londen. Zodra mijn arm uit het gips was liep ik weg. Het was niet moeilijk om te verdwijnen. Ze deden niet erg hun best om me te vinden. En dit is wat ik sindsdien heb gedaan. In de hoop dat ik op een goede dag mijn broertje terugkrijg.'

Tanya schudde haar hoofd. 'Ik snap het niet. Waarom zou je hiermee je broertje terugkrijgen?'

'Omdat het een ruil is. Ik geef het wisselkind niet zomaar aan de elfen. Ze moeten me er iets voor teruggeven.'

'Je bedoelt een gestolen mensenkind?'

'Precies.'

'Maar als de elfen het wisselkind niet terug willen?' vroeg Tanya. 'Als ze het hebben omgewisseld omdat het niet gewenst was, dan zullen de elfen het mensenkind toch niet willen teruggeven?'

Red knikte. 'Ze zijn alleen bereid de wisselkinderen terug te geven die uit kattenkwaad of boosaardigheid zijn omgewisseld. Als het om een andere reden was wordt het lastiger.'

'Wat betekent dat?' vroeg Tanya.

'Het betekent dat het niet altijd even makkelijk is om ze terug te brengen... maar niet onmogelijk. Er zijn altijd nog andere manieren.'

Tanya zweeg. Plotseling begreep ze het. 'Je hoopt dat je ooit je broertje op het spoor komt, hè? Dat je een van de wisselkinderen voor hem kunt ruilen.'

Reds ogen werden glazig, alsof ze wegzonk in een dagdroom.

'Wist ik maar hoe ik erin kon komen...' zei ze zacht.

'Waarin?' vroeg Tanya.

'Het elfenrijk,' zei Red met nog dezelfde dromerige uitdrukking op haar gezicht. 'Ik weet zeker... ik weet zeker dat ik hem zou vinden.'

'Wacht eens... zeg je nou dat je het elfenrijk in wílt, ook al weet je wat daar gebeurt?' vroeg Tanya ongelovig. 'En stel dat je hem vindt, dan kom je er waarschijnlijk nooit meer uit!'

Red zei niets, maar het verdriet in haar ogen sprak boekdelen.

Het kon haar niet schelen, besefte Tanya. Het enige wat haar iets kon schelen was dat ze haar broertje vond.

'Heb je geprobeerd erin te komen?'

'Ja. Maar het is ingewikkeld. Hoe harder je ernaar op zoek bent, hoe ongrijpbaarder het wordt, lijkt het wel. Om er binnen te komen moeten de omstandigheden juist zijn.'

'Wat bedoel je?'

'Als je er niet in wordt gelokt, kom je er alleen op uitnodiging in. Of door te onderhandelen. Of een raadsel op te lossen. Het is nooit eenvoudig. Ze weten dat ik hem zoek. Dat is al reden genoeg om me er niet in te laten. James moet onderhand drie zijn.'

Er was een zekere stugheid in Reds stem gekropen. Tanya begreep dat ze niet verder moest aandringen. Iets wat ze beiden beseften bleef onuitgesproken: de kans dat Red haar broertje zou vinden was heel klein.

'Wat ga je na vannacht doen?' vroeg Tanya. 'Waar ga je heen?'

Red begon haar spullen systematisch in te pakken.

'Morgenavond komt er in een dorp een paar kilometer hiervandaan een reizend circus. Een van mijn contactpersonen reist met hen mee: een helderziende die de ruil organiseert. Vorig jaar heb ik de circusmensen met veel moeite weten over te halen om me te laten meereizen. Wanneer ik het kind heb geruild zullen zij me een slaapplek en te eten geven, in ruil voor werkzaamheden, zoals het verzorgen van de dieren. Ze stellen geen vragen, en ik ook niet. Precies wat ik nodig heb.'

'Nodig waarvoor?' vroeg Tanya.

Red propte de laatste spullen in haar tas.

'Om te verdwijnen,' zei ze zacht.

17

De twee daaropvolgende dagen regende het. De derde dag nam de regen af tot een grauwe miezer, die rond het middaguur onwillig ophield, en aan het eind van de middag brak er een waterig zonnetje tussen de wolken door. Tanya stond bij het keukenraam en staarde naar de gezwollen, zompige velden die zich onder de loodkleurige hemel naar het bos uitstrekten. In gedachten zag ze Red en het wisselkind hongerig, verkleumd en doorweekt ergens weggekropen. Red had beloofd iets van zich te laten horen zodra ze veilig ondergedoken was bij het circusvolk. Na haar vertrek had Tanya de post dagelijks nauwlettend in de gaten gehouden. Tot nog toe had er niets bij gezeten.

Ze ging aan de tafel zitten en ging voor de zoveelste keer de radiostations langs totdat ze een nieuwsbulletin had gevonden. Onder de tafel draaide Oberon brommend rondjes en installeerde zich toen met een plof op haar voeten. Ze luisterde gespannen, maar nergens werd iets gezegd wat te maken had met Red en het wisselkind. Ook in de kranten had niets meer gestaan. Ze durfde zich enigszins te ontspannen. Het spoor leek koud te zijn geworden.

Fabian kwam luid gapend de keuken in. Sinds Red was verdwenen had Tanya hem nauwelijks gezien. Warwick was vrijwel de hele tijd aanwezig geweest, waardoor ze niet echt met elkaar hadden kunnen praten, op de paar gestolen momenten na waarin ze Fabian had kunnen vertellen dat ze het haar had weten te vernietigen.

Hij ging zitten en schonk zichzelf een kop thee in. 'De thee is koud,' zei hij verrast.

'Zet dan nieuwe,' zei Tanya, terwijl ze zich verstrooid afvroeg waar de huiself was. Het kwam niet vaak voor dat de thee koud werd.

'Ik weet niet hoe dat moet,' bekende hij. 'Ik heb nog nooit theegezet.'

'Om te beginnen vul je de waterkoker met water en druk je op het knopje,' zei Tanya sarcastisch. 'En de rest kun je vast zelf wel bedenken. Je hebt tenslotte boeken over Einsteins relativiteitstheorie op je kamer staan.'

Fabian haalde zijn schouders op. 'Ik wacht wel tot Florence terug is.'

'Dan moet je lang wachten,' zei Tanya. 'Ze ligt met hoofdpijn op bed. Ze heeft Warwick naar Tikkerseind gestuurd om boodschappen te doen.'

'Ah, mooi,' zei Fabian, terwijl hij in zijn handen wreef. 'Wat de boodschappen betreft, bedoel ik. Niet de hoofdpijn. Warwick haalt altijd lekkerdere spullen dan Florence.'

'Is dat zo?' vroeg Tanya, die niet graag toegaf dat Warwick ook goede kanten had. 'Ik vind van niet.'

'Nou, de laatste keer heeft hij blijkbaar lekkerdere thee gekocht,' zei Fabian. 'Meestal smaakt de thee hier naar gekookte sokken. Volgens mij koopt Florence van die goedkope zakjes, omdat ze denkt dat toch niemand het merkt.'

Tanya sloeg haar ogen ten hemel, maar zei niets. Ze stond op, haalde het deksel van het theeblik en ging voorzichtig met haar vinger door de inhoud. Wat Fabian had beschreven had niets met de thee te maken – dat wist ze zeker. Het had te maken met de oude nachtelf die daar woonde. Haar vingers raakten de bodem van het blik, maar ze voelde geen tanden die haar beten en geen rietje dat op haar knokkels sloeg. Er zaten alleen maar theezakjes in. De nachtelf was verdwenen. Fronsend deed ze het deksel er weer op. Ze wist niet meer wanneer ze hem voor het laatst had gezien. Misschien was hij verhuisd... of zelfs gestorven.

'Is het wat?' vroeg Fabian. 'Die theezakjes?'

Tanya ging weer aan tafel zitten. 'Ik zie geen verschil.'

Fabian pakte het blik beet, haalde het deksel eraf en snoof diep. 'Je kunt het ruiken.' Hij hield de thee onder haar neus. 'Toe dan, ruik dan.'

Tanya snoof een paar keer zonder veel enthousiasme. 'Als jij het zegt.'

Fabian liep naar het raam en tuurde naar het Beulswoud. 'Warwick gaat morgen jagen,' zei hij zacht. 'Hij is waarschijnlijk pas overmorgenmiddag terug.'

Tanya staarde naar de tafel. Ze wist al welke kant dit gesprek op zou gaan en het was een kant die ze wilde vermijden.

'Ik had gedacht dat het een goede gelegenheid was om het bos weer in te gaan, zoals we van plan waren.' Hij schraapte demonstratief zijn keel. 'Tenzij je je hebt bedacht.'

'Dat heb ik niet gezegd.'

'Dat hoeft ook niet. Het straalt van je gezicht af.'

'Ik heb me niet bedacht. Alleen... ik vraag me gewoon af wat we ermee bereiken. Amos is oud. Wat hij ook heeft gedaan of niet gedaan, hij heeft er vast voor geboet. Misschien moet je het gewoon vergeten.'

'Hoe kan ik het nou vergeten? Ik denk nergens anders meer aan! Je weet net zo goed als ik dat er iets vreemds aan de hand is – en ik wil weten wat het is. Jij ook, dacht ik.'

'Dat was… ik bedoel, dat ís ook zo.'

Fabian was al naar de deur gelopen. 'Niet te geloven. Niet te geloven dat je terugkrabbelt.'

'Dat doe ik niet!' hield Tanya vol.

'Ik dacht dat we vrienden waren,' zei hij.

'Dat zíjn we ook,' zei Tanya. 'En daarom moeten we er nog eens goed over nadenken. De vorige keer zijn we bijna betrapt. En je vader heeft zo al de pest aan me.'

'Nou, maak je maar geen zorgen,' zei Fabian koel. 'Ik ga wel alleen. Zonder jou maak ik trouwens toch minder kans om gepakt te worden, want je bent gewoon een… een stom… *meisje.*'

Tanya zweeg verbijsterd. Verlamd bleef ze staan luisteren naar het wegstervende geluid van zijn voetstappen. Toen het leeg en stil was geworden in de gang ging ze ook naar haar kamer. Ze liep terneergeslagen langs de staande klok en het trage, gestage tikken deed haar beseffen dat de klok leeg was, net als het theeblik.

Ze liep de trap verder op en ging verontrust haar kamer in. De afwezigheid van de elfen baarde haar zorgen; er was iets vreemds aan de hand. Pas toen ze op haar bed neerzakte zag ze de envelop op haar kussen. Er stond niets op, zelfs geen naam. Met bonzend hart griste Tanya hem naar zich toe. Hij was vast van Red. Haastig verbrak ze het lakzegel en haalde het dubbelgevouwen papier eruit.

Het was een gedicht, geschreven met zwarte inkt in een keurig handschrift. Even kwam het bij Tanya op dat het gedicht een slimme code was – een manier van Red om haar sporen te verhullen – maar ze zette de gedachte direct weer van zich af. Red was recht voor zijn raap en in haar woorden klonk altijd een zekere urgentie door. Ze was gewoon niet het type om gedichten te schrijven.

Tanya begon te lezen.

*Waar de geheimen ritselen tussen de takken, in dit bos is waar
     het begint,*
*Op een warme nacht voor midzomerdag het verhaal van het ver-
     miste kind.*
*Haar ogen de kleur van middernacht, haar huid zo bleek als de
     maan,*
*Haar haar zo zwart als het ravenkleed, Morwenna Bloem was
     haar naam.*

Ze kende het gevaar maar toch betrad ze het bos alleen,
*En zo brak aan die donkere nacht waarin zij voor altijd ver-
     dween.*
*Het bos, dat zweeg en gaf niets prijs, want al wat men vond al-
     daar,*
*Was een enkele streng, een zwarte lok, van Morwenna's lange
     haar.*

*Op de dag dat ze in het bos verdween was Morwenna veertien
     jaar,*
De weken werden maanden en de mensen vergaten haar.
*Volgens sommigen was ze beland waar al menigeen zijn einde
     vond,*
En was ze gestorven in het duistere doolhof onder de grond.

Anderen zeiden: ze was weggelopen op zoek naar een beter lot,
Of in een vlaag van razernij vermoord door een verliefde zot.
Naarmate de waarheid verwerd tot legende bleef er niet veel
meer bestaan,
Van de herinnering aan de predikersdochter die zo plotseling
heen was gegaan.

Slechts weinigen die het nu nog weten, maar zij met het heldere
oog,
Vermijden het pad waarlangs die warme nacht het verdoemde
meisje toog.
Waar het vingerhoedskruid onder de bomen wuift en men don-
kere schaduwen ziet,
Daar – wordt gezegd – dwaalt Morwenna nog steeds, dansend op
't elfenlied.

Het gedicht was niet ondertekend. Tanya voelde intuïtief aan dat er waarheid in school en de afschuwelijke ontdekking deed haar duizelen. Haastig stopte ze het papier terug in de envelop en verborg hem in de rode sjaal onder de losse plank.

Morwenna was meegenomen door de elfen.

Vijftig jaar lang had ze gevangengezeten in hun rijk, niet in staat te ontsnappen of iemand te vertellen wat er werkelijk met haar was gebeurd.

Dát probeerde ze ons te vertellen, dacht Tanya hulpeloos. *En als Warwick ons die dag niet in het bos had gevonden, was het haar gelukt.*

Een halve eeuw lang was Amos verdacht van een misdaad die hij niet had begaan, wat hem tot waanzin had gedreven.

Amos was onschuldig.

Er waren nu twee vragen waar Tanya een antwoord op moest zien te vinden. Ten eerste: wie had die envelop in haar kamer neergelegd? En ten tweede: wie kon ze in vertrouwen nemen? Gefrustreerd pakte ze de sprei beet en wrong hem in haar handen. Was Red maar hier. Had ze haar maar over Morwenna Bloem verteld. Red zou wel raad hebben geweten. Maar gedane zaken namen geen keer.

Toen ze de vloerplank wilde terugleggen viel haar oog op het glinsterende kompas. En op dat moment kreeg ze een idee.

Het bos was stil, op het fluisteren van de wind in de bomen en het murmelen van de beek na. Tanya stond aan de rand van het bos met het kompas in haar hand, de ijzeren spijker in haar zak en al haar kleren binnenstebuiten. Deze keer nam ze geen risico. Oberon stond naast haar en keek haar vragend aan, alsof hij niet begreep waar ze nog op wachtten.

Trillerig ademde ze uit. Nog geen uur geleden was ze ervan overtuigd geweest dat ze nooit meer een voet in dit bos zou zetten, maar het gedicht had alles veranderd. Ze wist waarom het bij haar was neergelegd: zij was de enige die Morwenna nu kon helpen. Ze raapte haar moed bij elkaar, sprong de beek over en liep het bos in, ook al had ze geen flauw idee waar ze naartoe moest. De enige reden waarom ze kalm bleef was de wetenschap dat het kompas haar weer veilig naar huis zou leiden.

'Ik ga niet verdwalen,' zei ze tegen zichzelf. Ze was zich ervan bewust hoe klein haar stem klonk. 'Ik ga níét verdwalen.'

Ze liep dieper het bos in. De takjes en het mos knisperden en ritselden zacht onder haar voeten en één keer moest ze een stap opzij doen om niet op een halfvergane muis te gaan staan. Af en toe hield ze stil en keek ze om zich heen, zonder het onheilspellende gevoel van zich af te kunnen schudden dat ze werd gevolgd. De tweede keer riep ze zelfs Fabians naam, in de veronderstelling dat hij haar weer bespiedde, maar er kwam geen antwoord. Met gespitste oren liep ze door, maar ze hoorde niets. Juist toen ze zich een beetje ontspande kwam de eerste catacombe in zicht.

Tanya tuurde naar het gat in de reling en herinnerde zich hoe radeloos ze zich had gevoeld de dag dat Oberon was verdwenen. Ze wendde haar blik af en liep er snel voorbij.

Weldra kwamen ze bij een kleine open plek met in het midden een grote boomstronk. Oberon ging snuffelend door het lange gras en nieste telkens wanneer hij op een pluisbol van een paardenbloem stuitte. Ze besloot even te gaan zitten om zich te oriënteren en een slok te nemen van het water dat ze had meegenomen. Toen ze op het kompas keek schrok ze, omdat het huis in een heel andere richting lag dan ze had gedacht.

Na een tijdje stond ze op. Als ze terug wilde zijn voordat iemand haar miste had ze niet veel tijd meer, maar ze had geen idee welke kant ze op moest. Het was hopeloos en ze wist het.

'Kom mee, ouwe jongen,' zei ze tegen Oberon. 'We kunnen maar beter teruggaan.'

Ze had nauwelijks een stap gezet of ze bespeurde een kleine beweging boven haar in de bomen. Een glimp van een hand.

'Morwenna,' riep ze. 'Morwenna Bloem… ben jij dat?'

Een groezelig, verweerd gezicht staarde haar vanachter de stam aan. Op het gezicht lag een uitdrukking van diepe angst. Jankend kroop Oberon achter Tanya weg. Behoedzaam deed ze een stap naar voren.

'Brunswick?'

De kobold kwam met opengesperde ogen voorzichtig uit zijn schuilplaats omlaag gekropen. Hij had een vinger tegen zijn lippen gedrukt om te laten weten dat ze stil moest zijn.

'Niet goed, niet goed!' fluisterde hij, terwijl hij verwoed zijn hoofd schudde.

'Wat niet?'

Brunswick dribbelde naar haar toe, nam haar hand in de zijne en trok haar met zich mee tussen de bomen door, terwijl hij steeds zenuwachtig over zijn schouder keek.

'Moet hier niet zijn. Had hier niet moeten komen!'

'Waarom niet?' vroeg Tanya. 'Brunswick, je maakt me bang. Leg uit wat je bedoelt!'

Maar de kobold wilde niets zeggen. In een razend tempo trok hij haar steeds verder het bos in. De bomen stonden hier een stuk dichter op elkaar en hun eeuwenoude stammen waren knoestig. Het voelde verkeerd om hier te zijn; alsof ze indringers waren op een plek die de tijd ongemoeid had gelaten. Steeds verder trok Brunswick haar met zich mee, steeds dieper het bos in. Plotseling ving Tanya tussen het groen een glimp op van iets geels. De kobold bleef staan en liet eindelijk haar hand los.

Een prachtige, oude woonwagen ging vrijwel volledig schuil achter het gebladerte. Brunswick had haar regelrecht naar de zigeunervrouw gebracht.

'Hoe wist je dat?' fluisterde ze.

'Bij haar ben je veilig,' zei hij. 'Maar ik kan je niet meer helpen.'

Tanya staarde hem aan en er daagden haar een aantal dingen tegelijk. Ze zocht Brunswicks gezicht af naar antwoorden, maar er kwamen alleen maar meer vragen op.

'Waar zijn de twee andere kobolden? En waarom… waarom spreek je niet in rijmvorm?'

Brunswick schudde verdrietig zijn hoofd en liep langzaam weg, terwijl hij gebaarde dat ze naar de woonwagen moest gaan. Met opgeheven hand om aan te kloppen bleef ze bij de deur staan. Ze aarzelde en keek achterom naar Brunswick. Hij was verdwenen.

Voordat ze nog langer kon aarzelen ging de deur open.

'Kom binnen,' zei de oude zigeunervrouw. Haar priemende ogen namen Tanya scherp op. 'Ik verwachtte je al.'

18

In de woonwagen rook het naar brandende kaarsen en kruiden. Bij het raam stond een gemakkelijke stoel en naast een tafel stond een keukenkastje met allemaal vreemd uitziende flessen van hel gekleurd glas met een label aan de kurk. Een dik velours gordijn ontnam Tanya het zicht op het achterste gedeelte van de woonwagen, waar, zo vermoedde ze, de oude vrouw sliep. Op de grond, tegen een ouderwetse bezem aan, lag een muisgrijze kat. Hij keek haar wantrouwend aan.

Veruit het vreemdste voorwerp in de woonwagen was een dik puzzelboek, dat lag opengeslagen bij een half ingevulde kruiswoordpuzzel. Verward staarde Tanya ernaar. Zoiets volkomen normaals leek misplaatst in het huis van een zogenaamde heks.

'Wat had je dan verwacht?' vroeg de oude vrouw bits. Tanya schrok op. 'Padden en boeken met toverformules? Een verzameling puntmutsen? Salamanderogen en vleermuisvleugels?'

'Nee, ik dacht alleen maar…' Het lukte haar niet om haar zin af te maken en ze zweeg beschaamd.

'Ik hou toevallig van puzzelen,' zei Morag humeurig. 'Ik snap niet waarom iedereen dat zo raar vindt. En ter informatie: ik heb geen boeken met toverformules.' Ze hief een knokige vinger en tikte tegen de zijkant van haar hoofd. 'Die zitten allemaal hier.'

Morag gebaarde naar een stoel bij de tafel en zette vervolgens een bak water neer voor Oberon. Hij begon dankbaar te drinken.

De oude vrouw nam plaats en sloeg haar gerimpelde handen ineen.

'Ik had je eerder verwacht.'

Tanya haalde het kompas uit haar zak. Het duurde even voordat ze haar stem weer terug had.

'Ik... ik wil graag weten waarom u me dit hebt gegeven,' zei ze, terwijl ze met moeite de doordringende blik van de oude vrouw weerstond. 'En hoe u wist dat ik het nodig zou hebben.'

'Natuurlijk,' zei Morag onaangedaan. 'Ik neem aan dat je nu weet hoe het werkt?'

Tanya knikte.

'Ik heb je onlangs in een visioen gezien. Jou en je... vermogen.'

Tanya staarde haar aan en Morag glimlachte.

'Verrast dat je? Ik heb ook vermogens, ook al zijn het andere dan het jouwe. Sommige mensen noemen me een waarzegster. Andere een heks. De meeste kennen me als "Malle Morag".' Ze zweeg en wierp Tanya een dreigende blik toe. 'Ja, ik weet wat de mensen over me zeggen en iets ervan is waar. Ik heb een gave en soms kan ik die gebruiken om mensen te helpen – mensen zoals jij.'

'Mensen zoals ik?'

'Zij die denken dat ze zich tot niemand kunnen wenden. En zij die niet te bang zijn om mijn hulp te aanvaarden.'

'Wat hebt u nog meer gezien?' vroeg Tanya, toen haar angst langzaam plaatsmaakte voor nieuwsgierigheid.

De oude vrouw leek haar antwoord te overwegen. 'Ik zag dat een kind uit zijn wieg werd gestolen, lang geleden. En later zag ik een jongen van ongeveer jouw leeftijd… met een ander soort leed. Op de een of andere manier staat het in verbinding met jouw vermogen, het feit dat jij helderziend bent. Heb ik gelijk?'

Tanya knikte en dacht terug aan het gedicht waarin de ware toedracht van Morwenna's verdwijning werd onthuld. 'Nu wel.'

'Deze jongen heeft jouw hulp nodig,' vervolgde Morag. 'Maar er komt een moment waarop jij zijn hulp nog meer nodig hebt. Veel meer.'

Tanya fronste. Ze vond dat de oude vrouw in raadselen sprak.

Morag leek haar gedachten te raden.

'Ik weet dat je ontelbare vragen hebt, maar ik vrees dat ik er maar heel weinig kan beantwoorden. Ik heb het gevoel dat je iemand wilt redden… en er ook in zult slagen. Maar niet op de manier die je verwacht.'

Twee mensen, dacht Tanya grimmig. *Niet alleen Morwenna maar ook Amos moet gered worden.*

'Mag ik vragen wat je van plan bent?' vroeg de oude vrouw.

'Ik moet… iemand uit het elfenrijk halen,' antwoordde Tanya, 'maar ik weet niet hoe ik dat moet doen.'

'Ik zou het je willen ontraden,' zei de oude vrouw onmiddellijk. 'Het is geen eenvoudige opgave. Je zult jezelf – en de jongen – aan grote gevaren blootstellen. Je loopt zelfs het risico dat je het elfenrijk niet meer uit kunt.'

'Ik heb geen keus.'

Morag bestudeerde haar gezicht en Tanya meende angst te zien in de ogen van de oude vrouw.

'Ik dacht wel dat je dat zou zeggen.' Ze stond op van de tafel en hobbelde naar de keukenkast. 'Ik kan wel iets voor je betekenen.' Ze begon tussen de spullen in de kast te rommelen. Ze haalde verschillende potten en flessen tevoorschijn en mengde met een stenen stamper een aantal ingrediënten in een kleine kom.

Onwillekeurig dwaalde Tanya's blik weer naar het puzzelboek, dat juist door zijn alledaagsheid zo uit de toon viel.

'Vooroordeel,' mompelde ze zonder erbij na te denken.

'Wat zei je?' zei Morag.

'Negen verticaal, "Vooropgezette mening of ongegrond oordeel". De oplossing is "vooroordeel".'

Morag knikte naar het potlood op tafel. Tanya krabbelde haastig het woord in de hokjes. Daarna staarde ze naar het kompas in haar handen.

'Waar… waar hebt u het vandaan?'

Morag antwoordde zonder zich om te draaien. 'Ik heb het van mijn moeder gekregen. Dingen worden vaak op onverklaarbare wijze langs bloedlijnen doorgegeven. Vóór jou heeft het een aantal anderen geholpen in tijden van nood hun weg te vinden en na jou zal het weer anderen helpen, dus ik zou het op prijs stellen als je het teruggaf wanneer je het niet meer nodig denkt te hebben.'

'Hoe weet ik of ik het niet meer nodig heb?'

'Dat merk je vanzelf,' antwoordde Morag. 'Dan werkt het gewoon niet meer.' Ze deed de kast dicht, ging weer zitten en legde twee voorwerpen op tafel neer. Het ene was een minuscuul zilveren schaartje. Het andere was een flesje dat zo klein was dat het in haar handpalm paste. Morag tilde de kom met de vloeistof die ze had bereid op en goot de troebele, grijsgroene inhoud voorzichtig in het heldere glas.

'Je kent een aantal manieren om jezelf te beschermen. Die volstaan niet.' Ze nam het schaartje van tafel en overhandigde het haar. Tanya pakte het aan en zag dat er een klein, rood edelsteentje op het beschermhoesje zat.

'Dat is voor jou,' zei Morag. 'Het ziet er misschien heel gewoon uit, maar het gaat door vrijwel elk materiaal heen, behalve metaal, hout en steen.' Vervolgens pakte ze het flesje met de groenige vloeistof. 'Dit is voor de jongen. Het zal hem helpen de dingen te zien… zoals jij ze ziet.'

Met spijt gaf Tanya haar het schaartje terug.

'Ik kan deze dingen niet aannemen. Ik kan u er nooit voor betalen.'

Morags ogen vernauwden zich. 'Ik heb je niet gevraagd te betalen.'

Tanya voelde dat ze bloosde.

'Maar de volgende keer dat je op bezoek komt kun je misschien een puzzelboek voor me meenemen.'

Tanya knikte en beet op haar lip om niet te glimlachen.

'Als je iemand uit het elfenrijk wilt halen, moet je handelen op het moment dat de toegankelijkheid het grootst is,' vervolgde Morag bruusk. 'Wat je nodig hebt is een tussentijd.'

'Een tussentijd?'

'Een magische tijd die hier noch daar is; het een noch het ander.'

'Ik begrijp het niet.'

'De overgang tussen de seizoenen bijvoorbeeld. De eerste dag van mei, midzomer, Halloween en midwinter zijn allemaal zeer krachtige tijdstippen. Of het gebied tussen slapen en waken. Dat zijn tussentijden.'

'Maar midzomer is al voorbij,' zei Tanya, 'en het duurt nog maanden voordat het Halloween is!'

'Dat is zo,' beaamde de oude vrouw. 'Geen van die momenten is nabij. Maar er is een tussentijd die veel vaker voorkomt en minstens zo krachtig is.' Ze zweeg en keek Tanya verwachtingsvol aan. 'Hij staat ook wel bekend als "het heksenuur".'

'Middernacht,' fluisterde Tanya. 'Tussen dag en nacht.'

'Als je eenmaal toegang hebt verkregen tot degene die je uit het elfenrijk wilt halen moet je zijn naam noemen, want in veel gevallen weet diegene na verloop van tijd niet meer wie hij is. Daarna moet je hem een kledingstuk geven om aan te trekken; als je iets hebt wat hem toebehoorde voordat hij werd weggehaald, des te beter. Naai zakjes zout in de voering van het kledingstuk en van je eigen kleren. Als ze je iets proberen te geven, neem het dan niet aan. Dat geldt vooral voor eten en drinken, hoe verleidelijk het er ook uitziet. Elfenvoedsel kan je vleugellam maken. Ten slotte nog een heel belangrijke voorzorgsmaatregel: in het elfenrijk verloopt de tijd anders dan in onze wereld. De tijd kan er worden versneld of vertraagd en de gevolgen daarvan kunnen desastreus zijn. Om jezelf te beschermen moet je een lok van je eigen haar afknippen en die veilig opbergen, ergens waar niemand er iets mee kan uithalen. Op die manier verlies je in ieder geval geen levensjaren, mocht je iets ergs overkomen. Je behoudt de leeftijd die je nu hebt.'

'Maar stel dat ik het elfenrijk in word getrokken, weet te ontsnappen en vervolgens tot de ontdekking kom dat er in deze wereld jaren zijn verstreken? Dan ben ik nog jong, maar iedereen die ik ken zou oud zijn, of misschien zelfs al dood!'

'Dat is een mogelijkheid,' beaamde Morag. 'De andere mogelijkheid is nog veel erger. Zou je liever hebben dat jij oud was geworden en jaren van je leven was kwijtgeraakt, terwijl je dierbaren even oud waren gebleven? Dat de wereld dezelfde was gebleven terwijl in het elfenrijk de tijd was voortgesneld? Niemand zou je meer herkennen. Niemand zou je geloven. En je leven zou zijn eind naderen.'

Verward schudde Tanya haar hoofd.

'Nee... ik bedoel, ik weet het niet...'

'Denk goed na nu het nog kan,' zei Morag. 'Nu kun je nog van gedachten veranderen.'

Somber staarde Tanya naar het kompas en het kleine flesje dat Morag haar had gegeven. 'Waarom helpt u me?' vroeg ze aarzelend. De vraag had op haar lippen gebrand vanaf het moment dat ze de woonwagen in was gegaan.

'Omdat ik het kan,' antwoordde de zigeunervrouw. 'En omdat ik het wil. Onze verledens zijn door onze afkomst met elkaar verbonden. Samen kunnen we misschien iets van het kwaad uit het verleden goedmaken.' Haar ogen bleven rusten op de bedelarmband aan Tanya's pols. Ze vernauwden zich en toen gleed haar blik over de afzonderlijke bedeltjes, om uiteindelijk te blijven hangen bij de lege plek waar de ketel had gezeten. 'Dertien,' mompelde ze. 'Een ongeluksgetal… voor sommigen.' Ze keek Tanya aan met haar oude, wijze ogen. Tanya zocht op het rimpelige gezicht naar een teken dat ze misschien iets wist van de tragische eerste eigenaresse van de armband, maar niets wees erop dat de opmerking een verborgen betekenis had gehad.

Tanya voelde dat het tijd was om op te stappen. Morag schuifelde langs haar heen en opende de deur van de woonwagen. Tanya stapte de frisse lucht in en greep Oberons riem stevig vast. Een zachte bries streek langs haar lichaam en woelde door haar haar. Er scharrelde een egel over het pad van de zigeunervrouw, zich niet bewust van zijn publiek. Het bos lag er zo mooi en vredig bij dat het moeilijk te geloven was dat er zo'n groot gevaar school.

Ondanks de warmte van de dag huiverde Tanya.

'Ga, in veiligheid,' zei Morag en ze keek wantrouwig om zich heen. 'Blijf dicht bij de beek.'

'Dank u…' begon Tanya, maar de oude vrouw schudde het hoofd.

'Bedanken komt een andere keer wel. We zullen elkaar weerzien, hoop ik.'

Tanya haalde het kompas uit haar zak. Het moment was aange-broken dat het zijn nut kon bewijzen.

19

Later op de avond verliet Tanya misselijk van de zenuwen het huis en ging de tuin in om Fabian te zoeken. Ze stond onder de eik en tuurde tussen de takken door omhoog, maar Fabians slungelige gestalte was nergens te bekennen en er kwam ook geen antwoord toen ze zijn naam riep. Omdat ze wist dat hij niet ver weg kon zijn kuierde ze de tuin door en schopte tegen de bladeren op de grond. De poort stond open. De deur werd op zijn plek gehouden door een zware steen uit de rotstuin en in de verte zag Tanya een klein figuurtje aan de oever van de beek zitten. Het was Fabian.

Ze liep langzaam naar hem toe, in een poging het onvermijdelijke uit te stellen. Fabian zat in kleermakerszit bij de stroom en gooide stenen in het water. Hij keek niet op toen ze naderde en bewoog zelfs niet toen ze naast hem ging zitten. Ze begreep dat hij haar had zien aankomen. Ongemakkelijk trok ze aan een pluk gras. Fabian bleef strak en zwijgend zitten; hij weigerde als eerste iets te zeggen.

'Ik eh… het spijt me,' zei ze uiteindelijk. 'Ik wil nog steeds doorgaan met het plan. Als jij dat goedvindt, bedoel ik.'

Fabian gooide weer een steen de beek in.

'Het spijt mij ook. Dat ik je een stom meisje noemde. Ik vind je niet stom.'

'Wanneer gaan we weer het bos in?' vroeg Tanya.

'Ik weet het niet.' Hij gooide een rotsblok het water in, dat nog harder spetterde dan de vorige stenen. 'Waarom zouden we? Misschien moet je sommige dingen inderdaad met rust laten.'

'Om te bewijzen dat Amos onschuldig is,' zei Tanya. 'Daarom.'

Fabian frunnikte aan zijn schoenveters. 'En als hij nou wél schuldig is?' vroeg hij met verstikte stem.

'Dat is hij niet,' zei Tanya, die weer moed had gekregen. 'Luister, Fabian…'

Maar Fabian luisterde niet. 'Waarom ben je van gedachten veranderd? Je leek zo overtuigd.'

'Ik… ik wil gewoon helpen,' mompelde ze. Op het laatste moment liet haar moed haar weer in de steek. 'We zijn toch vrienden?'

Fabian schonk haar een wrange glimlach en ging met zijn hand door zijn dikke haar. 'Ja, ik denk het. Geloof jij echt dat hij onschuldig is?'

'Ik wéét het,' zei ze. 'Ik moet je iets laten zien.' Ze stak haar hand in haar zak, haalde het gedicht tevoorschijn en gaf het aarzelend aan hem.

Fabian vouwde het papier open. Terwijl Tanya toekeek zag ze de frons in zijn voorhoofd bij elke zin dieper worden. Hij leek een eeuwigheid nodig te hebben om het te lezen. Hij was lijkbleek geworden en zijn ogen waren groot. Toen hij eindelijk sprak beefde zijn stem.

'Is dit een grap of zo?' Fabian keek haar met vlammende ogen aan. 'Ben je hier sorry komen zeggen om vervolgens de draak met me te steken? Waar heb je dit vandaan?'

'Het lag op mijn kussen,' zei Tanya. 'Het is geen grap. Je moet me geloven.'

'Jou geloven?' sneerde Fabian. Hij sprong woedend overeind, verfrommelde het gedicht tot een prop en smeet die uit alle macht op de grond.

Tanya raapte de prop op en kwam haastig overeind.

'Fabian, alsjeblieft! Luister naar me…'

Maar Fabian was te kwaad om te luisteren. Met een van woede vertrokken gezicht wendde hij zich tot haar, en ze zag dat hij zijn vuisten langs zijn zij had gebald.

'Ik weet niet hoe je het hebt klaargespeeld, maar ik kan je verzekeren dat ik dit niet grappig vind.'

Hij zette koers naar het huis.

'Hoe ik wát heb klaargespeeld?' Ze rende achter hem aan. 'Fabian! Wacht! Waar heb je het over?'

'Mijn boek!' schreeuwde Fabian, terwijl hij met het gehavende bruinleren boek zwaaide. 'Je hebt erin gekeken! Je hebt het gelezen! Nu kun je me lekker gaan zitten uitlachen!'

Tanya bleef staan. 'Fabian, ik heb geen idee waar je het over hebt.'

Boos liep hij door.

'Ik heb je boek nooit ingekeken! Ik zweer het!'

Fabian draaide zich om en Tanya rende naar hem toe.

'Wie heeft dat gedicht geschreven?' vroeg hij bars.

'Ik weet het niet,' antwoordde Tanya. 'Het lag op mijn kussen, dat zei ik toch?'

'Dit is niet grappig. Heb jij het geschreven?'

'Natuurlijk niet!'

'Wie dan wel?'

'Ik wéét het niet,' herhaalde Tanya. Ze wierp een blik op het boek. 'Wat staat erin?'

'Dat weet je al.'

'Ik weet niet wat er in dat stomme boek staat! Ik heb geen flauw benul! Het enige wat ik weet is dat het blijkbaar heel belangrijk voor je is en ik zou er nooit stiekem in kijken.' Ze staarde hem gekwetst aan. 'Dat weet je. Tenminste, ik dacht dat je dat wist.'

Fabian reageerde niet.

'Wat heeft het ook voor zin,' mompelde Tanya en ze liep ruw langs hem heen. 'Ik had kunnen weten dat je niet in elfen gelooft.'

'Nee,' beet Fabian haar toe. 'Ik geloof niet in elfen, zoals geen enkel weldenkend mens op deze planeet. Elfen zijn iets voor kinderen, voor baby's. Wat jij hebt gezien, wat jij hebt gelezen, was niet meer dan een hersenspinsel in een dagboek. Geschreven toen ik in de war was.'

Tanya legde haar hand op haar hart.

'Ik zweer – op mijn leven – dat ik niet in je dagboek heb gelezen!'

'Ik geloof je niet!'

'Nee,' schreeuwde Tanya, die nu ook kwaad werd. 'Je gelooft mij niet, je gelooft niet in elfen, maar je gelooft blijkbaar wel in geesten, te oordelen naar wat je tegen me zei toen we Morwenna Bloem in het bos waren tegengekomen. En je gelooft ook in heksen. Je gelooft toch dat die oude zigeunervrouw in het bos mensen kan vervloeken en beheksen?'

Fabian staarde haar met open mond aan. Hij wist geen woord uit te brengen.

'Vreemd dat je zo makkelijk in de ene soort magie gelooft, maar niet in de andere,' vervolgde Tanya. 'En het is nog vreemder dat je mij weigert te geloven. Ik lieg niet tegen je, Fabian. Waarom vind je het zo moeilijk om me te geloven? Is mijn vriendschap je zo weinig waard?'

'Het is geen kwestie van vriendschap,' antwoordde Fabian uiteindelijk. De woede was uit zijn stem verdwenen. 'Het is een kwestie van wat écht is.'

'Was het haar dat je met Warwicks mes hebt moeten afsnijden niet echt genoeg?'

'Dat was het werk van de zigeunervrouw, dat heb je zelf gezegd…'

'Nee, dat heb ik niet gezegd. Jíj was degene die opperde dat het haar werk was. Ik heb je in de waan gelaten omdat dat makkelijker was. De zigeunervrouw wil ons juist helpen.' Tanya haalde het kleine flesje dat Morag haar had gegeven uit haar zak. 'Dit is voor jou. Dan kun jij ze ook zien.'

Fabian lachte snuivend.

'Heeft zíj je dat gegeven? En jij denkt dat ik dat ga opdrinken?' vroeg hij vol ongeloof.

'Waarom niet? Dan heb je je bewijs.'

'Bewijs waarvan? Dat die gekke ouwe toverkol verstand heeft van planten en kruiden?' sneerde Fabian. 'Ooit gehoord van hallucinogenen? Als ik dat opdrink ga ik van alles zien: elfen, draken, zeemeerminnen – de hele mikmak!'

'Waarom ben je er zo van overtuigd dat zij ons iets wil aandoen?' vroeg Tanya.

'Waarom ben jij er zo van overtuigd dat zij ons wil helpen?' kaatste Fabian terug.

'Omdat ze dat al heeft gedaan. Ze heeft me het kompas gegeven, weet je nog? Waarom zou ze de moeite nemen om te doen alsóf ze ons wil helpen? Als ze ons werkelijk iets wilde aandoen had ze dat allang gedaan.'

'Als je er zo zeker van bent, neem dan een slok,' zei Fabian – maar de klank in zijn stem verraadde hem. Hij aarzelde.

'Wat?'

Fabian knikte naar het flesje in Tanya's hand, maar het gebaar was schokkerig en gespannen in plaats van uitdagend.

'Neem een slok. Dan zien we meteen of het werkt.' Zijn stem beefde.

'Je begrijpt het niet,' zei Tanya langzaam. 'Het is niet voor mij bedoeld… het is voor jou. Ze heeft het niet aan mij gegeven omdat ik het niet nodig heb. Fabian, heb je dan niet door wat ik je de hele tijd probeer te vertellen? Waarom er altijd van die vreemde dingen gebeuren als ik er ben? Dat ik ervan overtuigd ben dat elfen bestaan komt niet door het gedicht. Ook niet door Malle Morag. Ik zie ze. Ik zie ze al zolang ik het me kan herinneren. Nu kun jij me uitlachen, of me voor leugenaar uitmaken, maar luister ten minste eerst naar wat ik te zeggen heb, want anders sterft Amos als de man die Morwenna Bloem heeft vermoord en ermee is weggekomen. Kijk dan naar wat er staat: "door een verliefde zot". Snap je het niet? Dat gaat over Amos. Hij hield van haar! Hij is onschuldig!'

Fabian liep niet weg. Hij begon niet te schreeuwen, te lachen of haar te bespotten. Op zijn gezicht wisselden verwarring en angst, hoop en wanhoop elkaar razendsnel af. Uiteindelijk, toen hij zijn mond opendeed om iets te zeggen, richtte hij zijn helderblauwe ogen op die van Tanya.

'Ik zal naar je luisteren. En zorg jij maar dat ik geen spijt krijg.'

20

abian staarde naar het kleine flesje. Hij liet het langzaam in zijn vingers ronddraaien, waardoor de troebele vloeistof heen en weer golfde. Tanya zat naast hem; ze keek naar het borrelende water van de beek en ademde de frisse geur ervan in. Ze had hem alles verteld – alleen Red en het wisselkind had ze verzwegen – en hij had zonder haar te onderbreken geluisterd. Uiteindelijk leek hij haar te geloven.

'De dag nadat mijn moeder overleed,' zei hij na een tijdje, 'zat ik ook hier. Warwick had me hierheen gebracht, omdat het een van de lievelingsplekjes van mijn moeder was. Hij hoefde het niet uit te leggen; ik was oud genoeg om te beseffen dat ze nooit meer terug zou komen.

We gooiden witte rozen en een bosje rozemarijn in het water: de rozemarijn als aandenken en de rozen omdat het haar lievelings-bloemen waren. Net toen ik de laatste bloem in het water had ge-gooid zag ik iets op de onderste tak van die boom zitten.' Hij zweeg en wees met een trillende vinger naar een boom op de andere oever. 'Het was een wezentje in een groene jurk met een hoed van geweven gras. Ze… ze keek me recht aan, nam toen haar hoed af en gooide die bij de rozen in het water. Ik knipperde met mijn ogen en toen was ze verdwenen. Als die hoed er niet was geweest, die daar op het water dreef, had ik het afgedaan als verbeelding. Ik keek hem na totdat hij onder water verdween.'

'Heb je het aan iemand verteld?'

Fabian schudde zijn hoofd. 'Nee. Maar ik ben het nooit vergeten. Een paar maanden geleden heb ik erover geschreven, hierin.' Hij klopte op zijn bruinleren boek. 'Het was de enige keer dat ik zoiets zag. Ik heb altijd gedacht dat het door de schok kwam van het verlies van mijn moeder.'

'Misschien was dat ook zo,' zei Tanya. 'Misschien heeft het verdriet een soort venster in je geopend. Of misschien kwam ze je troosten. Als zij het willen kunnen we ze zien, geloof ik. Ze zijn niet allemaal boosaardig.'

Fabian ging met zijn duim over het kleine flesje, haalde toen het dopje eraf en rook aan de inhoud. 'Het ruikt nog viezer dan het eruitziet,' zei hij en hij stak Tanya het flesje toe. 'Wat niet best is, aangezien het eruitziet als gepureerde kikkers.'

'Het stinkt,' beaamde ze. 'Ik zou het niet willen drinken.'

'Ik ook niet,' zei Fabian. 'Gelukkig hoef ik het ook niet te drinken.' Hij hield het dopje omhoog. Aan de onderkant zat een smal staafje, dat Tanya door de ondoorzichtigheid van de vloeistof niet had gezien. Fabian liet het staafje in de vloeistof zakken en trok het er langzaam weer uit. Aan het eind glinsterde een dikke druppel.

'Oogdruppels,' zei Fabian. Hij boog zijn hoofd achterover en hield het staafje boven zijn oog. 'Laten we eens kijken of het werkt.'

Tanya legde een hand op zijn arm. 'Verspil het niet.'

'Ik verspil het niet. Ik test het uit.'

'We weten al dat het werkt,' zei Tanya. 'Het kompas werkt tenslotte ook.'

'Dat maakt me niet uit,' zei Fabian koppig. 'Ik wil het nu uitproberen.'

'Probeer het later,' zei Tanya. 'Vannacht, wanneer iedereen in bed ligt. Dan merkt niemand het als er iets gebeurt.'

Fabian aarzelde en deed toen het dopje er weer op.

'En die koboldtand? Mag ik die dan tenminste zien?'

Tanya knikte. 'Die heb ik op mijn kamer verstopt. Ik kan hem je laten zien.'

'We gaan,' zei Fabian, terwijl hij overeind sprong. 'O, wacht, Warwick hangt vast hier ergens rond – we moeten apart gaan. Jij gaat eerst en ik kom over een paar minuten. Dan heeft hij niet door dat we samen waren.'

'Goed idee,' zei Tanya. 'Kom maar naar mijn kamer als de kust veilig is.'

Toen Tanya het huis bereikte zat Warwick de krant te lezen. Hij keek nauwelijks op toen ze de keuken in kwam.

'Heb je Fabian gezien?'

'Nee,' mompelde ze, 'sorry.'

Warwick gromde laatdunkend, nam de sportpagina's uit de krant en gooide de rest op tafel. Tanya wilde langs hem heen lopen, maar bleef stokstijf staan toen ze de kop op de voorpagina zag. Eronder stond een grofkorrelige foto van het gezicht van iemand die ze kende: Red.

NIEUWE AANWIJZINGEN VERMIST KIND

Tanya griste de krant van tafel, zonder op Warwicks verbaasde blik te letten.

De moeder van een pasgeboren baby die zeven dagen geleden in Essex van de kraamafdeling werd ontvreemd heeft zich gistermiddag eindelijk gemeld. De vrouw, die om juridische redenen niet bij naam kan worden genoemd, had het jongetje enkele uren na de bevalling afgestaan. Tot nog toe zijn haar beweegredenen onbekend.

Hoofdverdachte van de ontvoering is een meisje dat zich rond het tijdstip waarop het kind verdween verdacht gedroeg. Deze morgen heeft de recherche bekendgemaakt dat het vermoedelijk gaat om de veertienjarige Rowan Fox (zie foto), die als vermist staat geregistreerd sinds ze ongeveer anderhalf jaar geleden uit een tehuis wegliep. Vanwege haar leeftijd kan niet nader worden ingegaan op haar achtergrond; feit is echter dat Fox bekend is met paranoia en waanvoorstellingen en vermoedelijk geestelijk labiel is. Onderzoekers weigerden commentaar te geven op de vraag of Fox in verband kan worden gebracht met een ander kind dat uit het tehuis is verdwenen.

De politie wil het meisje ook graag spreken inzake nog twee ontvoeringen, die beide plaatsvonden in het afgelopen jaar en griezelige overeenkomst vertoonden met de laatste. Vorig jaar augustus verdween de eenjarige Sebastiaan Connor uit zijn tuin in Kent toen zijn pleegvader zich even omdraaide. Tien dagen later werd hij na een anoniem telefoontje ongedeerd teruggevonden in een leegstaande loods. Twee maanden later verdween de peuter Lauren Marsh uit een snoepwinkel in Suffolk waar ze met haar oudere zus was. Sindsdien ontbreekt elk spoor van haar. De politie vraagt iedereen die iets weet zich te melden.

Onder het artikel stond een telefoonnummer. Tanya slikte moeizaam en legde de krant weer op tafel. Drie woorden stonden op haar netvlies gebrand: paranoia... waanvoorstellingen... labiel. Haar maag kromp samen van angst en verwarring; ze wist niet meer wat ze moest geloven.

'Is er iets?' vroeg Warwick.

'Nee,' zei Tanya kortaf, geïrriteerd door zijn bemoeienis. Ze liep de keuken uit en ging de trap op. Toen ze bij haar kamer kwam zag ze dat de deur op een kier stond. Ze fronste verbaasd en duwde hem verder open. Het eerste wat ze zag was de chaos.

Al haar spullen waren uit de laden gehaald en woest door de kamer geslingerd. De kleerkast stond open en de inhoud – broeken, truien, schoenen en hangertjes – lag verspreid over de grond. Het bed was afgehaald en zelfs de slopen waren van de kussens gerukt.

Het tweede wat Tanya zag was de afvoerbewoner.

Hij had het kleed opgerold en de losse plank verwijderd, en stond nu in de ruimte waar de schoenendoos was verstopt, zodat alleen zijn hoofd nog zichtbaar was. Toen hij haar zag slaakte hij een verraste kreet en sprong weg. Behoedzaam liep Tanya naar het gat. De schoenendoos lag er onaangeroerd bij, nog steeds in de rode sjaal gewikkeld.

De afvoerbewoner stond met zijn rug plat tegen de muur en durfde zich niet te bewegen. Tanya knielde neer, pakte de schoenendoos en drukte hem tegen haar borst. Ze staarde naar het beteuterde gezicht van het schepsel.

'Je zocht iets. Wat?'

De ogen van de afvoerbewoner dwaalden slinks naar Tanya's pols, waar de bedeltjes aan haar armband bij elke beweging op en neer dansten en verleidelijk glinsterden. Zijn pupillen verwijdden zich en het was alsof hij in trance raakte toen hij eindelijk vond wat hij zocht. De afgrijselijke stank van de afvoer drong in Tanya's neusgaten. Ze deed een stap achteruit.

Een luide roffel op de deur deed hen beiden opschrikken en toen stormde Fabian de kamer in.

'Ik heb 'r gezien,' hijgde hij opgewonden. 'Die ene in de keuken… de huiself of hoe je ze ook noemt. Ze ging raar zitten doen met d'r ogen…' Hij onderbrak zichzelf toen hij de chaos zag. 'Wat is hier gebeurd? En wat is dát?'

Vol afschuw wees hij naar de elf, die nog steeds naar de armband staarde met een blik die grensde aan waanzin.

Tanya keek hem woedend aan. 'Dat is de afvoerbewoner! Niet te geloven! Kon je je weer niet beheersen?'

'Sorry,' zei Fabian, die er allesbehalve berouwvol uitzag. Hij zag er eerder uit alsof hij zojuist de Nobelprijs had gewonnen. 'Weerzinwekkend!' riep hij uit, met een gezicht waar zowel vervoering als ontzetting van afstraalde. Hij knielde neer en stak een hand uit naar de wantrouwig kijkende afvoerbewoner. Het schepsel schoot naar voren en hapte naar zijn vingers, maar miste hem op een haar na toen Fabian snel zijn hand terugtrok en overeind sprong.

'Dit is ongelooflijk! Verbijsterend! Dit gaat een revolutie teweegbrengen in de wetenschap!'

'Hou je mond, Fabian…' begon Tanya, maar de afvoerbewoner zag onmiddellijk zijn kans schoon toen haar aandacht even verslapte. Hij wierp zich met onvoorstelbare kracht op Tanya's pols en begon verwoed aan de armband te rukken.

'Wat doet-ie?' schreeuwde Fabian gealarmeerd.

'Haal hem van me af!' gilde Tanya, terwijl ze met haar vrije hand op het schepsel timmerde.

'Grijp hem bij zijn nek!'

Tanya probeerde de magere nek te pakken te krijgen, maar telkens wrong het schepsel zich los. Uiteindelijk had ze zijn hoofd beet, maar ze had nauwelijks houvast op de slijmerige kikkerhuid onder haar vingers. Toen ze hem van haar pols probeerde te trekken, gleed haar hand voor zijn gezicht. Ze voelde een scherpe pijn, alsof ze door twintig kleine spelden tegelijk werd geprikt. Het schepsel had zijn tanden in haar hand gezet. Ze voelde een straaltje bloed langs haar arm gaan en bij haar elleboog omlaag druppelen. Van schrik liet ze het hoofd van de afvoerbewoner los.

'Je bloedt!' zei Fabian geschokt.

'Hou hem uit de badkamer,' riep Tanya. 'Doe de stop in de wastafel en het bad. Hij mag niet ontsnappen!'

De afvoerbewoner gaf een laatste ruk en de armband brak bij de sluiting. Tevreden glibberde hij uit Tanya's greep en schoot er met zijn geliefde voorwerp in zijn vuist geklemd door de openstaande deur vandoor.

Tanya rende langs Fabian de gang op. 'Laat hem niet ontsnappen!'

De afvoerbewoner was halverwege de trap. Tanya zag onmiddellijk dat hij in de problemen kwam: de droge stoffige vloerbedekking verhinderde een snelle aftocht. Het schepsel was gewend om door natte buizen en water te glibberen. Het was niet gemaakt voor een leven op een droge ondergrond.

Tanya holde zo snel de trap af dat ze hoopte dat haar benen niet in de knoop zouden raken, maar ze haalde hem in.

Toen het schepsel bij de staande klok op de overloop was gekomen bleef het plotseling staan. Even dacht Tanya dat het zijn heil in de klok zou zoeken, maar toen zag ze waar het naar staarde.

Aan de zijkant van de klok was nog net de punt van een mottige oranje staart zichtbaar, die één keer geagiteerd op en neer bewoog.

Wat er vervolgens gebeurde zou Tanya zich nog jarenlang tot in de misselijkmakende details herinneren. Ze zou zich nog vaak afvragen of ze Spitfire had onderschat – dat hij toch een laatste goed gemikte mep in petto had gehad – of dat het een kwestie van geluk was geweest. Voor het verloop van de dingen maakte het niet uit. Het resultaat was hetzelfde.

De ogen van de afvoerbewoner sperden zich open toen Spitfire sprong. Hij probeerde niet te vluchten. Hij maakte geen aanstalten om zich te verdedigen. Misschien was hij voor beide te bang. Of misschien erkende hij zijn noodlot en accepteerde hij het.

Toen de klauw van de kat zijn prooi raakte bleef het schepsel stil, en ook toen de oude, afgebroken tanden zich voor de genadebeet in zijn luchtpijp zetten gaf hij geen kik. Spitfire leek door te hebben dat hij mazzelde en was zo slim om het lot niet te tarten door langer dan noodzakelijk met zijn prooi te spelen. Er klonk een scherp krakend geluid, waarna het lichaam van de afvoerbewoner schokte en toen slap werd.

Tanya slaakte een gesmoorde kreet. Het geluid liet haar schrikken en deed Spitfire er met zijn uitzonderlijke vangst vandoor gaan. Ze zag hem met grote sprongen de trap af de gang in verdwijnen, haastig op zoek naar een donker hoekje om zich er te goed aan te doen.

Ze voelde dat Fabian vlak achter haar stond en ze draaide zich om. Op zijn gezicht lag dezelfde uitdrukking als op het hare. Net als zij had hij geen woorden voor wat zich zojuist voor hun ogen had voltrokken. Zwijgend bukte hij zich om iets van de versleten vloerbedekking op te rapen. Hij gaf het aan Tanya.

Ze keek naar de zilveren armband in haar hand. Sommige bedeltjes zaten onder het bloed, maar ze kon niet zeggen of het haar bloed was of dat van de afvoerbewoner. Langzaam draaide ze zich om en ging met de glibberige armband tussen haar vingers de trap weer op. Toen er beneden in de gang een deur openging bleef ze voor haar kamer staan. Er floot iemand zacht.

'Zo te zien heeft Spitfire vandaag zijn eten verdiend,' zei Warwick. 'Kon je zien wat hij heeft gevangen?'

Tanya verstijfde.

'Ik denk dat het een muis was,' hoorde ze Fabian op vlakke toon zeggen.

'Wel een hoop bloed,' merkte Warwick op. 'Eerder een rat dan een muis. Ik wist niet dat-ie het nog in zich had. Ik haal een dweil.'

Tanya had genoeg gehoord. Terwijl ze tegen haar tranen vocht deed ze haar slaapkamerdeur op slot en sloot zichzelf op in de kleine badkamer. Ze hield de armband onder de warme kraan van de wastafel en keek met betraande ogen naar het water dat van rood in roze veranderde en uiteindelijk kleurloos in de afvoer verdween, waar de afvoerbewoner zijn hol had gehad. Er glinsterde iets in de diepte en ze herinnerde zich het keteltje dat ze was kwijtgeraakt. Ze voelde iets van spijt bij de gedachte dat het daar beneden lag, alleen; gescheiden van de rest van de bedeltjes. Ook al zou ze het kunnen opvissen en de armband weer compleet kunnen maken, ze wist dat ze hem nooit meer zou dragen. Toch hield ze hem nog steeds onder het stromende water in een poging de dood eraf te wassen. Zo bleef ze staan, totdat het water koud was geworden en haar vingers rood en gerimpeld waren, en ze geen tranen meer overhad.

21

anya lag te woelen en te draaien tussen de klamme lakens van haar bed. De vochtige nachtlucht maakte het slapen onmogelijk. Het slaapkamerraam stond op een kier, zodat de geur van zomerbloemen de kamer in dreef, wat ze meestal prettig vond. Vannacht leek de geur haar te verstikken. Ze moest voortdurend aan de dood van de afvoerbewoner denken.

Langzaam maar zeker koelde het af en uiteindelijk maakte de slaap zich van haar meester. Maar ze was nog maar net ingedommeld of een bekend geluid trok haar uit de doezelige diepte van de slaap omhoog: het onmiskenbare geruis van vleugels. Te laat werd ze zich bewust van het doffe trillen van haar oogleden. Als ze niet zo in gedachten verzonken was geweest, zou het haar al veel eerder opgevallen zijn.

Klauwen schraapten over de vensterbank. De gordijnen bewogen en gingen uiteen, waarna de bekende zwarte vogel langzaam op haar af zweefde, gevolgd door drie andere gedaanten. De vogel veranderde in de lucht van vorm en in een wolk van overweldigende bosgeur streek Raaf neer op Tanya's kussen. Ze pakte een lok van

Tanya's haar beet en gaf er pesterig een ruk aan, waarna ze zich bij haar makkers aan het voeteneind voegde.

Tanya keek in drie paar beschuldigende ogen en ze moest alle zeilen bijzetten om niet weg te kijken. Alleen de miezemuis leek zich normaal te gedragen – zo normaal als je van hem kon verwachten. Het maanlicht dat naar binnen viel verlichtte iets nats en glinsterends dat half uit zijn mond hing. Een slak, zag Tanya, die nog leefde. Het verdoemde beestje kronkelde zwakjes voordat de miezemuis de tweede helft naar binnen slokte en zijn lippen aflikte. Walgend wendde Tanya haar blik af en dwong zichzelf haar aandacht op de anderen te richten.

'Wat is er?' Het lukte haar niet de angst uit haar stem te houden.

'Ik denk dat je dat wel weet,' antwoordde Gredin. Hij pakte een kussen en smeet het de kamer door. Het kussen raakte de stoel bij de kaptafel, die kletterend omviel.

De herrie deed Tanya ineenkrimpen. Vederkap staarde haar met een ijzige blik aan.

'Door jouw bemoeizucht heeft een van ons vanavond de dood gevonden,' zei hij.

'Ik heb me nergens mee bemoeid. Hij stal iets van me en toen ging ik hem achterna.'

'Inderdaad, jij joeg hem achterna!' snauwde Vederkap, die zich in een flits vlak voor haar neus bevond; zo dichtbij dat Tanya de kruimels in zijn snor kon zien. 'De dood in!'

'Als hij van mijn spullen af was gebleven zou ik hem niet achterna zijn gegaan!' fluisterde Tanya.

Vederkap lachte spottend.

'Afvoerbewoners staan nu eenmaal niet bekend om hun eerlijkheid of intelligentie. Een dergelijk onbenullig schepsel kan de verlokking van de Dertien Schatten onmogelijk weerstaan. Jij had voorzichtiger moeten zijn.'

'De Dertien Schatten?' Tanya schudde verbijsterd haar hoofd. 'Dat snap ik niet.'

'Zwijg, Vederkap,' sprak Raaf waarschuwend.

Tanya keek haar verbaasd aan en richtte toen haar blik op Gredin. Bij alle twee lag dezelfde mengeling van woede en angst op hun gezicht.

Vederkap wendde zich tot de anderen. 'Ze zou er toch spoedig zelf achter zijn gekomen!' Hij draaide zich weer om naar Tanya. 'Je hebt hem getergd. Je hebt hem verleid.'

'Hoe dan?' riep Tanya uit. Ze vergat dat ze stil moest zijn.

'Door hem een van de bedeltjes te geven!'

'Ze was zich er niet van bewust,' zei Raaf.

'En dan hebben we nog dat meisje,' blafte Vederkap, die steeds woedender werd. 'Nee nee, je kleine onderonsjes met haar zijn niet onopgemerkt gebleven.'

Tanya balde haar vuisten onder het laken.

'Ik probeerde haar te helpen om dat kind terug te brengen. Dat élfenkind. Ik snap niet wat jullie daarop tegen kunnen hebben, tenzij jullie genieten van de chaos en de verwarring die er ontstaan wanneer de twee werelden zich vermengen. Misschien is dat precies wat jullie willen. Ik wéét van het bestaan van het Onzalige Hof. Red heeft me erover verteld.'

'Jij hebt geen idee wat wij willen,' zei Gredin. 'Of wie we zijn. Wat dat andere meisje betreft, zij mag je dan verteld hebben wat ze weet, maar ik verzeker je dat dat bij lange na niet genoeg is. In de verste verte niet.'

Ze werden onderbroken door de miezemuis, die een hikaanval kreeg. De moed zonk Tanya in de schoenen. De miezemuis had een teer gestel en had nooit goed tegen dit soort gespannen situaties gekund. Hij begon wild te kokhalzen. Zoals ze had gevreesd lag even later de halfverteerde slak op haar sprei. Na een laatste hik was de miezemuis hersteld en hij plukte een vlo van zijn buik.

Vederkap staarde met een onheilspellende uitdrukking op zijn gezicht naar de andere kant van de kamer, waar boven de haard een oud schilderij hing.

'Echo en Narcissus,' mompelde hij. 'Interessant.' Hij ontwaakte uit zijn overpeinzingen en richtte zijn aandacht weer op Tanya. 'Ken je het verhaal?'

Tanya knikte behoedzaam.

'Fris mijn geheugen eens op,' zei Vederkap op spottende toon.

'Echo was vervloekt door een tovenares,' zei Tanya. 'Ze kon alleen maar het laatste deel van andermans zinnen herhalen. Narcissus was een ijdele jongeman die verliefd werd op zijn eigen spiegelbeeld in een vijver en wegkwijnde. Echo smachtte naar hem totdat alleen haar stem nog van haar over was.'

'Stel je eens voor,' zei Vederkap, 'dat je alleen maar het laatste deel van andermans zinnen kunt herhalen.'

Tanya voelde haar maag ineenkrimpen. 'Dat is een dreigement.'

Vederkap glimlachte. Hij hief zijn hand en maakte een gebaar alsof hij klopte. Vanaf de kleerkast klonk het scherpe geluid van knokkels op hout – ook al had Vederkap de kast niet aangeraakt, hij was er zelfs niet bij in de buurt geweest.

'Klop klop,' zei hij zacht. 'Wie is daar?'

In de stilte die volgde werd ze een zacht geluid gewaar, dat in de verte op janken leek. Het kwam uit de kleerkast.

'Wat is dat?' vroeg Tanya, terwijl ze het laken om zich heen trok. 'Wat heb je gedaan?'

Het gejank hield aan en ging nu gepaard met een krabbend geluid, zacht maar indringend, dat steeds wanhopiger werd. De deur van de kleerkast begon te schudden en te rammelen alsof datgene wat zich erin bevond zich er jammerend tegenaan wierp. Het klonk als een demon.

Tanya sprong uit bed met het laken om zich heen gewikkeld. Ze was halverwege de kamer toen de kastdeur openvloog en een verwarde en doodsbenauwde Oberon keffend de kast uit sprong. In een flits drong het tot haar door: Oberon was slechts de aanzet. De problemen zouden pas echt beginnen op het moment dat hij het hele huis had gewekt.

'Hier, jongen,' zei ze en ze strekte haar handen wanhopig naar hem uit. 'Stil maar, het is allemaal goed.'

Het verwarde dier liet zich niet tot bedaren brengen. Hij rende als een gek door de kamer en botste tegen de tafel en de stoel in de hoek op. Een stapel boeken vloog de lucht in en kwam met een dreun op de grond neer. Een paar tellen later leek de hond weer bij zinnen te komen en ging blaffend en grommend de elfen achterna. Raaf en Gredin ontweken hem met gemak door veilig naar het plafond te zweven. De miezemuis slaakte een schrille kreet en ging achter hen aan.

Vederkap sprong op de vensterbank en ontkwam ternauwernood aan Oberons kaken. Hij wees met een dikke vinger naar Tanya. 'Dit is voor de afvoerbewoner.'

Er schoot een vonkenregen uit zijn vinger en de onderste helft van Tanya's gezicht bevroor. Ze ging met haar handen naar haar mond. Haar kaak hing slap omlaag en haar lippen voelden angstaanjagend gevoelloos.

Er klonken voetstappen op de gang.

'Wat is hier aan de hand?' riep haar grootmoeder.

'… *De hand…*' zei Tanya. Haar mond bewoog zich vanzelf.

De slaapkamerdeur vloog open en de kamer baadde plotseling in het licht. Tanya's ogen pasten zich langzaam aan het felle schijnsel aan. Florence stoof naar binnen, haar gezicht een grimmig wit masker, op de voet gevolgd door Warwick. Tanya zag dat zijn hand op het jachtmes aan zijn riem rustte – een observatie die ze op precies hetzelfde moment deed als haar grootmoeder. Florence en Warwick wisselden een blik en hij liet snel zijn hand zakken.

Florence keek met een vreemde uitdrukking op haar gezicht naar het plafond. Tanya's ogen schoten omhoog. Het was alsof haar grootmoeder de elfen recht in het gezicht keek, maar toen besefte ze dat de lamp heen en weer zwaaide. Een van hen, hoogstwaarschijnlijk de miezemuis, had ertegenaan gestoten.

Boven hun hoofd roerde Amos zich in zijn kamer. Ze hoorden een aantal luide obsceniteiten, gevolgd door een aanhoudend gedreun, alsof de deur keer op keer geopend en weer dichtgeslagen werd. Met een verbeten gezicht nam Florence de kamer in zich op: de omgevallen tafel en stoel, de boeken die over de vloer verspreid lagen en Oberon, die nog steeds uitzinnig blaffend tegen de vensterbank op sprong.

'Hou op met die teringherrie!' brulde Warwick tegen hem.

Oberon dook jankend achter Tanya weg.

'… *Die teringherrie…*' herhaalde ze, terwijl ze naar het raam keek. Vederkap wierp haar een laatste, vergenoegde grijns toe en toen waren de elfen verdwenen.

'Wat doet die hond hier?' vroeg Florence ijzig.

'… *Hond hier…*'

'Wat heb jij hier uitgespookt?'

'… *Hier uitgespookt…*'

'Denk je dat je grappig bent?' zei Warwick.

'… *Grappig bent…*'

Tanya sloeg haar handen voor haar mond.

'Warwick,' beet Florence hem toe. 'Neem de hond mee naar

beneden en sluit hem op in de keuken.'

'… *In de keuken…*' mompelde Tanya vanachter haar handen.

Warwick klemde zijn kaken op elkaar en liep de kamer uit, gevolgd door een gedweeë Oberon. Florence bleef stram staan, met een harde blik in haar loodgrijze ogen.

'Ik wil dit soort onzin niet meer hebben. Ik wil niet meer dat je 's nachts rondsluipt. Als ik Oberon nog één keer hier boven vind, stuur ik hem onmiddellijk terug naar huis. Heb je dat begrepen?'

Tanya knikte, maar de woorden rolden desondanks uit haar mond.

'… *Dat begrepen…*'

Ze weerstond de blik van haar grootmoeder niet langer en sloeg haar ogen neer.

'Hou op met alles wat ik zeg te herhalen!'

'… *Zeg te herhalen…*'

'Ik had deze brutaliteit niet van jou verwacht. Blijkbaar breng je te veel tijd met Fabian door,' zei Florence. 'Ik ben hier niet van gediend.'

'… *Niet van gediend…*'

'Je bed in – nú.' Haar grootmoeders mond was een dunne streep. 'Ik wil je niet meer horen.' Zonder nog een woord te zeggen ging ze de kamer uit en trok de deur hard achter zich dicht.

'… *Niet meer horen…*' fluisterde Tanya in de lege kamer. Ze staarde naar het schilderij boven de haard. Een hete traan van woede en frustratie biggelde langs haar wang omlaag. Het meisje op het schilderij leek haar uit te lachen.

Langzaam en geluidloos sloop ze naar de badkamer, waar de armband in een plasje koud water op de rand van de wastafel lag. Ze pakte hem op en huiverde toen een druppel water als een ijskoude traan naar haar elleboog sijpelde. In de duisternis ging ze met haar duim de bedeltjes langs. Sommige herkende ze niet, maar uit angst dat haar grootmoeder het zou merken durfde ze het licht niet aan te doen. De bedeltjes die ze wel herkende waren de dolk, de drinkbeker en de sleutel.

De Dertien Schatten.

Waarom had ze het niet eerder doorgehad?

Een erfstuk dat sinds Elizabeth Elvenhorst, de eerste vrouw des huizes, van generatie op generatie was doorgegeven. Een vrouw die in een gekkenhuis was gestorven en haar geheim in dagboeken in het huis had verstopt; een geheim dat de familie wanhopig verborgen wilde houden om hun goede naam niet te verliezen. Een geheim dat eenvoudig als gekte bestempeld kon worden.

Een geheim waarvan het Tanya langzaam maar zeker daagde wat het was.

Elizabeth Elvenhorst mocht dan wel gek hebben geleken, maar dat was ze niet geweest. Elizabeth Elvenhorst was een wisselkind geweest.

22

Woensdag was het fris en helder, met niet meer dan een hint van kou in de lucht. Zoals gewoonlijk was Tanya vroeg wakker geworden. Die ochtend was Amos' geschreeuw haar van nut geweest: toen ze op haar kamer ernaar had liggen luisteren had Tanya geen enkel woord herhaald en ze had geconcludeerd dat de betovering van de elf was opgeheven. Na de gebeurtenissen van de afgelopen nacht had ze geen trek gehad, maar ze had besloten toch te gaan ontbijten.

Florence had voor het eerst geen ontbijt gemaakt en ze was ook nergens te bekennen. Tanya stond bij de keukendeur mechanisch op een boterham te kauwen terwijl ze naar Oberon keek die in de tuin rondsnuffelde, toen Warwick de keuken in kwam. Nu ze niet langer alleen was, werd Tanya zich bewust van de herrie die haar kaken maakten. Ze stopte met kauwen en slikte de hap door, en moest bijna hoesten toen een grote brok in haar keel bleef steken.

'Ik wist niet dat er al iemand op was,' zei Warwick op zijn gebruikelijke norse manier. Hij drukte het knopje van de waterkoker in en deed een schep oploskoffie in een beker.

'Ik heb niet zo goed geslapen,' zei Tanya. Ze had de woorden nog niet uitgesproken of ze besefte hoe stom het klonk.

Warwick reageerde met zijn bekende grom en draaide haar zijn rug toe. 'Ik denk dat niemand goed heeft geslapen,' mompelde hij. Hij schonk kokend water in de beker en de keuken vulde zich met de scherpe geur van goedkope koffie. Zonder nog een woord te zeggen liep hij weg.

Een minuut later kwam Fabian de keuken in en ging aan de tafel zitten. Hij keek haar verwachtingsvol aan.

'Waar kijk je naar?' vroeg Tanya geïrriteerd door zijn gestaar.

'*Waar kijk je naar?*' bouwde Fabian haar onmiddellijk na.

Ze keek hem kwaad aan. 'Je hebt het dus gehoord.'

Fabian grinnikte. 'Natuurlijk. Warwick heeft het me verteld. Niet te geloven dat ik er dwars doorheen heb geslapen. Zo te horen was het dolle pret.'

'Ik was het niet, Fabian,' zei Tanya vermoeid. 'Zíj waren het. De elfen. Ze kwamen me straffen voor... voor wat er met de afvoerbewoner is gebeurd.'

Onmiddellijk verdween de grijns van Fabians gezicht. 'Bedoel je dat zij... dat hebben gedaan? Jou alles laten herhalen?'

Tanya knikte. 'En dat is nog niet alles. Ik ben erachter gekomen waarom de afvoerbewoner de armband zo graag wilde hebben. Het was niet alleen omdat hij zo glom. Het was omdat de bedeltjes symbool staan voor de Dertien Schatten.'

'Van het Zalige en het Onzalige Hof?' vroeg Fabian.

'Ja. Degene die de armband heeft laten maken wilde iets persoonlijks hebben, iets wat voor hem of haar betekenis had. Er zijn maar weinig mensen die de legende van de Dertien Schatten kennen, dus moet de oorspronkelijke eigenaresse een speciale verwantschap hebben gehad met de elfen.'

'Wat voor verwantschap?'

'Eentje waardoor bepaalde afstammelingen – onder wie ik – helderziend zijn.'

'Een wisselkind,' concludeerde Fabian. 'We moeten dus de oorspronkelijke eigenaresse opsporen en dan heb jij je antwoord.'

'Ik denk dat ik al weet wie de oorspronkelijke eigenaresse was. Ze draagt de armband op het portret in haar kamer. Het was Elizabeth Elvenhorst.' Tanya stond op en deed de keukendeur dicht, na een snelle blik in de gang te hebben geworpen om zich ervan te vergewissen dat ze alleen waren. Ze ging tegenover Fabian aan tafel zitten.

'Ik zal je helpen met je plan om Morwenna Bloem te redden zodat we Amos' naam kunnen zuiveren,' zei ze zacht. 'Maar daarna heb ik het gehad met elfen.'

'Wat bedoel je?' vroeg Fabian. 'Ik neem niet aan dat je ze dan opeens niet meer ziet?'

'Ik weet dat ik ze zal blijven zien,' zei Tanya. 'Dat heb ik niet in de hand. Wat ik wel in de hand heb is hoe ik op ze reageer. Alles wat ze ooit met me hebben uitgehaald was het gevolg van iets wat ik had gedaan. Ik wilde iemand over ze vertellen of iets doen wat consequenties voor ze had. Het enige wat ze van me willen is dat ik zwijg. Dus als ik ze hun zin geef laten ze me misschien met rust. En kan ik misschien een normaal leven gaan leiden.'

'Dat zijn nogal wat misschiens,' zei Fabian.

'Ik weet het,' zei Tanya. 'Maar ik zal het ermee moeten doen.'

Fabian stond op en deed de achterdeur open. Hij bleef in de deuropening staan en werd bijna ondersteboven gelopen door Oberon, die in zijn enthousiasme om de tuin in te komen langs hem heen stoof.

'Hij is gewelddadig, hoor,' zei Fabian. 'Amos, bedoel ik. Het verbaast me niets dat mensen dachten dat hij in staat was tot... dat waarvan ze hem beschuldigden.' Hij zweeg en ging met zijn hand naar zijn slaap. 'Weet je... weet je nog die blauwe plek die ik had? Ik zei dat ik was gevallen. Maar dat was gelogen.'

Tanya zei niets. Ze had het al vermoed.

'Toen we erachter waren gekomen wie het meisje was dat we die dag in het bos hadden gezien, werd ik wanhopig,' vervolgde Fabian. 'Nadat ik je die avond over Morwenna had verteld bleef ik op de tweede verdieping hangen en wachtte totdat Amos naar de wc ging. Ik wist dat ik een paar minuten de tijd zou hebben om in zijn kamer rond te snuffelen, want alles duurt tegenwoordig een eeuwigheid bij hem. Ik wachtte in de nis. Het leek uren te duren voordat hij eindelijk tevoorschijn kwam. Zodra hij uit het zicht was sloop ik zijn kamer in.'

'Wat zocht je?' vroeg Tanya.

'Iets,' antwoordde Fabian. 'Iets wat een bewijs kon zijn van zijn onschuld... of schuld.'

'Als de politie hem zou oppakken, denk je dan echt dat ze na al die tijd nog iets zouden vinden?'

'Ik weet het niet.' Fabian sloot zijn ogen. 'Het was verschrikkelijk. Er lag overal troep... stapels oude kranten... kleren die hij in geen jaren heeft gedragen en waarschijnlijk nooit meer zal dragen ook. Cadeaus die hij nooit heeft geopend... nog in het papier. Ik heb mijn vader ooit tegen Florence horen zeggen dat hij niet wil dat er iets wordt weggegooid, maar ik wist niet dat het zo erg was. Ik heb een paar griezelige dingen ontdekt...' Hij huiverde en zweeg.

'Zoals?'

'Een haarlok.' Toen hij de paniek op Tanya's gezicht zag voegde hij er snel aan toe: 'Wees maar niet bang, het is niet jouw haar. Daar is het te donker voor. Hij lag in een doos met zijn trouwring en een paar foto's van mijn grootmoeder, en nog wat spullen van haar. Die lok moet van haar zijn geweest, zij had donker haar.

Het lag er zo vol met rotzooi dat ik niet meer helder kon denken. Ik wilde het net opgeven en weggaan, toen ik iets zag liggen. Het was een plakboek met krantenknipsels, allemaal over Morwenna – tientallen. Er was er zelfs een van voor haar verdwijning.'

'Waarom stond ze toen al in de krant?'

'Ze had een plaatselijke talentenjacht gewonnen. Ze kon blijkbaar goed dichten.'

'Dat gedicht dat ik op mijn kussen vond is vast door haar geschreven,' zei Tanya langzaam. 'Maar dat verklaart nog niet hoe het daar terecht is gekomen.' Ze fronste. 'En toen?'

'Ik begon te lezen,' zei Fabian. 'Maar het moet langer hebben geduurd dan ik dacht, want toen kwam Amos terug… en hij zag me.'

'Heeft hij je geslagen?'

'Hij begon te schreeuwen dat ik moest oprotten,' zei Fabian. 'Ik bleef eerst stokstijf staan. En toen ik langs hem heen de kamer uit probeerde te komen… Ik heb hem waarschijnlijk laten schrikken. Hij haalde naar me uit. En… het ergste is… volgens mij herkende hij me niet eens meer.'

Ze zwegen een poos. Er waren geen woorden om Fabian te troosten en ze wisten het allebei.

De stilte werd verbroken door de staande klok op de trap, die het hele uur sloeg. 'Warwick gaat zo meteen weg,' zei Fabian met gedempte stem.

'Ben je er klaar voor?'

'Ik heb de kaart, de zaklantaarn en nog wat spullen.'

'Ik heb het kompas en een oude ijzeren spijker voor in mijn zak. En als extra bescherming heb ik een paar zakjes met zout genaaid voor in onze zakken. Als je door elfen wordt aangevallen scheur je een zakje open en gooi je het zout naar ze toe. Ik moet ook een haarlok van je hebben, voor het geval… je weet wel.'

'We in het elfenrijk vast komen te zitten,' vulde Fabian grimmig aan.

Tanya knikte en vervolgde haastig: 'Kijk of je iets roods kunt aantrekken.'

'Ik heb niets roods.'

'Keer dan je kleren binnenstebuiten. En vergeet in ieder geval niet het drankje dat Morag je heeft gegeven.' Ze praatte snel door toen Fabian haar een smalende blik toewierp. 'Als we gebruik willen maken van de tussentijd moeten we vroeger weg dan de vorige keer. We moeten Morwenna voor die tijd vinden, zodat we haar klokslag middernacht uit het elfenrijk kunnen weghalen – op dat tijdstip is het rijk het toegankelijkst.'

Fabian knikte bedachtzaam. 'Voordat we weggaan zal ik mijn horloge precies gelijkzetten. Ik zet het alarm op middernacht.'

Tanya voelde een vlaag van angst bij wat hun te wachten stond. Ze leken aan alles te hebben gedacht. Toch vertrouwde ze er niet op dat het genoeg zou zijn.

De ochtend ging traag voorbij. Warwick ging al vroeg op stap. Nadat hij de Land Rover had volgeladen met spullen voor de jacht, reed hij met loeiende motor door de poort de zandweg op, weg van Huize Elvenhorst.

Tussen de middag keek Tanya op de staande klok.

Nog twaalf uur.

Oberon was de hele dag ongedurig, alsof hij haar onrust aanvoelde. Hij leek niet langer dan een paar minuten stil te kunnen liggen en dwaalde door de kamers, wat Tanya nog onrustiger maakte. Uiteindelijk zakte de zon naar de horizon, totdat hij helemaal was verdwenen en het huis als door een zware deken in duisternis werd gehuld. De staande klok tikte gestaag door.

Het was stil in het huis. Tanya liep op haar tenen de trap af. Op de overloop lag Spitfire als een vervilt oranje kleedje languit naast de staande klok te slapen. Ze liep om hem heen en vervolgde haar weg naar de donkere keuken. Een diep gerommel deed haar stilstaan, totdat het tot haar doordrong dat het Oberon was die lag te snurken. Ze wilde juist de keuken in gaan, toen uit een van de kamers het gerinkel klonk van brekend glas.

Razendsnel liet ze haar blik door de gang gaan. Onder de deur van de zitkamer zag ze een streep licht. Ze hoorde Florence een geïrriteerde kreet slaken. Tanya glipte de keuken in en verborg zich op de eerste plek die bij haar opkwam: onder de grote eiken tafel. Oberon keek loom op vanuit zijn mand en tot haar ontsteltenis wilde hij overeind komen, waardoor hij haar zou verraden.

'Blijf!' siste Tanya.

Oberon bleef.

De deur ging open en Florence kwam binnensmonds foeterend de gang op. Met veel gerammel en gekletter begon ze in een van de kasten te rommelen en beende toen weer de zitkamer in. Tanya luisterde hoe het glas werd opgeveegd, waarna Florence de keuken in kwam. Haar versleten pantoffels waren net zichtbaar vanaf de plek waar Tanya onder het tafelkleed zat weggekropen. Haar grootmoeder gooide de scherven in de vuilnisbak en ging de keuken weer uit, waarna ze het ganglicht uitdeed. Tanya hoorde het geklepper van haar pantoffels op de bekleding van de trap toen ze naar boven ging.

Ze slaakte een zucht van opluchting. Met trillerige benen kwam ze onder de tafel vandaan en liep naar Oberon, die haar vanwege haar vreemde gedrag verward aankeek. Ze haalde de sjaal met rode kraaltjes uit haar zak, bond hem rond zijn nek en stopte de uiteinden onder zijn halsband. Samen glipten ze de koele avondlucht in en liepen door de tuin naar de poort.

Fabian stond hen aan de andere kant op te wachten, stiller en bleker dan anders. Hij schrok toen Oberon als begroeting zijn natte neus tegen zijn hand drukte en keek de hond toen bevreemd aan.

'Dat is toch jouw sjaal die hij om heeft?'

'Hij heeft ook bescherming nodig,' zei Tanya stijfjes.

'Rood is niet echt zijn kleur,' grapte Fabian.

Tanya was te gespannen om te lachen. 'Wees nou maar stil,' zei ze. 'Zo meteen horen ze ons nog.'

Fabian hield onmiddellijk zijn mond en zijn hand ging onbewust naar zijn kruin, alsof hij zich de aanval van Raaf herinnerde, toen ze de vorige keer het bos in probeerden te komen.

Ze zetten koers naar de bosrand, met een uitgelaten Oberon voorop. Hij was al helemaal gewend aan de late wandelingen.

Het was een heldere nacht. De maansikkel stak scherp af tegen de inktzwarte hemel boven hen en de sterren schitterden als een zilverachtig gaas. Tanya sloeg haar armen stevig om zich heen. Ze was blij dat ze zich warm had aangekleed; over haar spijkerbroek en enige rode T-shirt heen had ze haar regenjas aangetrokken, dezelfde als die ze tijdens het nachtelijke onweer had gedragen. In haar rechterjaszak zaten het kompas en de ijzeren spijker, en in de linker het schaartje dat Morag haar had gegeven en een klein zakje met zout.

Toen ze bijna bij de beek waren bleef Fabian staan en hij tuurde in het donker.

'Wat is er?' vroeg Tanya.

'Niets,' mompelde Fabian.

'Zeg op!'

'Ik... ik heb het gevoel dat we worden gevolgd. Niet omkijken. We gaan gewoon het bos in.'

'Heb je iemand gezien?'

'Nee,' antwoordde Fabian. 'Het is gewoon een gevoel. Doorlopen.'

Zonder de moeite te nemen het gesprek op gang te houden liepen ze snel verder. Veel te snel bereikten ze de beek, waar het bos zich voor hen uitstrekte.

'Waar is de zaklantaarn?' vroeg Tanya.

'In de rugzak,' zei Fabian. 'Ik haal hem eruit als we in het bos zijn – hiervandaan is het licht nog te zien.' Hij stak de beek over en Tanya volgde hem. Het water ruiste over haar voeten terwijl ze de glibberige stapstenen probeerde te zien. Een paar minuten later stonden ze aan de rand van het bos.

Fabian deed zijn rugzak af en knielde neer. Hij haalde de zaklantaarn en de kaart tevoorschijn, en ten slotte Morags drankje. Met een snelle beweging haalde hij het dopje eraf en druppelde de vloeistof in zijn ogen.

'Hoe laat is het?' vroeg Tanya.

Fabian hees de rugzak weer op zijn rug en keek op zijn horloge. 'Elf uur negenentwintig. We moeten opschieten.'

Zwijgend begaven ze zich tussen de bomen. Het enige geluid in het bos was het droge geritsel van de dode bladeren onder hun voeten. Tanya volgde Fabian een paar honderd meter het bos in en wist nog net overeind te blijven toen ze over een dode tak struikelde. Eindelijk knipte Fabian de zaklantaarn aan.

'Denk je nog steeds dat we worden gevolgd?' vroeg Tanya op gedempte toon. 'Want dan verraden we onszelf met het licht.'

Fabians ogen schoten naar links en naar rechts.

'Ik weet het niet. Maar we moeten de zaklantaarn nu wel gebruiken. Anders komen we niet ver.'

Hij vouwde de kaart open en tuurde ernaar. 'We moeten de richting aanhouden van de tweede catacombe; daar hebben we haar de eerste keer gezien, dus het zou logisch zijn dat we haar daar weer zien.' Hij tikte op de plattegrond. 'Het is niet ver, de eerste catacombe moet zo opduiken.'

Ze vervolgden hun weg door het spookachtig stille bos. Van tijd tot tijd werden ze vanuit de duisternis aangestaard door de gele ogen van een nachtdier. Opeens slaakte Tanya een kreet toen haar been werd geraakt door iets zwaars.

'Wat is er?' vroeg Fabian.

'Het kompas,' zei ze. 'Het is door een gat in mijn zak in de voering van mijn jas gevallen. Ik denk dat het door de spijker komt – die is ook verdwenen.'

'Geef maar hier,' zei Fabian. 'Ik doe het wel in mijn rugzak, daar is het veilig.'

Met enige moeite wrong Tanya haar hand door het gat in haar zak en haalde het kompas tevoorschijn, maar de spijker kon ze nergens vinden. Die zou moeten blijven zitten. 'Berg het op een veilige plek op,' drukte ze hem op het hart. 'Als we het kwijtraken hebben we alleen nog de kaart om thuis te komen.'

Ze liepen verder tussen de bomen door, totdat ze zo diep in het bos waren doorgedrongen dat Tanya werd bekropen door de angst dat ze de verkeerde kant uit liepen. Ogenschijnlijk vanuit het niets doemde de eerste catacombe op.

Fabian versnelde zijn pas en holde langs het hekwerk.

'Deze kant uit!' riep hij over zijn schouder. 'Het is nu niet ver meer!'

Tanya rende achter hem aan. Het kostte haar moeite om het flakkerende licht van de zaklantaarn in het oog te houden. 'Niet zo snel! Ik zie niets meer!'

Algauw kwamen ze bij een kleine open plek.

'Hier zagen we haar,' zei Fabian. Hij richtte zijn lamp op de dicht opeen staande bomen om hen heen. Zijn hand trilde van de adrenaline.

'Weet je het zeker?' vroeg Tanya. 'Ik zie het hekwerk niet. Misschien is het een andere open plek.'

Fabian keek op zijn kaart. 'Ik weet zeker dat het hier was. Het moet wel.'

'Kijk,' zei Tanya plotseling en ze wees achter een dikke boom. 'Schijn eens die kant uit.'

Fabian richtte de zaklamp en tussen de bomen lichtte een zilverachtig schijnsel op.

'Daar is het.'

Toen ze behoedzaam het hekwerk naderden steeg er een ijzingwekkend geluid op.

'Wat is dat?' zei Fabian en zijn ogen schoten angstig alle kanten uit.

'Het klinkt alsof er iemand… huilt,' mompelde Tanya.

Fabian sloop verder en Tanya volgde hem met bonzend hart. Voorbij het hekwerk zat aan de voet van een boom een donkere, voorovergebogen gestalte met haar armen om haar knieën geslagen. Haar lange zwarte haar viel losjes neer op de grond, tussen het welig tierende vingerhoedskruid, dat zacht deinde op de koele nachtlucht.

'Dat is 'r,' zei Fabian. 'Dat is Morwenna Bloem.'

Tanya deed een stap naar voren en er knapte een takje onder haar voet, maar het meisje keek niet op. Ze bleef snikkend zitten, met haar hoofd op haar armen.

'Morwenna,' zei Fabian luid, toen hij eindelijk zijn stem weer onder controle had. 'Morwenna Bloem!'

Toen het meisje haar naam hoorde keek ze op en met een schok zag Tanya dat ze helemaal niet huilde – ze lachte.

'Jullie hebben me gevonden,' zei ze, terwijl ze opstond en de bladeren van haar jurk streek. Ze zag er nog precies hetzelfde uit, nauwelijks een dag ouder dan op de foto.

'We weten wat er indertijd met je is gebeurd,' zei Tanya. 'En… en we komen je helpen.' Ze kon het bijna niet geloven hoe makkelijk ze het meisje hadden gevonden… bijna té makkelijk.

'Jullie komen me helpen? Hoe dan?'

'We willen je helpen hier weg te komen,' zei Tanya. Plotseling en zonder een duidelijke reden werd ze bang. In het spookachtige maanlicht zag Morwenna er bijna als een geestverschijning uit. Tanya haalde het schaartje uit haar jas en stopte het in de achterzak van haar spijkerbroek, waarna ze het meisje haar jas voorhield. 'Hier. Die zal je beschermen.'

Morwenna deed een stap dichterbij en met een vreemd lachje rond haar lippen nam ze de regenjas aan. 'En wat hebben jullie om jezelf te beschermen?'

Er rees een diep, rommelend gegrom op uit Oberons keel. Tanya keek omlaag en zag dat de nekharen van de hond overeind waren gekomen en dat al zijn spieren strak stonden. Hij was tussen haar en Morwenna in gaan staan.

Op dat moment begreep Tanya dat er iets helemaal mis was, afgrijselijk mis.

'Beschermen waartegen?'

Morwenna staarde haar met haar glasachtige, koolzwarte ogen aan.

'Tegen mij, natuurlijk.'

Even dacht Tanya dat ze het verkeerd had verstaan.

'Weet jij wel waarom ik hier ben?' Morwenna's stem klonk hoog en zangerig. Het deed Tanya's bloed in haar aderen stollen.

'Ik ben hier vanwege iets wat vijftig jaar geleden is gebeurd. En de enige manier om mij te bevrijden is dat de schuld aan mij wordt ingelost.'

'Welke schuld?' vroeg Fabian. 'Waar heb je het over?'

Morwenna glimlachte. Het was een kille, verwrongen glimlach. 'De schuld van een vriendin van lang geleden.' Ze keek Tanya strak aan. 'Jouw grootmoeder.'

'Wat?' Tanya deinsde achteruit. 'Ik begrijp het niet!'

'Natuurlijk niet. Hoe zou je het ook kunnen begrijpen? Florence en ik hadden... een overeenkomst, vele jaren geleden – een pact, zo je wilt. Ik ben mijn deel van de overeenkomst nagekomen, maar Florence niet. Nu moet ze de prijs betalen.'

'En wat is die prijs?' vroeg Tanya, die vreesde voor het antwoord.

Morwenna deed nog een stap naar voren. 'Die prijs ben jij.'

23

anya wilde vluchten, maar een combinatie van verlammende angst en een morbide verlangen om meer te horen weerhield haar. Vanuit haar ooghoek zag ze Fabian versteend van schrik staan.

'Ik... ik begrijp het nog steeds niet.'

'Dan zal ik het je uitleggen,' beet Morwenna haar toe. 'Lang geleden verschilden jij en ik niet zo van elkaar. Eenzaam... onbegrepen... Zoals je weet maken mensen zoals wij niet zo makkelijk vrienden.'

'Mensen die helderziend zijn,' zei Tanya.

Morwenna glimlachte. 'Ja. Mensen die helderziend zijn. Maar toen sloot ik toch vriendschap met iemand; iemand die mij begreep, en andersom, want we waren hetzelfde. Die iemand was jouw grootmoeder.'

'Mijn grootmoeder is niet helderziend. Je liegt.'

'Is dat zo?' zei Morwenna. 'Naar de uitdrukking op je gezicht te oordelen ben je daar niet zo zeker van. Ik kén Florence. Ik ben ervan overtuigd dat ze het goed heeft verborgen. Dat ze je heeft willen beschermen tegen de waarheid, tegen dit. En daartoe heeft ze je van zich afgeduwd. Mijn vermoeden is dat jullie niet echt close zijn.'

Tanya staarde haar verbijsterd aan en sloeg toen haar ogen neer.

Morwenna lachte. 'Dacht ik het niet? Heb je je nooit afgevraagd waarom je niet welkom bent? Waarom ze jou niet in de buurt wil hebben? Welnu, je zult niet lang meer op het antwoord hoeven wachten.'

'Waarom zeg je dit allemaal?' fluisterde Tanya. 'Wat heeft dit allemaal met mij te maken?'

'Het heeft alles met jou te maken. Dankzij je grootmoeder.' Morwenna wond een sliert donker haar rond haar vinger. 'Florence en ik waren hartsvriendinnen. We waren onafscheidelijk. We deden alles samen. Haar ouders gaven haar echter meer vrijheid dan ik van mijn ouders kreeg.' Er gleed een schaduw over haar gezicht. 'Mijn vader kon nogal… moeilijk zijn. De eerwaarde heer Bloem… tenminste, zo zag het er van de buitenkant uit. De werkelijkheid was anders. Hij was een dwingende, heerszuchtige man. Ik moest vaak smeken om weg te mogen. Op een dag waren Florence en ik in het bos aan het wandelen.' Morwenna fronste. 'Ik was overstuur. Mijn vader had me verteld dat hij me na de zomer naar een internaat zou sturen. Florence smeekte me om niet te gaan – het zou betekenen dat ze de enige vriendin die ze ooit had gehad kwijtraakte. Ik wilde ook niet gaan, dus begonnen we plannen te maken om weg te lopen.

We hadden al een hele tijd gepraat toen we ontdekten dat we niet alleen waren. We waren bespied… en afgeluisterd.'

'De elfen,' zei Tanya langzaam.

'Ze deden ons een aanbod, een oplossing voor ons probleem. Ze boden ons een plek aan waar niemand ons zou vinden, waar niets ons kon deren en waar we nooit oud zouden worden. Het elfenrijk.'

'Maar ze logen,' zei Tanya. 'Ze misleidden jullie… ze lieten jullie erin lopen…'

Morwenna praatte door alsof ze het niet hoorde.

'Ik zag het als mijn kans om te ontsnappen, maar Florence twijfelde. Ze werd verscheurd tussen met mij meegaan en bij haar familie blijven, maar we hadden niet veel tijd. De elfen hadden ons tot de vooravond van midzomerdag gegeven om te beslissen. Ik praatte dagenlang op Florence in, maar ze kon maar geen beslissing nemen. Toen, de dag voor midzomer, kreeg ze ruzie met haar ouders en werden er verschrikkelijke dingen gezegd. Daarna hakte ze de knoop door: we zwoeren weg te gaan en nooit meer terug te komen.

Maar Florence was altijd al de zwakste van ons tweeën geweest. Ik wist dat de twijfel weer de kop zou opsteken. Ik vertrouwde er niet op dat ze haar woord zou houden en dus liet ik het haar zweren. We prikten ons in onze duim en bezegelden het met bloed.

Het werd avond en ik wachtte op haar in het bos. Florence kwam niet opdagen. Ik ging naar het huis, waar de huismeester me vertelde dat ze zich niet goed voelde. Met andere woorden: ze durfde niet. Maar voor mij was het te laat. Ik moest doorzetten.'

'De huismeester was Amos, nietwaar?' zei Fabian. 'Mijn grootvader.'

'Die verliefde dwaas,' zei Morwenna. 'Toen ik hem vertelde dat ik zou weglopen smeekte hij me om niet te gaan. Ik gaf hem een haarlok als aandenken aan mij en zei dat hij hem goed moest opbergen en het tegen niemand mocht vertellen. Hij had geen flauw benul dat zijn kleine "liefdeblijk" deel uitmaakte van een groter plan. Ik had er namelijk een paar van Florence' haren in gevlochten, die ik uit haar kam had gestolen, om de belofte die ze had gedaan kracht bij te zetten.'

'Een haarlok?' vroeg Fabian gespannen.

'De poort naar mijn onsterfelijkheid,' zei Morwenna sluw. 'Iets van mij zoals ik was. Doordat het in de mensenwereld bewaard bleef zou ik zichtbaar zijn voor een sterfelijk oog wanneer ik dat verkoos en zou ik eeuwig veertien blijven. En dat zal ik nog steeds zijn wanneer ik terugkeer.

Om middernacht betrad ik het elfenrijk. In het begin was ik gelukkig, ook al wist ik dat ik Florence haar lafheid nooit zou vergeven. Maar naarmate de jaren verstreken besefte ik dat onsterfelijkheid een eenzaam bestaan is. Ik kreeg spijt van mijn besluit. Maar als je jezelf eenmaal uit vrije wil aan het elfenrijk hebt gegeven, dan is er maar één manier om er weer uit te geraken.'

'En dat is?' vroeg Tanya met schorre stem.

'Dat een andere sterveling, begiftigd met helderziendheid en verbonden door het bloed, je plaats inneemt,' zei Morwenna. 'Ik heb geen helderziende bloedverwanten. Maar door onze overeenkomst met bloed te bezegelen had Florence zich met mij verbonden. Zij was dus de enige die mijn plaats zou kunnen innemen, maar ze was veel te slim om zich in het bos te wagen. Zodoende wachtte ik.

Er gingen jaren voorbij. Florence trouwde en werd zwanger. Eindelijk kreeg ik de kans waar ik zo lang op had gewacht. Onderschat nooit de kracht van moederliefde.'

'Je hebt het kind gestolen om het jouw plek te laten innemen,' zei Fabian vol afschuw.

'Nee,' zei Morwenna met een wrede lach. 'Het kind had Florence' bloed, dat spreekt, maar het was niet helderziend. Het had dus nooit mijn plek in het elfenrijk kunnen innemen. Het was slechts een onderhandelingstroef... ik stal het kind om Florence het bos in te lokken. Ik wist dat Florence zou weten wie erachter zat en dat ze haar verleden onder ogen moest zien. Toen we elkaar troffen smeekte ze zoals verwacht om haar kind. Ik zei haar dat ik het kind zou teruggeven als zij ter plekke mijn plaats innam. Als ze weigerde zou ik het kind meenemen naar het elfenrijk en zou ze het nooit meer zien.

Florence wist dat ze geen keus had. Ze ging ermee akkoord om mijn plek in te nemen, maar smeekte me medelijden met haar te hebben en haar nog een paar jaar te gunnen om het kind groot te brengen. Ze beloofde dat als ik haar nog zeven jaar gaf, ze bereid was om mijn plek in te nemen. Ze zwoer dat ze op de zevende verjaardag van het kind zou terugkomen om haar schuld in te lossen. Ik was zo stom om ermee akkoord te gaan. Want wat maakte na al die tijd zeven jaar nog uit? Ik was niets van mijn leven kwijtgeraakt. Ik kon het me veroorloven om genade te tonen. Maar ik had niet door dat ze me bedroog.' Morwenna keek Tanya vol haat aan. 'Het kind over wie ik het heb was jouw moeder.'

Tanya herinnerde zich de geheime kinderkamer.

'Maar mijn moeder is geboren op 29 februari – de extra dag van een schrikkeljaar.'

Fabian hapte naar adem. 'Haar zevende verjaardag zou dus pas achtentwintig jaar later zijn!'

'Inderdaad,' zei Morwenna. 'De natuur had Florence nog een uitweg geboden. Ik wist dat ik onmogelijk nog bij het kind in de buurt zou kunnen komen. Florence had er ongetwijfeld alles aan gedaan om het te beschermen. Ik had geen andere keus dan wachten totdat de jaren waren verstreken en ze haar belofte zou moeten nakomen. Maar toen het moment naderde gebeurde er iets onverwachts. Iets wat mij de volmaakte gelegenheid bood om wraak te nemen: er werd een ander kind geboren dat bloedverwantschap had met Florence en helderziend was.' Ze wierp Tanya een waanzinnige grijns toe. 'Jíj.'

'Nee...' protesteerde Tanya.

'Ik moet bekennen dat het even heeft geduurd voordat ik je vond. Je was goed beschermd,' zei Morwenna, 'maar niet goed genoeg.'

'Wie beschermde me?'

Morwenna antwoordde niet. 'Om middernacht zullen we van plek wisselen.'

'Nee!' riep Tanya uit. Ze draaide zich om naar Fabian, maar hij stond als aan de grond genageld en staarde verbijsterd voor zich uit.

'De bomen... kijk naar de bomen!'

De elfen kwamen uit hun schuilplaats. Er waren erbij die in niets op de elfen leken die ze tot nog toe had gezien: gebroken, verwrongen wezens die eruitzagen alsof goedheid hun onbekend was. Hun huid was als boomschors en hun ledematen waren als takken en twijgen. Ze wáren het bos. Toen werd haar aandacht getrokken door een kleine beweging op een verre, maanverlichte open plek. Fabian had gelijk gehad. Iemand was hen gevolgd. Ze ving een glimp op van een gezicht tussen de bomen, dat onmiddellijk weer verdwenen was. Het was een bekend gezicht; een gezicht waarvan Tanya had gedacht dat ze het nooit meer zou zien. Een moment lang vroeg ze zich af of het haar verbeelding was geweest, maar toen verscheen het gezicht opnieuw, met een vinger tegen de lippen als waarschuwing dat ze niets moest zeggen.

Het was het gezicht van Red.

Tanya wendde snel haar blik af, terwijl haar hersenen op volle toeren draaiden. Wat gebeurde er?

Oberon gromde en hapte toen de elfen dichterbij kwamen.

'Jullie zijn veruit in de minderheid,' zei Morwenna. 'En als je die hond niet in toom houdt, kun je erop rekenen dat ze hem doden.'

Tanya keek naar Oberon. Ze durfde het risico niet te nemen en ze lijnde hem aan, ondanks het feit dat hij jankend protesteerde. Verward drukte hij zijn snuit tegen haar aan, maar ze duwde hem weg.

'Rennen!' zei ze tegen Fabian, maar de elfen hadden zich al op haar gestort. Ze werd achteruit gedwongen totdat ze met haar rug tegen een boom stond. Ze voelde dat ze stevig aan de stam werd vastgebonden met iets wat ze niet kon zien en waartegen ze zich ook niet kon verzetten: iets kouds, duns en kleverigs. De elfen knevelden haar totdat ze zich niet meer kon verroeren en glipten toen weer de schaduw in, op een lelijk, oud vrouwtje na, dat Tanya's arm in een verrassend krachtige greep hield.

'Blijf jij gezellig bij ons, liefie?' zei ze met piepende ademhaling. 'Je zult een leuk speeltje zijn voor mijn kinderen. Ik hoop dat je het langer uithoudt dan de vorigen…'

Fabians ogen werden groot van angst.

'Ze is beschermd! Laat haar met rust! Jullie kúnnen niet aan haar komen!'

Morwenna's lippen krulden zich geringschattend toen ze naar Tanya's T-shirt keek. 'De enige functie van de kleur rood is om je aan het zicht van de elfen te onttrekken… wat je ongedaan hebt gemaakt door mijn naam te noemen.'

'En dit dan?' schreeuwde Fabian. Hij haalde een van de zakjes tevoorschijn die Tanya had genaaid, frunnikte met zijn zakmes om er een gaatje in te maken en strooide wat zout in zijn hand. Hij wierp het in het gezicht van het oude vrouwtje en dook op Tanya af. De heks deinsde krijsend en naar haar ogen klauwend achteruit. Vol afschuw keek Tanya toe hoe haar huid begon te bladderen en te borrelen, waarna ze kruipend tussen de bomen verdween. Er kwamen meer elfen op hen af.

'Kijk uit!' schreeuwde Tanya.

Fabian draaide zich om en gooide het zout alle kanten uit. De nacht vulde zich met kreten van pijn en woede toen het zout doel trof, maar binnen de kortste keren was het op en namen nieuwe elfen de plaats in van de elfen die verwond waren en zich uit de voeten maakten.

'Het zijn er te veel!' fluisterde Fabian. 'En ik heb geen zout meer!'

'Dat weten zij niet,' zei Tanya wanhopig.

'Nog niet,' zei hij. 'Maar het zal niet lang meer duren voordat ze het doorhebben.' Hij begon aan Tanya's boeien te trekken, maar het was zinloos. Het enige effect was dat hij in zijn handen sneed.

'Spinnentwijn,' zei Morwenna. Ze sprak het woord uit alsof ze iets heerlijks proefde. 'Het is betoverd en daardoor onbreekbaar voor sterfelijke handen. Ze zeggen dat het een goede prijs oplevert op elfenmarkten. Zijn belangrijkste toepassing is het knopen van netten die bij de kinderwissel worden gebruikt; magische netten die niet makkelijk kunnen worden opengescheurd. Het is gebruikt om je moeder te vangen, jaren geleden. Ironisch dat het ook in jouw lot een rol speelt.'

Tanya's boeien leken alleen maar strakker te gaan zitten door het geworstel om los te komen. Ze sneden in haar vlees en het bloed welde op. Toen herinnerde ze zich plotseling het schaartje.

'Fabian! Het schaartje... het zit in mijn zak. Volgens Morag kun je er bijna alles mee doorknippen!'

Ondanks zijn verwondingen probeerde Fabian door de spinnentwijn heen te komen, maar tevergeefs. Morwenna keek zichtbaar vergenoegd toe. Op dat moment wist Tanya met absolute zekerheid: wat voor iemand het meisje vroeger ook was geweest, nu kende ze geen genade meer. Een halve eeuw in het elfenrijk had daarmee afgerekend. Nu was er alleen nog een omhulsel over dat slechts in staat was tot wraak en haat; onherkenbaar als iets wat ooit menselijk was geweest.

'Het lukt niet,' zei Fabian. 'Ik kom er niet bij!' Hij gaf zijn strijd met haar boeien op en deed langzaam een stap achteruit. De berusting was op zijn gezicht te lezen.

'Sorry,' fluisterde hij, terwijl hij verder achteruitliep. Hij aarzelde en rende er toen zonder nog een woord te zeggen vandoor.

'Wat doe je?' schreeuwde Tanya. 'Je kunt me hier niet achterlaten! Fabian! Lafaard!'

Maar Fabian was al verdwenen.

24

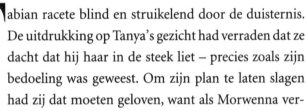abian racete blind en struikelend door de duisternis. De uitdrukking op Tanya's gezicht had verraden dat ze dacht dat hij haar in de steek liet – precies zoals zijn bedoeling was geweest. Om zijn plan te laten slagen had zij dat moeten geloven, want als Morwenna vermoedde wat hij in zijn schild voerde zou ze hem nooit levend het bos uit laten gaan.

Uit het geritsel achter zich begreep hij dat hij werd gevolgd en zijn angst sloeg om in paniek.

'Laat hem gaan!' krijste Morwenna vanuit het dichte bos. 'De jongen is niet belangrijk!'

Het geritsel werd zachter en hield ten slotte helemaal op, zodat Fabian alleen nog zijn eigen raspende ademhaling hoorde. Een plotselinge hobbel deed hem struikelen en hij viel languit neer. Er klonk een onheilspellend gerinkel en de zaklantaarn ging uit.

'Nee!' zei Fabian, terwijl hij in het donker rondtastte. 'Nee, alsjeblieft…'

Maar hij wist al dat de zaklantaarn onbruikbaar was geworden. Hij krabbelde trillerig overeind. Het bos was aardedonker.

Denk na! zei hij tegen zichzelf. Kalmeer en denk na! Hij drukte op het knopje van zijn horloge en het kleine schermpje lichtte op. Het was zeventien voor twaalf.

Hij knielde neer om tastend met zijn handen over de grond te gaan en vond zijn rugzak, die tijdens zijn val van zijn rug was gevlogen. Het duurde even voordat hij zich herinnerde wat erin zat.

'Het kompas!'

Bijna huilend van vreugde rukte hij de rugzak open en rommelde erin totdat zijn hand zich om het koele, gladde koper sloot. Hij haalde het kompas eruit en las het bij het licht van zijn horloge af. De naald wees recht vooruit.

Haastig rende Fabian verder door het bos, waar geen eind aan leek te komen. Al zijn spieren deden pijn en zijn longen brandden, maar hij hield geen moment stil. Elke seconde telde.

Hij viel nog twee keer, waarbij hij zowel zijn kleren als zijn huid beschadigde, maar hij hield het kompas in een ijzeren greep en ploeterde voort. Toen de rand van het bos in zicht kwam was het alsof er een enorme last van hem af viel en met hernieuwde kracht stormde hij het bos uit, op het huis af.

In het bos liet Tanya zich uitgeput tegen de boom zakken. In haar poging bij het schaartje te komen was de spinnentwijn nog strakker gaan zitten en haar rechterhand zat in een pijnlijke knik achter haar rug gevangen.

'Waarom heb je me niet eerder te pakken proberen te krijgen?' vroeg ze toen haar woede het uiteindelijk van haar angst had gewonnen. 'Toen Fabian en ik een paar weken geleden in het bos waren verdwaald had je al een kans.'

Morwenna veegde een zwarte lok uit haar gezicht. 'Die dag voerde ik jullie mee,' zei ze met een duivelse grijns. 'Mijn plan was om jullie zo ver het bos mee in te nemen dat je er nooit meer uit zou komen – tenminste niet voor middernacht. Maar toen kregen jullie hulp.'

Tanya herinnerde zich hoe ze Warwick die dag een schop had gegeven en ze wenste vurig dat hij nu als bij toverslag zou verschijnen.

Morwenna lachte alsof ze haar gedachten had gelezen. 'Deze keer komt niemand je redden. Zelfs je kleine vriendje heeft je in de steek gelaten. Toen hij eenmaal wist dat zijn dierbare grootvader onschuldig was liet hij er geen gras over groeien, hè?'

'Hou je mond!'

'Misschien is het een troost dat het hem niet zal lukken het bos uit te komen. Opmerkelijk, hoe het Beulswoud stervelingen altijd weet te misleiden… Hij zal dagenlang ronddwalen, halfdood zijn wanneer hij wordt gevonden… áls hij ooit wordt gevonden.'

'Hoe wist je dat ik het was, die keer?' vroeg Tanya. 'Je had me nog nooit gezien!'

Er viel een korte stilte.

'Ik heb een informant,' antwoordde Morwenna.

Tanya wrong zich weer in haar boeien, terwijl ze wanhopig het bos afzocht op een teken van redding. Als Red er nog was, had ze zich goed verborgen.

Fabian was bij het huis aangekomen. Zijn longen stonden op knappen, maar hij vloog de keuken door en nam zelfs niet de moeite om de deur achter zich te sluiten. Hij holde de trap op naar de eerste verdieping, en toen naar de tweede. Voor de kamer van zijn grootvader bleef hij staan.

Fabian hoorde de oude man boven het gemurmel van de televisie uit tegen zichzelf praten. Hij dacht razendsnel na, klopte toen op de deur en schoot de gang in om zich in de alkoof te verbergen.

Amos kwam onvast de kamer uit. 'Warwick? Ben jij dat?'

Als de weerlicht schoof Fabian het tapijt opzij en glipte de dienst-bodegang op. Tastend zocht hij zijn weg door de duisternis en telde de deuren totdat hij bij de kamer van zijn grootvader was.

Met ingehouden adem duwde hij de klink omlaag. Het geluk was met hem.

Fabian tuurde de wanordelijke kamer in. De deur naar de gang stond open en Amos was nergens te bekennen. Hij ging naar bin-nen. Wanhopig liet hij zijn blik over de stapels rotzooi dwalen. Hij hurkte neer om onder het bed te kijken. Hij trok er een aantal kar-tonnen dozen onder vandaan, vol met kleren en nóg meer kranten-knipsels, en keerde ze ondersteboven. Zijn grootmoeders spullen waren er nog en de trouwring viel rammelend terug in de doos, maar de haarlok was nergens te bekennen.

Op het nachtkastje zag hij het plakboek liggen. Hij griste het eraf en bladerde het door, waarbij er een paar knipsels op de grond vie-len. Hij klapte het weer dicht en gooide het op het bed neer. Gehaast liep hij naar de ladekast en begon door zijn grootvaders kleren te rommelen.

'Waar? Waar heeft-ie hem gelaten?'

Het was niet te geloven dat hij de lok had gezien en de link niet had gelegd. Het lag zo voor de hand: als hij de haarlok vernietigde zou de bezwering van Morwenna's jeugd worden verbroken. En niets was haar zo veel waard, zo wist Fabian, als haar jeugd. Het was het enige wisselgeld dat hij had.

De ladekast bood geen antwoord. Onhandig sloot Fabian de laat-ste la, waar de kleren nog uit staken. Gefrustreerd schopte hij tegen een van de dozen die hij voor het bed had laten staan. De doos viel met een doffe dreun op zijn kant en Fabian dook verschrikt in elkaar toen hij dreunende voetstappen door de gang hoorde aankomen.

'Warwick!'

Amos verscheen in de deuropening. Zijn diepliggende ogen waren poelen van waanzin.

'Ik heb het niet gedaan!' gooide hij eruit. 'Ik blijf het ze maar zeggen dat ik het niet was. Ze is weggelopen!'

'Ik… ik weet het,' fluisterde Fabian. Behoedzaam liep hij achteruit naar de dienstbodegang.

Hortend en stotend liep Amos naar het onopgemaakte bed en zakte erop neer.

'Ik hield van haar, ik hield van haar,' herhaalde hij, terwijl hij zachtjes heen en weer schommelde. Zijn verschrompelde hand gleed over het laken en verdween onder het kussen. Meer hoefde Fabian niet te weten.

Met een snelheid die hemzelf verbaasde sprong hij naar voren en gooide het kussen opzij. Daar, op de plek waar zijn grootvader elke avond zijn hoofd te ruste legde, lag een gekrulde haarlok als een dunne, zwarte strop. Overmand door schuldgevoel griste hij de lok uit de broze vingers van de man.

Amos krijste als een gewond dier.

Fabian vluchtte weg door de deur naar de dienstbodegang, terwijl de kreten van zijn grootvader in zijn oren weergalmden. Bij het tapijt bleef hij even staan om te kijken of de kust veilig was. Toen hij geen ander geluid hoorde dan het gekwelde gejammer van Amos, glipte hij de alkoof uit – en botste tegen iets hards op: het lichaam van iemand die net om de hoek stond.

Fabian keek op en hapte naar adem.

'W-wat doe jij hier? Ik d-dacht dat je was gaan jagen!'

'Er kwam iets tussen,' beet Warwick hem toe, terwijl hij naar de gescheurde en bebloede kleren van zijn zoon keek. 'Ik besloot vroeg naar huis te gaan – en zo te zien was dat een wijs besluit.' Hij greep

Fabian ruw bij zijn schouder. 'En nu ga jij me vertellen wat je hier in het holst van de nacht aan het uitspoken bent!'

Fabian opende zijn mond om iets te zeggen, maar er kwam geen woord uit.

'Vertel op!'

'Warwick!' riep Amos.

Warwick keek zijn zoon dreigend aan. Vervolgens duwde hij hem, met zijn hand nog op zijn schouder, door de gang naar Amos' kamer.

'Wat is er, vader?' Zijn anders zo norse stem klonk verrassend vriendelijk.

Amos slofte naar de deur en zijn schouders schokten toen hij wanhopig begon te snikken.

'Hij heeft hem afgepakt... hij heeft hem áfgepakt!'

Warwicks oog viel op de lok in Fabians hand en een moment van herkenning flitste over zijn gezicht. 'Wat doe jij daarmee? Wat ben jij van plan met je grootmoeders haar?'

In een reflex hield Fabian het haar achter zijn rug.

'Dat is... dat is niet het haar van mijn grootmoeder.'

'Geef hier!' snikte Amos. 'Ik heb beloofd om het voor altijd te bewaren!'

Warwicks ogen werden groot. 'Waar is het meisje?'

Fabian verstijfde.

'Waar is Tanya?'

'Ze... ze is in het bos!' kraste Fabian, die het niet langer voor zich kon houden.

Warwick werd lijkbleek. Zonder een woord te zeggen pakte hij Fabians arm beet en wrong het haar uit zijn hand.

'Wat doe je?' riep Fabian uit. 'Geef terug!' Hij holde achter zijn vader aan, die de snikkende Amos had laten staan en al halverwege de trap was. Hij haalde hem op de overloop in en probeerde Morwenna's haar uit zijn vaders hand te grissen.

Warwick haalde kwaad naar hem uit.

'Geef terug!' zei Fabian. 'Je begrijpt het niet!'

Zijn vader draaide zich naar hem om en schudde hem door elkaar als een hond die een rat in zijn bek had. 'Jij kleine dwaas! Jíj begrijpt het niet! Besef je wel wat je hebt gedaan? Al die jaren hebben we ons best gedaan om haar te beschermen, en nu stuur jij haar recht op het gevaar af!' Warwick liep verder naar beneden en hield alleen even in om over Spitfire heen te stappen, die aan de voet van de staande klok lag.

Toen de waarheid tot Fabian doordrong knikten zijn knieën. Warwick wist alles. 'We hadden het niet door,' wierp hij zwakjes tegen. 'We wilden alleen maar helpen!'

'Helpen? En wie dacht je te kunnen helpen?'

'Alle twee! Amos en Morwenna!'

'Niemand kan hen helpen! Amos' leven was voorbij op de dag dat de geruchten begonnen! En wat Morwenna betreft, heb je er ooit bij stilgestaan wat er zou gebeuren als ze *vijftig jaar na dato* opgewekt en veertien jaar oud het bos uit kwam wandelen? Ze zijn niet meer te redden, geen van beiden. Dat zijn ze nooit geweest!'

Fabian wist geen woord uit te brengen. Zijn vaders woorden galmden door zijn hoofd. Op de eerste verdieping ging een deur krakend open en Florence' gezicht verscheen boven de balustrade. Ze had haar ochtendjas aan en ze zag er afgetobd en slaperig uit. 'Warwick? Wat gebeurt er? Is er iets?'

'Alles is in orde,' antwoordde Warwick op vlakke toon. Hij schonk Fabian een waarschuwende blik dat hij zijn mond moest houden. 'Alleen maar meneer hier, zoals altijd uit op kattenkwaad.'

'O,' zei Florence en ze keek Fabian zuur aan. 'Goed, dan zie ik jullie bij het ontbijt.'

Toen Florence' slaapkamerdeur dichtging keek Fabian zijn vader met grote ogen aan. 'Vertel je het haar niet?'

Warwick trok zijn laarzen aan. 'Nee, ik vertel het haar niet.'

'Ze heeft recht op de waarheid!'

'Die krijgt ze snel genoeg te horen,' zei Warwick grimmig. 'En dan, als Morwenna's opzet slaagt, zal die haar te gronde richten.'

Fabian slikte zijn tranen van schaamte weg en keek op zijn horloge. Het was zeven voor twaalf. 'We komen te laat!'

'Denk je dat ik dat niet doorheb?'

Warwick verliet het huis via de voordeur. Fabian volgde hem en verward zag hij zijn vader om het huis heen naar zijn werkplaats lopen.

'Wat doe je?' zei Fabian. 'We moeten terug het bos in, nu meteen!'

Warwick gooide de deur van zijn werkplaats open. 'Naar binnen jij!'

Aarzelend gehoorzaamde Fabian. Nooit had hij zelfs maar in de buurt van zijn vaders werkplaats mogen komen, laat staan erin, maar toen Warwick hem een duw tussen zijn schouderbladen gaf en hij de drempel over struikelde, werd alles duidelijk.

De achterwand stond tot aan de nok toe vol met kooien. In de kooien zaten elfen. In de grootste kooi onder in de stapel zaten de twee lelijkste schepsels die Fabian ooit had gezien. De grootste van de twee, die sterk aan een pad deed denken, greep de spijlen beet en grijnsde.

'Sta daar niet zo te staren,' zei hij. 'De sleutel hangt daar!'

'Waar is de andere kobold?' vroeg Fabian verdwaasd. 'Tanya zei dat er drie waren.'

'Brunswick vormt geen gevaar. Hij is half mens. Een wisselkind. Hij doet deze twee gewoon na omdat hij niet beter weet.'

Fabian bestudeerde de andere kooien. Het waren er een stuk of twaalf, elk met een of meer elfen. In een ervan zat een gerimpeld schepseltje met een wandelstok dat een theezakje vasthield alsof zijn leven ervan afhing. In een andere zat de huiself; een schriel, lelijk meisje in een jurk van theedoeken, dat hem vanachter een gordijn van haar aangluurde. Haar gezicht klaarde op toen hij naar haar keek en ze schonk hem een verlegen, smekende blik alvorens weer in elkaar te kruipen.

Warwick nam zijn geweer van de zijwand en laadde het.

'Waarom zitten ze in kooien?' fluisterde Fabian.

'Omdat ik ervoor betaald word om ze erin te stoppen!' zei zijn vader. 'En een van hen heeft ons verraden!' Hij griste een sleutelbos van de schoorsteenmantel – waarnaast een groot vat stond met een bekend uitziende grijsgroene vloeistof.

'Maar waarom…?' zei Fabian, die zich plotseling heel misselijk voelde worden. 'Waarom ontsnappen ze niet?'

'Omdat de kooien van ijzer zijn. Ze kunnen alleen maar ontsnappen als ik ze vrijlaat.'

'Al die tijd,' zei Fabian, 'al die tijd heb jij geweten wat er echt met Morwenna Bloem is gebeurd.'

Warwick hing zijn jachtmes aan zijn riem.

'En al die tijd lag het haar hier, recht onder mijn neus. Florence heeft altijd al vermoed dat Morwenna zo slim was geweest om iets achter te laten om de overeenkomst veilig te stellen – en zichzelf.' Hij bestudeerde de haarlok zorgvuldig en borg hem toen op in zijn zak. 'De overeenkomst is in het bos gesloten, waar de magie het sterkst is. Alleen daar kan ze ongedaan worden gemaakt.'

'Maar het is al bijna middernacht!' riep Fabian paniekerig uit.

'Er is nog tijd,' zei een stem die Fabian niet herkende.

'Raaf!' zei Warwick verrast.

Fabian draaide zich met een ruk om en zag drie kleine figuurtjes op de vensterbank van het geopende raam staan: een mannetje, een vrouwtje en een schurftig wezentje met mottige vleugels. Het was het vrouwtje dat had gesproken. Hij staarde naar haar gevederde gewaad en haar gebeeldhouwde uiterlijk. Dé raaf.

'Ze is in het bos,' zei Warwick. 'We moeten onmiddellijk vertrekken.'

Raaf knikte. 'We hebben geen seconde te verliezen. Maar eerst moet je weten dat Vederkap is verdwenen.'

'We hebben sinds gister niets meer van hem gezien of gehoord,' zei Gredin.

Warwick perste zijn lippen op elkaar.

'Hoe weet je of we ze wel kunnen vertrouwen?' vroeg Fabian. 'Waarom zitten zij niet in een kooi?'

Warwick was de werkplaats al uit gelopen. 'Ze staan aan onze kant.'

Fabian holde hem achterna. Een bizar gevoel van vervreemding maakte zich van hem meester, alsof hij in een parallel universum terecht was gekomen waar niets was wat het leek. Zijn vader was geen tuinman, dacht hij verdwaasd. Zijn vader was geen huismeester. Zijn vader was een elfenjager.

Warwick rende naar de met modder besmeurde Land Rover. 'Instappen!'

Fabian plofte op de passagiersstoel neer en had nog maar net het portier dichtgeslagen of Warwick haalde de handrem ervan af en stoof naar de openstaande poort, terwijl het grind achter hen opspatte.

'Ik hoop dat we nog op tijd zijn.'

In haar kamer aan de achterkant van het huis gingen Florence' ogen trillend open bij het geluid van de Land Rover die er met gierende banden vandoor ging. Het klonk als Warwick, dacht ze soezerig, maar de slaap deed haar ogen weer dichtvallen. Zacht mompelend ging ze verliggen. Het kon hem niet zijn, redeneerde ze. Warwick hield 's avonds het bos en het huis wel in de gaten, maar dat deed hij altijd te voet. Altijd.

Ze zonk dieper weg, naar een plek vrij van gedachten en zorgen. Ze was moe, hondsmoe. Ze had nooit goed kunnen slapen als haar kleindochter in het huis was. Maar vanavond was ze zo prikkelbaar en uitgeput geweest dat ze uiteindelijk het zegel had verbroken van het flesje slaappillen dat haar een maand geleden was voorgeschreven. Ze had er twee op haar handpalm geschud en ze met een beker gezoete warme melk ingenomen.

Ironisch genoeg sliep ze deze nacht beter dan ze in tijden had gedaan.

anya's ledematen deden pijn. Elke cel in haar lichaam was moe van het vechten, maar haar boeien hadden geen centimeter meegegeven. Uiteindelijk zakte ze wanhopig tegen de boom aan in elkaar. Red kwam niet. Er kwam niemand.

'Het gedicht was slim bedacht. Je wist dat we zouden proberen het geheim op te lossen, hè?'

Morwenna kwam naar haar toe. Haar bewegingen deden denken aan een slang die op zijn prooi af glijdt. 'Dat wist ik, ja. Hoewel het zonder mijn helper nooit bij me was opgekomen.'

'Welke helper?' vroeg Tanya, die opnieuw werd bekropen door angst. 'Waar heb je het over?'

Morwenna lachte. 'Alle kinderen die helderziend worden geboren krijgen vanuit het elfenrijk een helper toegewezen – ook al weten ze het zelf niet altijd. Ik neem aan dat jij het niet wist?'

Tanya schudde haar hoofd.

'Deze helpers moeten onze belangen zo goed mogelijk dienen. Mijn belang was om jou te vinden.'

'En wie is mijn helper?' vroeg Tanya. 'Waarom is er niemand die over mij waakt?'

'O, maar die is er wel,' zei een bekende stem. 'Er ís over jou gewaakt. Althans zolang ik het toestond.'

'Jíj,' fluisterde Tanya toen Vederkap uit de schaduw opdook.

'Het heeft me een hoop tijd gekost om je hierheen te krijgen. Ik heb het gedicht neergelegd. Ik heb het krantenartikel uit Amos' kamer gepakt en het in het boek gestopt zodat jij het zou vinden. En ík heb ervoor gezorgd dat je het kompas van de heks wilde houden. Zonder mijn belangstelling zou je het hebben weggegooid.'

'Jij was het.' Het drong nu allemaal tot Tanya door. 'Die dag in de bus. Jij wilde het kompas van ons kopen.'

'Nee, ik deed alsóf ik het wilde kopen,' zei Vederkap. 'Omdat ik wist dat je het dan zou willen houden. Het was simpel. Het was allemaal doodsimpel. Ik wist dat voor jou en je dwaze vriendje de verleiding te groot zou zijn om achter de aanwijzingen aan te gaan, om het geheim van het vermiste meisje op te lossen.'

'Dus dit is waar jullie met z'n allen al die jaren opuit waren? Mij hierheen lokken, voor dit? Voor háár?'

'Nee, niet met z'n allen,' zei Vederkap. 'Alleen ik. De anderen moesten je beschermen, maar ik heb ze om de tuin geleid. Met list en bedrog heb ik hun vertrouwen gewonnen. Ik heb hen ervan weten te overtuigen dat ik loyaal was aan het Zalige Hof en aan hen. Gredin heeft me nooit helemaal vertrouwd. Maar ik was te slim voor hem… veel te slim. Toen Morwenna de sterfelijke wereld verliet kon namelijk niemand vermoeden dat haar helper zou achterblijven. Het was mijn best bewaarde geheim.' Hij glimlachte triomfantelijk. 'Het geheim dat tot jouw ondergang zou leiden.'

'En wie is mijn helper dan?' vroeg Tanya eisend.

'Gredin is jouw helper,' antwoordde Vederkap. 'En Raaf die van je grootmoeder. Beide gingen ze ermee akkoord dat het in jouw belang was – en dat van Florence – om de waarheid voor je verborgen te houden.'

'En de miezemuis?'

Vederkap lachte spottend. 'Laten we het er maar op houden dat je grootmoeder de miezemuis vele jaren geleden een vergelijkbaar onplezierig lot heeft bespaard als dat van de afvoerbewoner. Sindsdien is hij haar trouw.'

'Als zij mij beschermen, waarom komen ze dan niet?'

'Omdat ze zwaar in de minderheid zijn. En omdat het te laat is,' antwoordde Morwenna. 'Over iets meer dan een minuut ben ik vrij en neem jij mijn plek in. Vederkap blijft hier om erop toe te zien dat je niet ontsnapt. Eindelijk krijg ik de vrijheid die me toekomt.'

Met een ongekende hevigheid maakte zich een withete razernij van Tanya meester. 'Jij verdient het niet om vrij te zijn.'

'Wat zei jij?' Morwenna's stem klonk angstaanjagend kalm, maar het kon Tanya niet meer schelen.

'Je bent egoïstisch en wreed, en je verdient het niet om vrij te zijn!' schreeuwde ze. Haar hele lichaam trilde. 'Al die jaren ben je door haat verteerd. Je hebt mijn grootmoeder overal de schuld van gegeven, maar de enige die schuld draagt ben jíj. Jij kon kiezen – en je koos dit. Mijn grootmoeder koos haar familie en bleef. Haar vrijheid komt haar toe. Ze heeft er een hoge prijs voor betaald.'

'Dat interesseert me niet!' krijste Morwenna. 'We hadden een overeenkomst! Florence heeft me bedrogen – zíj verdient het om hier te staan, de lafaard. Niet ik! *Niet ik!*'

'Het interesseert je niet?' riep Tanya vol weerzin uit. 'Natuurlijk niet! Waarom zou het ook, als anderen hebben mogen boeten voor jouw vergissing? Niet alleen mijn grootmoeder, maar ook Amos. Door jou is zijn reputatie kapotgemaakt. Maar het interesseert je niet!'

Morwenna liep van haar weg en haar gestalte zigzagde als een geest tussen de bomen door. 'De uitwisseling is al begonnen.'

Tanya rukte uit alle macht aan haar boeien. Machteloos keek ze toe hoe Morwenna de duisternis in zweefde… en hoorde ze Vederkap haar uitjouwen om haar ontsnappingspogingen. De angst greep haar bij de keel. Nog voordat ze doorhad dat ze huilde, nog voordat ze de hete tranen over haar wangen voelde stromen, hoorde ze zichzelf snikken. Oberon sprong tegen haar op, jankend van angst en verwarring. Er flitste een beeld door haar heen – het beeld van haar eigen gezicht op vruchteloze aanplakbiljetten met één enkel leeg, afschuwelijk woord: VERMIST.

Ik wil niet het meisje zijn dat in het Beulswoud verdween. Ik wil niet een van de vermisten van Tikkerseind worden.

Er bewoog iets in de duisternis, iets wat als een donkere schim op haar afkwam. Vederkap merkte het een fractie van een seconde later dan Tanya.

Red.

Het korte moment van verslapte aandacht was de kans waarop Oberon al een hele tijd had gewacht. Met een volmaakt getimede sprong werd Vederkap voor eeuwig tot zwijgen gebracht.

De Land Rover kwam met piepende remmen voor de beek tot stilstand. Warwick en Fabian sprongen eruit en holden door het water naar de opening in het bos. Een schel geluid weerklonk in de nacht.

Fabian holde nog harder.

'Wat is dat?' vroeg Warwick hijgend, toen ze bij de bosrand kwamen.

'Het alarm van mijn horloge! Ik had het op middernacht gezet!'

Warwick zocht in zijn zak en haalde met trillende hand de haarlok tevoorschijn. 'Hier! Ik heb lucifers bij me – we moeten hem verbranden!'

Fabian stak zijn hand uit, maar het haar glipte door zijn vingers en viel op de grond.

'Waar is het?' schreeuwde Warwick, terwijl hij een lucifer afstreek in een poging de grond te verlichten. 'Fabian, stommeling!'

Fabian viel op de grond neer en begon wanhopig te zoeken.

Het alarm van zijn horloge bleef afgaan, als een voorbode van een zekere dood.

Red hakte met geweld op de boeien in. Langzaam maar zeker kwamen ze los, totdat uiteindelijk de strengen meegaven en oplosten. Haar handen waren donker en nat van het bloed. De spinnentwijn had in haar vingers gesneden toen ze het schaartje uit Tanya's achterzak had gehaald.

'Wat doe je hier... hoe wist je...' snikte Tanya. 'Waar is de baby?'

'Hij is veilig,' zei Red buiten adem, terwijl ze doorging met hakken. 'Ik heb de ruil gemaakt, maar de circusmensen wilden niet dat ik met ze meereisde. Ze zeiden dat de politie had rondgesnuffeld en vragen had gesteld. Ze weten wie ik ben – ik heb de kranten gezien. De beste optie leek me om terug te gaan en me hier nog een tijdje schuil te houden. Net toen ik de tunnel bij de kerk in wilde gaan zag ik jou en de jongen de poort uit komen. Ik besloot jullie te volgen... een geluk voor jou.'

Eindelijk was de laatste streng door. Tanya was vrij.

'We moeten voor middernacht hier weg zijn... ze wil dat ik haar plaats inneem...'

Red legde haar met een knikje het zwijgen op. 'Ik heb alles gehoord. We moeten opschieten.'

Ze greep Tanya bij haar arm en trok haar met zich mee het bos door. Er bewogen dingen in de duisternis. De elfen loerden aan de rand van haar gezichtsveld; wachtend op het moment dat Tanya aan hen zou worden overgeleverd. Oberon draaide beschermend rondjes om hen heen en Red had haar mes getrokken en hield het voor zich uit. Ze begon te rennen en Tanya holde achter haar aan; zigzaggend tussen de bomen door rende ze voor haar leven.

'We moeten je het bos uit zien te krijgen,' hijgde Red. 'Voordat Morwenna weg is. We hebben niet veel tijd meer…'

Haar woorden echoden betekenisloos door Tanya's hoofd. Er was iets mis.

'Stop,' kreunde ze. Er klonk een vreemd gegons in haar oren, als een zwerm insecten.

'We kunnen niet stoppen,' siste Red. 'Lopen. Lópen zeg ik!'

'Ik kan niet meer,' fluisterde Tanya. Wankelend bleef ze staan, ondanks Reds pogingen om haar mee te trekken. Langzaam maar zeker veranderde het gegons in een gefluister dat van alle kanten leek te komen. Er ontwaakten gezichten in de bomen. Takken als knoestige vingers strekten zich naar haar uit. Ranken maakten zich van de bomen los en kropen op haar af. Het bos kwam tot leven.

Tanya begreep wat er gebeurde. De ruil was begonnen.

Haar krachten begaven het. Met stijf dichtgeknepen ogen en haar handen krampachtig tegen haar oren gedrukt zakte ze op de grond neer. Een klimoprank zocht zijn weg omhoog langs haar enkel. Red sneed hem met haar mes los, maar zijn plaats werd onmiddellijk ingenomen door een andere. Ze hoorde Red zeggen dat ze overeind moest komen, haar smeken om door te lopen, maar Tanya kon niet meer. Ze dacht aan haar ouders en wenste dat ze hen nog eenmaal kon zien. Ze dacht aan haar grootmoeder en wenste dat het anders was gelopen tussen hen. Ze dacht aan Fabian en Warwick en wat er van Amos zou worden. Ze vroeg zich af of Red ooit haar broertje zou vinden. Ze dacht zelfs aan Spitfire, opgekruld aan de voet van de staande klok met zijn botten die door de schurftige vacht heen staken.

Ten slotte dacht ze aan Oberon, haar dierbare, trouwe kameraad. Tot aan het eind was hij bij haar gebleven. Toen vielen alle gedachten weg en bleef er enkel duisternis over. Oberon begon te huilen.

Een scherpe pijn in haar duim bracht haar terug. Met moeite kwam Tanya weer bij bewustzijn. Toen ze omlaag keek zag ze bloed opwellen uit een verse wond.

'Hoe ben ik…?' begon ze versuft, terwijl ze wezenloos naar Morags schaartje keek, dat Red in haar hand hield. Vlak voordat ze opnieuw dreigde weg te glijden, heen en weer geduwd en getrokken door het gebladerte dat zich om haar heen wikkelde, zag ze Reds hand.

Reds arme, bebloede hand.

Reds arme, stukgesneden vingers. Red, van wie het bloed zich vermengde met het hare toen ze haar hand stevig beetgreep. Red, die haar vasthield, haar hoofd wiegde. Weigerde haar te laten gaan.

'Neem mij,' fluisterde Red. 'Neem mij in plaats van haar. Zij heeft een leven om naar terug te keren. Ik niet. Jullie hebben het me afgenomen. Neem mij.'

Neem mij.

Neem mij.

De ranken en de takken die naar Tanya kropen – waarvan sommige haar al hadden verstrikt – hielden een fractie van een seconde stil alvorens zich langzaam terug te trekken, haar uit hun klauwen te bevrijden en hun weg te vervolgen… naar Red. Centimeter voor centimeter kropen ze als bebladerde tentakels over haar heen, trokken haar weg van Tanya… weg van de sterfelijke wereld.

Red bood geen weerstand.

Een moment later was ze volledig overgeleverd; verzwolgen door het bos.

Fabians vuist sloot zich rond het haar, samen met een handvol aarde.

'Ik heb hem!'

Warwick streek opnieuw een lucifer af en de gele vlam kwam sissend tot leven. Hij pakte de haarlok en hield hem bij de lucifer. Het haar vatte onmiddellijk vlam en hij liet het op de grond vallen. Zwijgend keken ze toe hoe Morwenna's lok opbrandde, totdat er op de plek waar hij op de grond was gevallen nog slechts verschroeide takjes en bladeren lagen.

Fabians horloge zweeg eindelijk.

'Ik heb het me nooit gerealiseerd,' zei Warwick zacht. 'Al die tijd... Ik dacht dat het mijn moeders haar was. Zij had ook donker haar... Vanavond pas is de betekenis ervan tot me doorgedrongen. Al die tijd probeerde hij de leegte te vullen die Morwenna achterliet. Hij is er nooit overheen gekomen. De waarheid bevond zich pal voor mijn neus, maar ik wilde het niet zien.'

'Hoe lang wist je het al?'

Zelfs in de duisternis kon Fabian de wroeging in zijn vaders ogen zien.

'Sinds Tanya's geboorte.'

'Wat gebeurt er met Morwenna nu de overeenkomst is verbroken?' fluisterde Fabian.

'Ze zal het voelen, meteen,' antwoordde Warwick. 'Het zou genoeg moeten zijn om haar van de ruil te weerhouden.' Hij richtte zich op en rende het bos in. 'We moeten Tanya vinden!' riep hij over zijn schouder.

Fabian ging achter zijn vader aan; geen van beiden waren ze zich ervan bewust dat er al een andere ruil had plaatsgevonden.

De bosrand kwam in zicht, met de maan die tussen de bomen door schemerde. Nog maar nauwelijks bij bewustzijn wankelde Tanya ernaartoe. Haar enige steun was Oberon, die aan zijn riem trok. Haar ogen waren gezwollen en plakkerig van de tranen, en in haar hoofd voelde het als een wattendeken.

Red was verdwenen: opgelost in het elfenrijk als een voetstap in het zand. Door zichzelf in Tanya's plaats te ruilen had ze hen beiden gered.

Tanya was bijna bij de bosrand toen ze merkte dat ze niet alleen was.

Niet meer dan een paar passen voor haar uit liep Morwenna Bloem over het pad naar de opening tussen de bomen. De golf van woede die bij haar opkwam ebde weg toen ze zag dat er iets aan de hand was.

Morwenna haastte zich voorwaarts, maar haar bewegingen werden trager. Tanya hoorde haar ademhaling veranderen in een raspend hijgen. Plotseling viel haar bovenlichaam voorover en kromde haar rug zich. Haar voeten schuifelden moeizaam vooruit. Ze zag eruit alsof ze pijn had, dacht Tanya. Of heel erg moe was.

'Wat gebeurt er met me?' prevelde Morwenna.

De stem die van haar lippen kwam was niet die van een veertienjarig meisje.

Niet moe… maar oud.

Met afgrijzen begreep Tanya opeens wat er was gebeurd. Fabian had haar niet als een lafaard in de steek gelaten. Fabian was weggerend om de haarlok te vernietigen – de verbinding met Morwenna's jeugd. En het was hem gelukt.

De gekwelde kreet die Tanya's oren bereikte was van haarzelf. Toen Morwenna hem hoorde draaide ze zich om.

'Jij?' raspte ze met de stem van een oude vrouw. Een vreemde nieuwe stem, die voor Morwenna nog angstaanjagender was dan voor haar, zag Tanya. 'Hoe…? Dat is niet mogelijk, dat jij hier…'

De verwarring en de boosaardigheid op haar gezicht verwelkten tegelijkertijd met haar vlees. Het rimpelde, verschrompelde en verdorde, en hing in losse plooien over de contouren van haar schedel toen de vijftig jaren waaraan Morwenna was ontsnapt haar stuk voor stuk inhaalden – in één keer. Het effect was als vergif, en afschuwelijk om aan te zien.

Tanya keek machteloos toe en kon alleen nog maar gillen. Heel hard gillen.

Morwenna keek omlaag naar haar handen en slaakte een kreet. Ze waren niet meer glad en zacht; ze verschrompelden en vervormden onder haar ogen.

'Nee!'

Ze greep een streng van haar lange haar beet, maar het was stug geworden en wit als wol. Langzaam hief ze haar handen naar haar gezicht en voelde aan de ingevallen wangen en de lijnen in haar huid. Ze strekte haar vervormde handen uit naar Tanya. Haar lippen stonden in een afzichtelijke grijns strak over tanden die zwart werden en loskwamen, en vervolgens afbrokkelden en uitvielen.

Tanya draaide zich om en vluchtte. Terug het bos in, terug naar waar ze vandaan was gekomen, snikkend en wanhopig. Nog liever stelde ze zich bloot aan wat er in het bos schuilde dan dat ze tegenover de wanstaltige Morwenna Bloem bleef staan.

Ze wist niet dat Morwenna haar langs het pad probeerde te volgen. Want tegen de tijd dat de oude vrouw nog maar een paar stappen had gezet was Tanya allang verdwenen. En dus was Morwenna volkomen alleen toen het ouderdomsproces en de schok die het haar bezorgde hun fatale tol eisten van haar lichaam.

Een verlammende pijn schoot door haar borst en linkerbovenarm. Ze hapte naar adem en zonk neer. Terwijl haar zicht vervaagde richtte ze haar ogen op de bosrand.

Zo dichtbij… en toch zo onbereikbaar.

Toen ze haar vonden lag Tanya in een hoopje op de grond tegen Oberon aan gekropen.

Een vereelte hand streek het haar uit haar gezicht en toen klonk er een stem, vertrouwd... en toch ook weer niet.

'Ze is in shock.' Warwicks stem. Nog steeds nors en kortaf, maar nu met een bezorgde ondertoon.

'Redt ze het?' Dat was Fabian.

Gerustgesteld door zijn stem bewoog Tanya zich. Fabian kwam in beeld. Hij had zijn ogen dichtgeknepen en het schuldgevoel en de pijn stonden op zijn gezicht gegrift.

'Ik heb haar achtergelaten,' zei hij met een klein stemmetje. 'Ik heb haar achtergelaten, pap. Maar ik moest...'

'Fabian?' zei Tanya met schorre stem.

Fabians ogen schoten open. Hij pakte haar hand en hield hem stevig vast. 'Het spijt me,' fluisterde hij. 'Het spijt me zo. Ik moest je in de waan laten...' Hij snikte. 'De haarlok. Al die tijd had Amos hem.'

'Ik weet het,' zei ze. Ze wist een zwak glimlachje tevoorschijn te toveren. 'Het was dapper wat je deed.' Ze keek Warwick aan. 'Jullie beschermden me,' zei ze. 'Jij en mijn grootmoeder. Daarom wilden jullie me niet in het huis hebben: om wat er zou kunnen gebeuren.'

'Florence wilde het je vertellen,' zei Warwick zacht, 'maar ze was bang. En beschaamd. Toen ze die overeenkomst met Morwenna sloot was ze jong en naïef. Sindsdien betaalt ze de prijs.'

'Nu niet meer,' fluisterde Tanya. Want alleen zij wist dat Morwenna de ultieme prijs had betaald. Maar voorlopig zou ze – moest ze wel – zwijgen over wat ze had gezien.

Daarna waren er geen woorden meer, alleen nog Tanya's eigen gedachten in haar hoofd toen Warwick zijn jas om haar schouders heen sloeg en haar uitgeputte lichaam in zijn armen nam om haar terug te dragen naar het huis.

Het was nog vroeg toen Morag de volgende ochtend de woonwagen afsloot en de protesterende kat naar buiten joeg. Het kwam niet vaak voor dat ze halverwege de week naar Tikkerseind liep en ze wilde haar zaken afhandelen en weer weg zijn voordat het er druk werd. Ze was bijna bij de rand van het bos toen ze een eindje verderop iets zag liggen, net naast het pad en gedeeltelijk door het struikgewas aan het oog onttrokken.

De vrouw was dood, al een paar uur. Nog voordat Morag bij haar neerknielde had ze het al gezien. Haar gerimpelde mond was geopend in een geluidloze schreeuw en haar klauwachtige hand had ze om haar linkerbovenarm geklemd.

'Hartaanval,' mompelde Morag en ze strekte een hand uit om de levenloze ogen van de vrouw te sluiten. Maar toen ze in de dode, zwarte poelen keek stokte haar hand, en voordat ze de vrouw had kunnen aanraken trok ze hem schielijk terug. Want zelfs in de dood hing er een onmiskenbare boosaardigheid om haar heen.

Morag hoorde haar eigen knieën kraken toen ze opstond en ze deed een stap naar achteren. Toen zag ze een appel naast het lichaam liggen, in de plooien van de haveloze groene jurk. Hij was van een tak boven haar gevallen. Er bewoog iets onder de verschrompelde schil. Even later brak er een dikke worm door het zachte vruchtvlees heen.

'Ja,' fluisterde Morag. 'Nu zie ik het. Verrot. Verrot tot op het bot.'

Zonder verdere plichtplegingen wandelde ze verder langs het pad naar Tikkerseind, iets sneller dan gewoonlijk nu ze wist dat ze een omweg moest maken om de gruwelijke vondst te melden. Ze hoopte dat het haar niet te lang zou ophouden.

Epiloog

Zoals de meeste graven op het kleine kerkhof was het graf van Elizabeth Elvenhorst verwaarloosd. En net als het huis vlakbij, dat gedurende haar korte leven even haar thuis was geweest, was het bedekt met klimop en was er door het groenblijvende bladerdek heen niet meer dan een glimp te zien van de grijze steen. Ondanks de troosteloze aanblik was het graf nooit vergeten.

Tanya keek toe terwijl haar grootmoeder neerknielde om wat onkruid uit te trekken en ze liet haar blik toen over de velden dwalen, voorbij het bos naar het huis, dat in het vlekkerige zonlicht stond. Haar moeder zou haar zo meteen komen ophalen. Deze keer, wist Tanya verheugd, zou het anders zijn. De elfen, háár elfen, zouden terugkomen, wanneer het hun uitkwam. Maar ze joegen haar niet langer angst aan.

Bijna een week geleden was ze wakker geworden in haar bed, volledig aangekleed en verdwaasd, alsof ze honderd jaar had geslapen. Toen ze uit haar sluimer ontwaakte, merkte ze dat iemand haar hand vasthield en ze keek omhoog in de grijze ogen van haar grootmoeder. Het had even geduurd voordat Tanya haar herkende, want de hardheid was verdwenen, alsof er een grote last van haar schouders was genomen. Haar grootmoeder had een hele tijd gepraat. Tanya had geluisterd, begrepen en vergeven.

De berichtgeving over Rowan Fox en haar verblijfplaats hield na de nacht van de ruil nog enige tijd aan, maar toen het duidelijk werd dat het spoor koud was geworden kreeg het steeds minder prioriteit. Bij het doorbladeren van de kranten viel Tanya's oog echter op een ander verhaal: over een lijk dat in het Beulswoud was gevonden. De dode vrouw, vermoedelijk midden of eind zestig, was aan een hartaanval overleden. Haar identiteit en wat ze op het tijdstip van haar overlijden in het bos had gedaan, bleven echter een mysterie – behalve voor degenen die erbij betrokken waren geweest. Want dat was het moment waarop Tanya eindelijk Fabian, Warwick en haar grootmoeder over Red vertelde en de ware toedracht onthulde van het gruwelijks dat zich die nacht in het bos had voltrokken – en de identiteit van het meisje dat haar had gered.

Ze verwijderden het laatste onkruid van het graf en zetten er bloemen voor in de plaats.

Toen ze door het bos terugliepen staarde Tanya naar de bomen, met op haar lippen een vraag die ze bijna niet durfde te stellen.

'Wat gebeurt er nu met Amos?'

Florence schudde ongelukkig haar hoofd. 'We kunnen niets voor hem doen. Wij weten nu wel de waarheid over Morwenna Bloem, maar niemand zal ons geloven. De mensen zullen vasthouden aan wat ze willen geloven. Het enige wat we voor hem kunnen doen is zijn laatste dagen zo aangenaam mogelijk maken, maar in zijn toestand is zelfs dat niet eenvoudig. Hij wordt voortdurend gekweld door de herinnering aan haar. Zij is de oorzaak van zijn waanzin.'

Er ruiste een zachte bries door de boomtoppen, die de geur met zich meevoerde van wilde planten. Eén plant leek de rest te overheersen, scherp en onmiskenbaar. Plotseling kwam er een herinnering bij Tanya op: de herinnering aan woorden die Gredin ooit had gesproken. Toen hadden de woorden haar angst aangejaagd. Nu vervulden ze haar met hoop. Het bos had geluisterd.

'Wat er gebeurd is kunnen we niet veranderen,' zei Tanya kalm. 'En wat de mensen geloven kunnen we ook niet veranderen. Maar misschien is er toch iets wat we voor Amos kunnen doen.'

Er is een plek waar rozemarijn welig groeit naast een rivier die de heuvel op stroomt. Het domein van de aardmannetjes. Heidense schepsels. Onvoorspelbaar. Gevaarlijk, volgens sommigen. De rozemarijn – gewoonlijk bekend om zijn heilzame effect op het geheugen – raakt er besmet. Hij krijgt een tegengestelde werking. Maar zelfs door aardmannetjes besmette rozemarijn kent zijn toepassingen. In de juiste hoeveelheid kan het een herinnering van een sterveling voorgoed wegnemen.

Zoals de herinnering aan een oude liefde.

Met dank aan:

Mijn familieleden, vrienden en dierbaren – met name mijn proeflezers: Darren, mam, Theresa, Janet, Tanya, Rachel en Lucy. En Lauren voor al het elfenstof.

Mijn voormalige collega's bij Ottakar's/Waterstone's Stafford (Greengate Street) en Kate Hancock van het hoofdkantoor, en de jeugdboekenredactie van OUP voor hun ondersteuning.

Davinia Andrew-Lynch voor haar tijd en advies.
Veel dank aan Julia Churchill en alle anderen van Darley Anderson Agency, en aan Venetia, Maurice, Jenny, Elisa, Ingrid, Phil, Nick en het voltallige jeugdteam van Simon & Schuster UK.